Ronso Kaigai
MYSTERY
205

盗まれたフェルメール

A Private View
Michael Innes

マイケル・イネス
福森典子［訳］

論創社

A Private View

1952

by Michael Innes

目次

主要登場人物

ジョン・アプルビイ……………………ロンドン警視庁犯罪捜査局。警視監
ジュディス・アプルビイ………………ジョンの妻、彫刻家
キャドーヴァー…………………………ロンドン警視庁犯罪捜査局。警部補
ギャビン・リンバート…………………画家の卵
メアリー・アロウ………………………音楽家の卵
ジトコフ…………………………………彫刻家
ボクサー…………………………………画家
グレース・ブルックス…………………モデル
モー・ステップトー……………………がらくた店の店主
チェリー…………………………………悪党
クラッブ…………………………………リンバートの学友
ヒルデバート・ブラウン（本名ブラウンコフ）……〈ダヴィンチ・ギャラリー〉経営者。美術品のトレーダー
エドワード・クリスピン………………スカムナム・コートの主人、ホートン公爵
アン・クリスピン………………………ホートン公爵夫人
バゴット…………………………………スカムナム・コートの執事
マーヴィン・ツイスト…………………ジュディスの友人
レディ・クランカロン…………………ジュディスの知人

盗まれたフェルメール

第一章

レディ・アプルビイはコーヒーを飲み干し、手袋をはめるとレストランの店内を見回した。「ねえ、ジョン」彼女は夫に話しかけた。「三時までにロンドン警視庁《スコットランドヤード》に戻ればいいっておっしゃったわよね？」

「たしかにさっきはそう言ったが」サー・ジョン・アプルビイは店員に勘定書を持ってくるよう合図した。「軽率だったかな。この後一時間、駆け足でショッピングにでも付き合わせるつもりかい？」

「まさか。男は誰だってショッピングが嫌いですもの。でも〈ダヴィンチ・ギャラリー〉に行く時間ぐらいはあるわね。新しい展示をやっているんですって」

「男は誰だって新しい展示が嫌いだとは思わないのかい？ それにジュディス、きみに限っては、新しい展示もショッピングとほとんど同義語じゃないか。去年だけでも、きみはいったい何点の絵画を買ったことか——」

「最近のわたしの彫刻作品には、背景に絵が必要だって、あなたもご存じでしょう」ジュディス・アプルビイはプロの彫刻家だ。「今はね、何と言うか、抽象的で斜線が強烈に利いていて、まぶしい黄緑色をたっぷり使った絵が欲しくてたまらないの」

「壁紙に使う目的で現代絵画を買うなんて、馬鹿げている」

「そんなことないわ。壁紙目的でこそ買うべきなのよ」

「そのために、いったいいくら――」

「もういいわ。行くのはやめましょう。たしかにわたし、あの手のものに散財しすぎたものね。一人で映画でも見てくるわ」

「行くよ」アプルビイは二シリング銀貨を目の前の皿に置いて立ち上がった。「ただし、一つ条件がある。あくまでも事務的に対処すること。金を払って入ったらすぐに――」

「あら、ジョン、お金は要らないのよ……つまり、入場料はね。今回のは内覧会《プライベート・ビュー》だから、招待状をいただいてるのよ」ジュディスはまるでそれが金銭的にたいへん意義深いことであるかのように伝えた。

「そうか。では、会場に入ったらすぐにミスター・ダヴィンチを呼んで――」

「名前はブラウンよ」

「ミスター・ブラウンを呼んで、こう切りだそう。『きみ、うちのワイフが絵を探してるんだがね』まずそう言い置いてから『芸術性の高い絵画で、大きさはおよそ縦三フィート横四フィート、強烈な斜線の利いた、今年流行のまぶしい黄緑で描かれた作品だ。おたくの在庫にそういうのがあるようなら、見せてくれたまえ』とね」

「そんなことを言ったら、ブラウンは気を悪くするわ。ユーモアのセンスのない人なの――少なくとも、イギリスの男子学生特有のユーモアは理解できない人よ。値段交渉にこぎつけるまでは、あなたは黙っていたほうがいいわ。そこから先は、あなたの腕を思う存分発揮してくださいな」

「それはありがたいね」アプルビイは回転ドアの中に妻を押し入れてから、後に続いて舗道に出た。

「その内覧会で、本当に斜線やらの絵は見つかるのかい?」

「きっと見つかるわ。だって今回の展示の絵を描いたのは――」ジュディは言いかけてやめた。「タクシーで行ったほうがいいんじゃないかしら。あなたは三時に約束があるんでしょう? タクシー代なら、わたしが払うわ」

二人は黙ってタクシーに乗り込んだ。腰を下ろすとアプルビイは、夫にありがちな、妻を訝しむような視線を向けた。「その内覧会は、どういった類《たぐい》のものなんだい?」彼は尋ねた。「オープニング・セレモニーや、大げさなスピーチはあるのかい?」

「もちろんよ――マーヴィン・ツイストがスピーチをするの。でも、わたしたちが着く頃にはたぶん彼のスピーチは終わっているわ。中をひと回り見て、すぐに帰りましょう。実際に買いたくなるようなものは一つもないと思うから」ジュディスはなだめるように言った。

「そうか」アプルビイはあきらめたように座席に深くもたれた。「その〈ダヴィンチ・ギャラリー〉というのは、どの辺りにあるんだ? ご立派なギャラリーのありそうな方向に向かっているとは思えないが。今のはチャリング・クロス・ロードじゃないか」

「ブラウンコフは――英語風にブラウンと名乗っているけど、本名はヒルデバート・ブラウンコフなの――まだここで商売を初めて日が浅いから、今回の内覧会は彼にとって重要なのよ」

またしてもアプルビイは内心にうっすらと疑念が湧いてきた。「絵描き本人は来ているのかい? まともな食事をごちそうしてやらなきゃならない気にさせる、いかにも哀れっぽい男じゃないのかい? 去年の夏、きみのスプーン・セットを盗んでいった男のことは忘れたのかね?」

ジュディスが頭を振る。「政治的なうじ虫ども――」

「今何て言った?」

「〝政治的なうじ虫どもが、ただ今寄り集まって、あいつを食っているところ〟（シェイクスピア『ハムレット』より）。追悼のための展示会なのよ。画家は亡くなったの」

　アプルビイはポケットの小銭を探りながら、少しでも陽気にしようとした。「だが、同じように画家を目指している妹がいるかもしれない。あるいは、ブートルで薄給の美術教師をしている、悲しみに暮れた飲んだくれの父親がいるかもしれない」

「そういう訳ありの家族もいないはずよ。だって、ギャビン・リンバートの追悼展示会だもの」

　アプルビイはがばっと身を起こした。「何だって、ジュディス。それはまずいぞ」

　ジュディス・アプルビイは、最大級の分別を湛えた純真な目で夫を見つめた。「あの気の毒な画家の絵を避けなきゃならない理由なんてないはずよ。ただ彼が殺されたというだけで」

「正確には、銃で撃たれた状態で発見されたんだ。わたしが海外に出ているあいだに起きた事件だ。だが、殺されたのかどうかまでは、まだはっきりしていない」

　タクシーが止まり、アプルビイは不機嫌そうに面倒な計算をして、一九五一年のロンドンのタクシー運転手に払うべき運賃を払った。支払いをしながら車の外を見ると、ちょうど目ざとい警察官がさっと近づき、タクシーのドアを開けて敬礼をした。同じく目ざとい新聞社のカメラマンが、すかさずその様子を撮影した。〈ダヴィンチ・ギャラリー〉の前の小さな群衆にとっては喜ばしい瞬間で、地味なファサードに向けていた視線が、一斉にアプルビイ夫妻に向けられた。アプルビイは怒りもあらわに妻を睨みつけたいところだったが、代わりにそこにたむろしている連中を、怒りもあらわに睨みつけることでお茶を濁した。おかげでその目つきは、あたかも犯罪を懸命に追っているような、法の厳格さを体現しているかのような印象を与えた。警視監が突然現れたことを、まちがいなく職務上の一大事と判断した別の巡査が嬉々として飛び出してきて、まるで大司教か閣僚が到着したかのように群衆に道を空けさせたせいで、夫妻の登場はなお一層大げさなものになった。真新しい濃紫色のベルベットのドレープで飾られた〈ダヴィンチ・ギャラリー〉のショーウィンドーから、大きな石仏が超然と醒めた笑みでその様子を眺めていた。自分たちの到着に何ら特別なものを感じていそうにないジュディスは立ち止まり、一見古そうなその像に批判的な視線を投げかけた。「〝ブラウンコフ工房〟の作ね」彼女は言った。「きっと地下室で、古い墓石を彫って作っているのよ。ずる賢い男だわ」

「だが、ラベルには〝四世紀〟と書いてあるぞ。刑務所にぶち込むべきだな」

「四世紀の美術品を模したという意味であって、その時期に作られたわけじゃないって言うつもりね。ところで、もしもここで何か買うなら、小切手を二枚くれって言われるわよ」

「小切手を二枚?」〈ダヴィンチ・ギャラリー〉のドアに手をかけていたアプルビイが立ち止まった。「二倍支払えというのか?」

「まさか。ブラウンコフはただ小切手を二枚もらうのが好きなの――合計額の半分ずつ。どうしてかはさっぱりわからないけど。所得税の関係かしらね?」

アプルビイは息を荒らげた。「まちがいなく、そうだろうな」

「じゃ、わたしとあなたで一枚ずつ別々に小切手を切れば、合法的なの?」

「こういうときのきみには何を言っても無駄だな……あれがギャビン・リンバートかい?」

目の前のガラス戸の内側に、二十三歳ぐらいの若者の写真が飾ってあった。見るからに上等そうな服をだらしなく着ている。散らばった画材に囲まれて石鹸箱の上に座っている。きわめて幸せそうで、健全そうで、純真そうだ。エリート進学校出身のお坊ちゃんだな、と感じたアプルビイは、その立場の自分を想像してみた。人生の寄り道をするあいだ、毎年四、五百ポンドも出してくれる父親か伯母に恵まれている。ギャビン・リンバートの人生において邪悪な、少なくとも翳りを帯びた側面など想像し難い。だが、誰にも秘密はあるものだ……写真を見ていたアプルビイは、その下の説明文に目を移した。

ギャビン・リンバート　追悼展示会

油彩画
グワッシュ
コラージュ
トルヴァイユ

「〝グワッシュ（不透明な水彩絵の具を用いた絵画）〟と〝コラージュ（写真や切り抜きなどを糊付けした作品）〟は知っているが、〝トルヴァイユ〟というのは何だ？」

「浜辺で拾ってきた物のことよ――古いコルクの欠片とか、波に磨かれた美しい石とか」ジュディスはバッグの中を探り、それらの興味深い物体を鑑賞させてもらうための招待状を取り出した。「言ってみれば、漂着物を芸術的に拾い集めたのね」

「そんなものに金を出す人間がいるって言うのか？」アプルビイがドアを押し開けた。

「そうよ。芸術家の審美眼にお金を払うの……これも素晴らしい芸術なのよ」

たしかに〈ダヴィンチ・ギャラリー〉店内の手前の部屋は、ボンド・ストリートの外れに建つ、より古く伝統的なギャラリーに見せかけようと、大胆な工夫が施されていた。壁には暗く陰鬱な絵画が何枚も飾られ、その下のラベルのほとんどは〝疑しきは正直に、免責事項は堂々と〟書くスタイルを取っていた。なるほど、ミスター・ブラウンはこの業界の常識の枠をさらに押し広げ、貴重な作品の価値の疑わしさの度合いを、疑問符の数によって表示するシステムを編み出したようだ。「ルーベンス工房?」アプルビイは順に読んでいった。「ディルク・ハルスの弟子によるものか??」「かつてレンブラント作とされていた作品。のちにボレニウスによって否定」「エル・グレコ????」「おそらくはアレッソ・バルドヴィネッティ。ベレンソンの鑑定では否定」中には単に「?」や「???」としかラベルに書かれていない絵も一、二枚あった。これらの疑念渦巻く大量の絵の前に長居したい客のために、真っ赤なビロードの長椅子が用意されていた。

だがジュディス・アプルビイはさらに力説した。「こっちの部屋の作品は、ブラウンも別に売るつもりはないのよ」彼女が説明した。「お仲間から借りてきただけなんですって。これを見たお客様に、ギャビン・リンバートの絵も、いつかはアレッソ・バルドヴィネッティの作品のようになる可能性があるってことを連想させるために」

「だがアレッソは、わざわざ謎の変死体で発見される手間をかけずに成功したんじゃなかったか……危ない!」奥の部屋から台車に載せた複雑な物体が突進してきて、危うく轢かれかけたジュディスを、アプルビイが脇へ引き寄せてやり過ごした。「今のはいったい何だ?」

「たぶんテレビカメラじゃないかしら。さっきは外でニュース映画の撮影隊の車も見かけたから。ブラウンにとっては栄誉ね」

「おそらくは、リンバートにとってもな。本当に奥の部屋まで行くのか？　あっちはひどい混みようだぞ。それに忌々しいオープニング・セレモニーが、まだ終わっていないじゃないか」

ジュディスがうなずいた。「そのようね。マーヴィン・ツイストの声が聞こえるわ。行きましょう」

彼女は大柄な二人の婦人の狭い隙間をすり抜けた。妻よりも多少苦心しながら、アプルビイもしかたなさそうに後に続いた。夕刊紙の若い記者が自分の名前を書き留めているらしいのを見て、アプルビイは顔をしかめ、混み合った部屋の中を見回した。じっくり見られそうなのは横の壁にかかっている作品だけで、彼の立っている位置からそれらの絵はひどく小さく見えた。仮に縮尺が歪められていたのだとしても、絵の性質は見まちがいようがなく、リンバートが抽象画家であったことは明らかだ。いや、もっと厳格に言うならば、彼が抽象画を描こうと懸命になっていたことは明らかだ。なぜならアプルビイの目には、人のよさそうな悲運のその若者が自然界に背を向ける強い意志を持っていたとは、とても思えなかったからだ。作品のほとんどは、意図的に平坦で平面的に見せるように描かれている。立体的に描かなければならない部分には、高校の幾何学を駆使した手法が用いられている。だがそれらの絵には、アトリエにも幾何の教室にも存在しないものが潜んでいた。いくつも描かれた正確な楕円形からは、ラグビー・ボールの形状を求めてやまない気持ちが感じられる。何枚ものキャンバスに、徐々に小さくなる白い長方形が斜線状に並んでいるのは、かつてリンバート少年がハードル競走の十五歳未満大会で優勝することに一時的に野心を燃やしていたからだろう、とアプルビイは推察した。さらに、どの絵からも決まって屋外の大気が感じられた。絵の中に射し込んでいる光は自然光だ――緑の木々の枝を通り抜け、澄んだ水に反射する太陽の光だ。意図的にそう見せるつもりがなくても、創造物を普遍的に慈しむ慶びが暗示されている。ここに生きていたのが、たとえ将来ある画家ではなかったとしても、将来ある若者だっただろうに、とアプルビイはぼんやりと思った。そして、彼が死ななければならない事情は、いまだにわかっていない――もっとも、本当にミスター・ヒルデバート・ブラウンだかブラウンコフだかに、これほど実入りのよさそうなイベントを開かせてやるために惨殺されたのでなければだが。アプルビイはリンバートの事件を担当している刑事に連絡して、捜査の進捗状況を確認しようと心に留めた。

ギャラリーの中はごった返していた――おそらくは絵画の売れ行きに興味のある人間たちが集まっているのだろう。半数の人は奥の壁を向き、何列か並んだ椅子に腰かけている。別の何人かは、まるで選ばれし著名人が演壇上にずらりと並ぶように、こちらを向いてより大きな椅子に座っている。それ以外は全員、部屋の中で肩を寄せて立っていた。長いあいだ人間の行動観察をなりわいにしてきたアプルビイにとって、誰もがマーヴィン・ツイストの話を素直に聞いているように見えて、実は大半の人間は高慢な皮肉を秘めたしわを作ろうと、顔面の筋肉を動かしたり静止させたりするのに神経を集中させていることがわかった。何人かは自信たっぷりに眉を上げているが、それは演説者の言うことのおおよそには賛同するものの、いくつかの点については自己の見識に照らせば軽視せざるを得ないことを物語っていた。見事な含み笑いを浮かべ、演説の言葉に隠された裏の意味を、自分だけは密かに分かち合っていることを示唆する人もいる。そしてまた別の人は、まるでポーカーフェイスを崩さないことこそが他人の意見を安全に礼儀正しく聞く手段であり、自制しなければつい軽蔑を込めた視線を返してしまうとばかりに、能面のような無表情を決め込んでいる。アプルビイはこの光景に失望した。結局のところ、ギャビン・リンバートは運が良かったのかもしれない。若くして亡くなり、幻滅に直面することがなかった――アングロサクソン人があらゆる芸術的表現に対して示す、思いつく限りのたわ言やいんちき話を知らずに、そしてそれに関わらずに済んだのだから。

どうやらマーヴィン・ツイストの名演説が、ちょうど山場にさしかかったようだ。ツイストは比較的若い男で、まるで露光時間の足りない写真のようにはっきりしない顔と、甲高い悲鳴のような声の持ち主だ。彼の話をしばらく聞いていれば、そのひどい雑音の中にわずかなりとも知的な話か、でなければ内容のない演説をするという天から授かった才能のようなものが聞き取れるかもしれない、とアプルビイは考えた。だが今のところ彼の耳に届いているのは、適当な単語の組み合わせの羅列にすぎなかった。「〝パピエ・コレ〟を手がけた勇気ある時代……フルーツ皿、ボトル、そしてギターの黄金の黄昏期……彼の第二、第三の自我が悪魔と格闘し……テオティワカンの絶妙な比率……昇華された内なる必要性に応えるべく……」突然、著しい不快感とともに、アプルビイは自分自身もまた能面のような顔をしていることに気づいた。何でもいいから別のことを考えなくては――なにせ、自意識というのは実に伝染しやすいものなのだ――そう考えたところで、ツイストが唐突に話を終えて着席した。おざなりの拍手が起きた。よく見えないが誰かが立ち上がり、ツイストへの感謝を一同に促した。だが関心を示す者はほとんどいなかった。群集は絵を見ながら部屋の中を移動し始めた。

「これがあったほうがわかりやすいわ」人混みに消えていたジュディスが、カタログを手に戻ってきた。

「それ、無料だったのか?」

「わたしには無料でくれたの。そこでブラウンコフに捕まっちゃってね。これからあなたに挨拶をしに来るそうよ。展示作品を自ら案内したいんですって」

アプルビイは暗い気分に陥りながらカタログを手に取った。表紙には「G・L　一九二八～一九五一」と記されている。その文字の下には、円を描いている途中で片方の脚が折れたコンパスの絵が、浮き出し印刷されていた。「いいセンスをしているわね」ジュディスが言った。「それに、素晴らしい暗示だわ。〝たとえ地にあっては途切れた弧であろうと、天においては完全なる円となる（ロバート・ブラウニングの詩より）〟というわけね。それに、さっきツイストがスピーチをしていたあの場所にも、いかにもブラウンコフらしい工夫がしてあるのよ」

　アプルビイは、かくも皮肉な鑑識眼を持つジュディスに、自分がいよいよあきれ果てていることに気づいた。きっと妻よりも早く老け始めているということだろう。部屋の向こう側に目をやると、先ほどツイストがスピーチに立ったときに背後に飾られていた絵が目に入った。ほかのものよりもひときわ大きく、やや趣きの異なる絵だ。商才に富んだ〈ダヴィンチ・ギャラリー〉の経営者は、その絵の上にパレットを吊るし、大きな黒いリボンの喪章で飾った月桂冠で取り囲んでいた。

「あれはひどい。ジュディス、この男は生きていたんだぞ――しかも、芸術家だった、きみと同じように。たった十日前までは朝目覚め、朝食を作り、今日は何を創作しようかと思い描いていた。それが今はどうだ、けだもののようなディーラーと、あの女みたいなおしゃべり男のツイストが、彼の墓の上を踏み荒らしている――」

　ジュディスは興味深く夫を見つめた――ある状況に対して夫が、彼女の言うところの〝道徳的かつ文学的〟な反応を示すときにいつも向ける目だ。「それを言うなら、警察だって同じでしょう」彼女が言った。「リンバートのことを細かくつつき回しているじゃないの」

「馬鹿を言うな。さあ、そろそろ――」アプルビイは言葉を失った。ほんの一瞬だが――驚くべきことに――さっき〈ダヴィンチ・ギャラリー〉のショーウィンドーで見た石仏の大型レプリカが、自動誘導システム付きのミサイルに変身して、彼の腹の真ん中めがけて飛んできたかと錯覚した。

「ジョン、こちらがミスター・ブラウンよ。この展示会を企画なさった方」


ミサイルは、アプルビイがコートの内側に仕込んでおいた精巧な電子機器によって軌道を外れたかのように、今はその場に留まって激しく上下に揺れている。実際には〈ダヴィンチ・ギャラリー〉の経営者が、何度もお辞儀を繰り返しているところだった。その丁寧すぎる仕草を見て、ここは明らかにジュディスが重要人物として扱われている世界なのだと、アプルビイは確信した。ひょっとするとあの若い記者が書き留めていたのはアプルビイの名前ではなく、ジュディスのほうかもしれない。

「初めまして、いかがですか――調子は？」ミスター・ブラウンコフは愛想がよく、骨のない球のような体形をした男で、ありふれた挨拶の言葉に熱を込めるあまり、アプルビイは銀行口座の残高について訊かれているように思えた。「こちらのレディ・アプルビイは、わたしたちにとって、とてもいい友人です。彼女の助言は、いつもとてもいい助言です――そうですね？」ミスター・ブラウンコフはギャラリーのあちこちに視線を走らせ、より大事な、より聡明な友人が自分を必要としていないかを確認しているようだった。「そして今日はまた格別に素晴らしい日――誕生日なのですね、サー・ジョン、レディ・アプルビイ」

「誕生日だと？」きっとこのミスター・ブラウンコフはどこかヨーロッパ大陸の奥地で誕生し、その後ニューヨーク経由でイギリスにやって来たのだろう、とアプルビイは推理した。誰の誕生日の話かと混乱し、ブラウンコフにおめでとうと言ってやるべきなのだろうかと考えた。

「レジェンドです」ミスター・ブラウンコフが声をひそめ、抱えていたカタログの一番上の一冊を軽く叩いた。「今日はレジェンドが生まれた日ですね、サー・ジョン。もちろん、わたしはこれまでの長いキャリアで、大きな美術品の取り引きをいくつもしてきました。でも、レジェンドの誕生はありません、今日が初めてなのです。ザ・リンバート・レジェンド――いい響きですね？　そして今、あなたにそれをお見せする時間が、少しだけあります。いえいえ――迷惑ではありませんよ！」そう言いながらミスター・ブラウンコフは、まるで顧客が喜びつつ遠慮しようとするのを遮るように、白くやわらかそうな手を掲げた。「ちっとも迷惑ではありませんね。ここにはとても重要なパトロンや美術界の方々がいらっしゃいます」その手は、彼の言うパトロンたちを仰々しく指し示した。「あなたと同じイギリスのご友人たちは、もちろんあなたにもわかりますね。ほかの方々はヨーロッパ大陸から来ています。収集家、美術史家《クンストヒストリカ》、大規模なギャラリーの責任者、みんなそれぞれ飛行機に乗ってここへ来ているのです、この素晴らしく新しいレジェンドを見るために」ミスター・ブラウンコフが晴れやかな顔つきになった。商売人であると同時に、想像力のたくましい男であることは明白だ。彼が金の懐中時計を取り出した。「今は、サー・ケネス、サー・ジェラルド、そしてドクター・ローゼンシュタインの到着を待っているところです。それまででしたら、あなたをご案内しますね」

　彼らの到着ならば、おそらくずいぶん待つことになるだろうとアプルビイは疑った。だがジュディスはミスター・ブラウンコフに好意を持っているらしく、アプルビイも彼を拒絶するほど気持ちが固まっているわけではなかった。そこで三人は部屋の中を一巡し始めた。まだずいぶんと混雑していた。〈ダヴィンチ・ギャラリー〉のような場所では、こうした非公開の内覧会こそが、逆に一年で最も注目を集める大イベントであり、不穏な噂がつきまとうせいで、今回はさらに人目を引いていた。ひょっとすると、才覚あるブラウンコフがどうにか創り出そうとしているとおりに、本当にリンバート・レジェンドが生まれるかもしれない。今日の成果はなかなかのスタートと言えそうだ。ブラウンコフはこの展示会を、いささか早すぎて不謹慎なところはあるものの、間を置かずに意気揚々と開いたのだ。いわば、ギャビン・リンバートの葬儀用のミートパイは――もし実際にそんな料理が出されたとすればだが――きっとこの部屋にいる、特に選ばれたパトロンたちのための軽いビュッフェに使い回されたことだろう（シェイクスピア『ハムレット』で、亡父の葬儀のミートパイが、母と叔父の婚礼の馳走に使われたというハムレットの台詞より）。

ジュディスは絵画を一枚ずつじっくりと眺めていた。ほんのさっきまで、彼女はミスター・ブラウンコフとの会話を楽しんでいた。だが今は、彼の存在がまるで目に入っていない。彼もそれを一向に気にしていないようだ。ジュディスは時おり絵を買うことはあっても、売りつけられる人間ではないことを、彼はおそらく承知しているのだろう。一方、夫がどういう客かは未知の領域で、ミスター・ブラウンコフはそちらに開拓の可能性を見出していた。当のアプルビイは、ギャビン・リンバートの技法《テクニック》はとても理解できそうにないが、ブラウンコフの手腕《テクニック》からは学ぶことが多そうだと思った。芸術の流行は変わるもので、壁にかかった作品を見る限り、アプルビイは自分がひと世代昔の人間なのだと感じた。だが人間というのは普遍であり、現代の巧妙な売り込み口上も、かつてエデンの園でヘビが狙いをつけたのと同じように、人の心の弱さにつけ込んでくるはずだ。まさにイヴを誘惑したリンゴを自分も勧められるのだろうと、アプルビイは見抜いていた。ブラウンコフはせいぜいそれに、彼なりの付け合わせを添えて差し出すだけだ。

「これはあまり良くないですね」〈ダヴィンチ・ギャラリー〉の経営者は、角にかかった一枚の絵の前で立ち止まった――本当かどうかはわからないが、ちょうど彼の部下が売約済みの赤い星印をつけていったばかりだ。「天才の才能は感じます。将来性も感じます」リンバート作品の中からこの一点を選んで購入を決めたセンスの悪いパトロンに、次の言葉を聞かれるのを恐れるかのように、ミスター・ブラウンコフは素早く辺りを見回した。「でも、出来は良くないのですね」

「胸に響かないな」アプルビイが言った。

ミスター・ブラウンコフは黙って意味ありげな視線を返した。まるでより高い次元で意見の一致を見たとそれとなく認識し合った者同士が、公の場で密かに目配せを交わすかのように。彼はカタログを軽く叩きながら、次の作品へと歩きだした。「リンバートはまだ若かった」声を落として言う。「リンバートはまだとても若かったのです。彼はラファエロになれましたか、サー・ジョン?」ミスター・ブラウンコフはそう尋ねた後で、アプルビイが慎重に考えて答えを出せるようにたっぷりと間を空けてから言った。「ちがいますね——リンバートはラファエロではありませんね」

「まばゆいほどの早咲きという感じはしないね」アプルビイはあえて言ってみた。「中にはいくつか、そうでないのもありそうだが」

ミスター・ブラウンコフのまぶたがぴくぴくと動いた。相手に秘められたきわめて鋭い洞察力を突如目の当たりにして、驚きを隠しきれないしるしだ。特に注目を向けることなく、二枚の絵の前を通過した。そして三枚めの前で立ち止まった。短い指で、その絵の一部分を指し示す——深い朱色の楕円形だ。指はキャンバスの上を滑って群青色の円筒形で止まり、そこからまた黄鉛の長方形へ進んだ。

「色彩、かな」アプルビイは声に出して言ってみた。

ミスター・ブラウンコフのまぶたの痙攣が激しくなった。再び注意深く辺りを見回す。「そう、色彩」静かな口調で言う。「そのとおりですね、サー・ジョン。彼が色彩に没頭した時期のものです。熱意を傾けて描いたこれら初期の作品について——」そう言いながら、今はかなりのろのろとギャラリーの中を回っている群衆を用心深く示す。「まだ誰もその価値に気づいていないのです。ですが、まちがいありません。色彩と言えばティツィアーノ・ヴェチェッリオ（〝色彩の魔術師〟と呼ばれたルネサンスのイタリア人画家）か、はたまたギャビン・リンバートか、なのですね」ミスター・ブラウンコフはしばらく、美術への畏敬の念から恍惚に浸っているようだった。やがて何かに気づいて我に返った——正確かつ公平な頭脳が何かを思い出したらしい。「いえ、ほかにはルノアールもいましたね——ルノアールと、そしてわたしたちの大好きなマシュー・スミス（二十世紀初頭に活躍したイギリスの画家）も」

「ジョルジョーネ（ルネサンス期のイタリア人画家）はちがうのかい？」アプルビイは遠慮がちに言った。

「ああ——ジョルジョーネですか」ミスター・ブラウンコフは眉を寄せて考え込んでみせた。その斬新なアイディア、異端ではあるが重要なアイディアを提唱したのが権威ある人物だと思えばこそ、真剣に検討する価値がある、と言わんばかりに。やがて集中が解け、新たに知的な事実に気づいたかのように表情が華やいだ。「なるほど、そのとおりですね！　素晴らしいです、サー・ジョン。とても素晴らしい。ジョルジョーネ。彼もまた色彩が特徴的ですね」

　ジュディスは一人で先に行っている。今大いに目をかけているブラウンコフが愚弄されるのは、見るに忍びなかったのだろう。だが、意味不明な弁舌家のマーヴィン・ツイストの背景となっていた大きな絵画の前で、二人はジュディスに追いついた。ツイストもまだそこにいた。おそらく謝礼の小切手を待っているのだろう。あるいは酒の一杯ほどしか期待していないのかもしれない。その何かを待つあいだ、ジュディスに先ほどのスピーチの専門的な補足を話して聞かせているところだった。「これは確かな前進よ、レディ・アプルビイ。大きく一歩前に進んだの。これまで彼がやってきたすべてが変わる、重大な分岐点ね」自分の表現があまりにも稚拙なのが明らかに不満だったと見え、ツイストは一旦言葉を切った。「原理の融合のために現実を崩壊させようという、確固たる努力の痕跡というわけよ」

「この絵はリンバートの最後の作品で」ブラウンコフはアプルビイの脇腹を突き、ささやき声で情報を伝えた。「また彼の最高傑作《シェ・ドゥブル》でもあります。もしもこれがアメリカへ渡ることになったら、サー・ジョン、なんと残念なことでしょうね。テート・ギャラリー（イギリスの国立美術館）に寄贈したいという格別な要人の方も、何人かいらっしゃいます」

「最高よね」ツイストが言った。「この作品には、新しい超越論主義や、パウル・クレー（スイスの前衛画家）、バロック風インテリア、航空写真術、統合失調症患者の夢、そういうものの影響が見て取れるの」

「ところが、アメリカの複数のギャラリーからも、熱心な問い合わせが来ているのです」リンバートの遺作の後見人は、この内緒話に愛国心の鼓舞を巧妙に入れ込んできた。と同時に、アプルビイの持っている傘にこっそりと視線を走らせた――相手の経済状況を推し量るには、傘はいつも有効な指標になる。「金額は公表しません」と彼はつぶやいた。「今ならどなたか公共心あふれる偉大な方が、このリンバートの最高傑作《シェ・ドゥブル》を非公表の金額で買い取って、テート・ギャラリーに寄付してくださることができるのです。〈タイムズ〉紙にも載りますね、サー・ジョン。美術界にとって、なんと称賛すべき貢献でしょう。誰もが大喜びします――国王陛下、女王陛下は格別に」

王室には深い敬意を抱いているアプルビイではあったが、その提案は気が進まなかった。もしかするとこの絵は本当に、テートに納められるべき価値のものかもしれない。それは彼にはわからないことだ。だが、それまでのリンバートの傾向とは大きく異なっていることだけはわかった。複雑な図形をたくさん詰め込んでいるものの、ほかの作品よりも自由な手法で絵筆を走らせている。芸術家がまったく新しいアイディアを思いつき、気持ちがすっかり高揚したときには、きっとこのようになるのだろう。この最後の一枚で、ギャビン・リンバートは何か新しいものに挑戦したのではないかという印象を確認するために、アプルビイはすでに見てきた作品の方を振り向いた。その動きを、ミスター・ブラウンコフは彼なりに解釈した。急に腕を取られ、アプルビイは瞬間的に拒絶できなかった。

「戻りましょう」ブラウンコフが言った。「あなたがさっき選んだ、あの色彩のパーティーのような格別な絵のところへ戻りましょう、サー・ジョン。あの絵を〈ダヴィンチ・ギャラリー〉の良き友であるレディ・アプルビイへ、あなたから誕生日記念に贈ってはいかがですか？ そうしたら〈ダヴィンチ・ギャラリー〉もあなたがた方良き友二人への感謝のしるしに、驚くほどの低価格をご提示しますね」

先ほどミスター・ブラウンコフが、亡きギャビン・リンバートとティツィアーノを比較するきっかけとなった絵の前まで、二人は戻ってきた。アプルビイは訝しそうな目を絵に向けた。「タイトルは？」彼は強めに尋ねた。

ミスター・ブラウンコフの目が輝き、アプルビイの腕をますます強く摑んだ。どうやら売買成立までのプロセスで馴染み深い段階に突入し、見込みありと確信したようだ。「カモメと魚」自信たっぷりに言った。「色彩のご馳走のようなこの絵は「カモメと魚」ですね。黄麻布《バーラップ》に油彩絵具で描かれています」

「バーラップ？――何だ、それは？」これにはアプルビイも明らかに疑い深い声を出した。

「とても丈夫な素材なのですね」ミスター・ブラウンコフは、すかさず得意分野で応じた。「この消化に悪そうな色彩の饗宴のような素晴らしい絵は、だから長持ちします。百ギニー（百五ポンド）です。でもレディ・アプルビイは、あなたが二百か三百ギニー払ったと思うでしょう」

「なるほど」ブラウンコフをからかうのが面白いというだけの理由で、本当に絵を購入する見込みのありそうな客から引き留めておくことにいくばくかの良心の呵責を感じていたアプルビイは、その提案に少し態度を硬化させた。「では、さっきの大きい絵——あれは何というタイトルだね？」

「最高傑作《シェ・ドゥブル》のことですか？」ブラウンコフの目がさらに輝きを増した。と同時に言葉を濁し、絵のタイトルという重大問題を明らかに無視した。「あれは抽象画ですね、サー・ジョン——素晴らしい新しい芸術スタイルの抽象画です」

「絵にはタイトルがあってしかるべきかと思ったが」アプルビイは徐々に興味をなくてきた口調で言った。

「いえ、もちろんタイトルはありますね」そう言って安心させるように微笑みながら、ブラウンコフの視線は、何か思いつかないかと天井をさまよっていた。「『天地創造の第五日』。この格別な、素晴らしい、リンバートの最後で最高の絵のタイトルです。『天地創造の第六日』」

「今、五日と言わなかったか？」

「両方です」ブラウンコフは言い張った。「『天地創造の第五日と第六日』。この素晴らしい絵は抽象画ですね。時間もまた抽象的なのです」

「だが価格は抽象的ではないんだね？」

「何と言われましたか？」ブラウンコフは、アプルビイを少し疑い始めたかのように目を光らせた。

「いくらだね？——あれを買ってテートに寄贈するとしたら？」

ブラウンコフは深呼吸をした。どれだけ失望しようともあきらめることなく、人間の根本にある善意を信じてきた努力がついに報われる、という面持ちだ。「あちらへ戻りましょう」彼は言った。「たしかにこれもいい作品です」彼は「カモメと魚」を卑下するように手を振った。「でも、色が美しいだけですね、サー・ジョン。フォルムがありません。フォルムこそが芸術の魂なのです。リンバートがついにフォルムを会得した偉大な最高傑作《シェ・ドゥブル》を見に戻りましょう」

「無理だな」

二人はギャラリーの奥へ二、三歩踏み出したところだった。ブラウンコフは驚いた。「何と言われました、サー・ジョン？」

「あの絵のところへ戻るのは無理だ。絵がなくなっている」

*

本当だった。部屋の中にはまだ大勢の人がいたが、隙間が空いた瞬間に、向かい側の壁が二人から見えた。パレットと月桂冠と大きな黒いリボン飾りはそのまま残っている。だが、その下の空間がぽっかりと空いていた。

ブラウンコフは怒りに駆られて唸り声を上げ、部屋を突っ切って駆けだした。ようやくマーヴィン・ツイストから逃れたジュディスが、夫の元へ戻ってきた。「ジョン――あなた、いったいブラウンコフに何をしたの？　狂気へ追いやったの？」

「『天地創造の第五日と第六日』が消えたんだよ。それが彼の気に障ったのさ。ちょうどあの絵の値段を尋ねたところだった。まさに魚が餌に食いつくと思った瞬間に、あの大きな絵が消えてしまうとは、さぞ腹立たしいことだろうな。お、戻ってきたぞ」

「どこにもない——消えてしまった！」一人っ子を溺愛する親が帰宅してみると、暴漢とともにわが子が家からいなくなっていたとしても、このときのミスター・ヒルデバート・ブラウンコフだかブラウンだかのようには、その言葉に哀愁を込めることはできなかっただろう。「サー・ジョン、レディ・アプルビイ、あのリンバートの最高傑作《シェ・ドゥブル》が、泥棒に持ち去られたのです！」

「まちがいないのかね？」アプルビイの態度には、職業上の好奇心がまったく見られなかった。「ひょっとするとテートの関係者が待ちきれずに、早々と絵を引き取りに来たのでは？」

「冗談話にするつもりですか、サー・ジョン」ブラウンコフが激しく咎めた。

「ミスター・ブラウン、あなたこそこれでひと騒動起こすつもりじゃないのか？　今頃リンバートは大喜びしているだろう。まず本人が殺されて、それから最高傑作が内覧会から消えてしまった。急いで記者たちを呼ばなきゃならないな、ミスター。今日中に号外を出したいなら」

「たしかに宣伝にはなりますね——芸術に向けられたこの災難は」本心なのかどうか、どうやらブラウンコフは突然示されたそのわずかな慰めに飛びつこうとしているようだった。

「もちろん、宣伝になるとも」アプルビイは少し厳しい声で言った。「新聞記者たちにはこんな見出しを提案するといい。〝盗み《アブストラクト》出された抽象画《アブストラクト》の謎〟……さて、ジュディス、そろそろ失礼するとしよう」

第二章

それから三時間が経っていた。アプルビイは山積みになった報告書の最後の一つにイニシャルだけの署名をし、パイプを手に取って刻み煙草の葉を詰めると、大きなデスクの向こうにいるキャドーヴァー刑事課警部補へ煙草の瓶を滑らせた。「何かあったかい？」一日の締めくくりに、それが非公式に犯罪捜査局全体の報告を促す決まり文句だった。

「ウォーターバス研究所の警備スタッフが懸念を訴えてきました。少年たちが研究所内に忍び込んで、写真を撮っていたそうです」

アプルビイが微笑んだ。「政府がああいうものの製造を公にしているのだから、少年たちが健全な興味を示すのもしかたないんじゃないかね」

「わたしもそう言って、少年スパイ組織の仕業だとでも疑っているのかと尋ねました。なんでも、少年の一人を捕まえたところ、外国訛りがあったのだとか。ポーランド訛りのようだと言うんです。ひょっとするとウェールズ地方の訛りだったんじゃないのかと尋ねると、そうかもしれないと。ちゃんと調べろと言ったのですが、それは無理だ、もう少年は逃げてしまったとのことでした。ひどい報告ですよ」

アプルビイはマッチを擦った。「たしかに、信用性に欠けるな」

「いったいどうやって逃げ出したのかと尋ねました。彼らは言いづらそうに言葉を濁していたのですが、何があったかは推測できました。揉めているところへ、所長のバッファリー卿がたまたま通りかかり、咎めだてせずに少年を母親の元へ帰すことを黙認されたのです。ただ、警備スタッフの懸念は収まらず、所長の判断ミスだったのではないかと考えているようです。そう思うなら、所長にそれを伝えるのがきみたちの義務だろうと言ってやりました。すると、とたんに引き上げてしまいました」

キャドーヴァーは悲しそうにため息をついた。キャドーヴァーにとって、彼の言うところの〝警備スタッフ〟による愚行は、いつもひどく悲しい出来事なのだ。近頃全般的に諜報活動能力が低下している顕著な表れの一つだと捉えている。終末論を唱えていたハドスピス（アプルビイのかつての同僚刑事）がロンドン警視庁を去ってからというもの、その重苦しい思考は、すっかりキャドーヴァーが受け継いでいた。

「ほかには？」

「ホートン公爵がお見えになりました。警視監に会わせてくれ、ほかの者とは話したくないとおっしゃっていました。警視総監とお話しをされてはと勧めましたが、あいつは嫌いだとおっしゃって。かなり変わった方ですね」

「警視総監が嫌いだと変人なのか？」

「そういうつもりで言ったわけではありません」ポーカーフェイスのキャドーヴァーは、落ち着いた手つきで自分のパイプに刻み煙草を詰め始めた。「ホートン公爵からの伝言ですが、水槽と金魚《ゴールドフィッシュ》と銀魚《シルバーフィッシュ》を誰かに盗まれたのだそうです。そんなものの被害届けのためにわざわざバークシャーから出てくるなんて、相当な変人にちがいありません」

「たしかに妙だな」

「公爵が魚類学者だとは存じませんでしたよ、と思いきって言ってみました。すると不思議そうな目つきをして、どうやら犯罪捜査局でも何匹か〝奇妙な魚《オッド・フィッシュ》（〝変わり者〟の意）〟を飼っているようだね、とおっしゃいました。ただし、やたらと礼儀正しい口調で」

「ほう、本当か？」アプルビイは興味を引かれたようだった。「それは公爵が非常に不安がっていた証拠だ……ほかには？」

「レディ・クランカロンが――」

「なんてことだ！」

「ええ。最近わが国の演劇が不道徳で退廃的なことに、協議会が懸念を募らせているとおっしゃって。チェンバレン卿にお会いになることを勧めたのですが、チェンバレン卿は大司教たちの言いなりで堕落者と変わりないし、その大司教たちまでもが熱心に芝居小屋に通っているのだと。では首相にお会いになられてはと提案しましたので、おそらく今頃は首相官邸にいらっしゃるのではないでしょうか。ほかには何もなかったように思います。いえ、たしか、絵がどうとかいう一件が。今日の午後、どこかのギャラリーで絵が一枚盗まれたそうです。どうやら事件は」キャドーヴァーは見事なまでの無表情を決め込んで話を続けた。「錚々《そうそう》たる招待客の目の前で起きたらしいですよ」

「そしてジュディスとわたしの目の前で、と言いたいのだろう？」

ほんのかすかに、キャドーヴァーが微笑んだ。そして、折りたたんだ夕刊紙をポケットから取り出した。「最近は新聞社も写真の腕が上がりましたね」新聞をきれいに広げて上司に手渡す。「まさしく数分後に盗み出されるその絵を、警視監が眺めている瞬間が写っていますよ。思わぬ幸運ですね」

アプルビイは、目の前に広げられた新聞の一面に載っている自身の写真をじっくりと見た。いい写真だったが、どうも顔の表情はいただけないと思った。これではまるで「天地創造の第五日と第六日」に畏敬の念を感じて、すっかり見入っているように見えてしまう。ジュディスは写っていなかった。マーヴィン・ツイストもだ。だが、ヒルデバート・ブラウンコフははるか前方にいて、商売人たる誠実さと、芸術家の繊細な心の持ちようの両面を見せるべく、計算したポーズを取っている。アプルビイは何の感情も見せず新聞を返した。「盗まれた？　そう決めつけるのは拙速じゃないか。このブラウンだかブラウンコフだかという男は、リンバートの事件を最大限に利用しようとしている。今回の件も、彼が世間の注目を引き延ばすための秘策という気がしたのだが」

キャドーヴァーが首を振った。「捜査官に調べに行かせたんです――その報告が、こちらへうかがう前に届きました。その捜査官によれば、絵は本当に盗まれたようです……中ほどのページをご覧ください」

アプルビイは再び新聞を手に取った。どうやら今日の午後〈ダヴィンチ・ギャラリー〉で成果を挙げたカメラマンがもう一人いるらしい。こちらの写真では、白い作業着を着た上品そうな年配の職人が、明らかに「天地創造の第五日と第六日」とおぼしき絵を小型トラックに積み込もうと持ち上げているところだった。小さな集団が好奇心旺盛に見守っている。その群衆を、いくぶんおせっかいな様子で警察官が制止している。

「実に単純な手でした」キャドーヴァーが言った。「この男はただ堂々とギャラリーに入り、壁から絵を外し、持って出たのです。誰も彼に説明を求めませんでした。そしてわれわれ警察ときたら、ご覧のとおり、犯人を恭しく見送ってやったようなものです。新聞は大喜びで書きたてることでしょう」

「きっとそうだろうな」

「実のところ、すでにこちらの新聞にはかなり派手に書かれているのです」キャドーヴァーは悲しそうではあるが満足げに続けた。「読み上げますよ。〝ロンドン警視庁当局は、紛失中のリンバートの作品の特徴を公表するにあたり、いささか困惑しているようだ。作品は非常に現代的かつきわめて抽象的な絵画であるため、二重の意味でとらえどころがないと言えよう。だが発見さえできれば、それが盗まれた絵か否かの判定は難しくないはずだ。ロンドン警視庁のサー・ジョン・アプルビイ現警視監が偶然、盗難のわずか数分前にじっくりと観察していたからだ（写真）。サー・ジョンはその作品を、ミルバンクにあるテート・ギャラリーに寄贈するため、購入を検討していたとされる〟」キャドーヴァーがそこで読むのをやめた。「これはまた興味深い情報ですね。テート側は寄贈に合意していたのですか？」

「問い合わせすらしていないよ。わたしが絵の購入を考えていたというのは完全に、そのやり手のブラウンコフなる男の作り話だ。いや」アプルビイは正直に認めた。「完全な作り話ではないな、わたしもギャラリーを案内してもらいながら、カモにされるふりをしていたのだから。実のところ、身から出た錆か。どうやらこの先も、ギャビン・リンバートの名を耳にすることになりそうだな。彼について聞かせてくれ。わかっていると思うが、わたしはあの事件について詳しく知らないのだ」

「詳しくお知らせするほどのものはありません」キャドーヴァーはパイプを置き、じっと天井を見つめた。何かを解説するのが大好きな男なのだ。「それに、ある女性――アロウという若い娘です、メアリー・アロウ――が行方不明になったという別件がなければ、事件にすらなっていなかったでしょう。リンバートは自殺した可能性が高いのです。芸術家というものは、ときどき自殺しますから」

「何度も自殺する芸術家が、それほどいるとは思えないがね。リンバートはどうだったんだ？」

「それはつまり、彼が過去にも自殺の兆候を示していたか、ということですか？　いえ、なかったですね——われわれが調べた限りでは。ですが、それはさほど重要ではありません」

アプルビイはうなずいた。「わたしもそう思う。ただ、あの〈ダヴィンチ・ギャラリー〉という店に彼の写真があって、たまたま今日の午後じっくり眺めてきたのだ。彼の描いた作品よりも参考になったよ。写真からは、まったく世間の荒波に揉まれたことのない若者像が見えた。何か自殺しそうな事情はあったのか？——病気や借金、女とのトラブルとか」

「何もなさそうです。もしかしたら、インスピレーションの枯渇を感じていたのでは——わたし個人としては、そのようなことを考えていたのですが」キャドーヴァーは自信なさそうにその仮説をさらに進めた。「あちこちに訊いて回りました。どうやらそういう気分に陥った若い画家は、ひたすら酔うまで飲み歩くものらしいですね」

「リンバートもひどく飲み歩いていたのか？」

「死体からアルコールは検出されませんでした。さらに言えば、彼のアトリエに酒はありませんでした。ですが、何らかの錯乱状態ではあったようです。部屋の中がめちゃくちゃでした」

「芸術家が乱雑なのは、よくあることだ——自殺願望者よりも、乱雑な人間のほうがはるかに多い」

「ですが、リンバートは例外です。確認してきました。彼は整頓好きの若者だったと誰もが言うのです。二年間海軍に従軍した後、そこで身につけた習慣を日常生活でも続けていたそうです。すべてのものに定位置があったとか」

「女にも？」

「メアリー・アロウという娘にもです。彼女のことでひどく感情的になっていたという証拠は見つかりませんでした。階下に住む男によれば、ギャビンは――リンバートのことです、ご存じでしょうが――彼女の太腿にご執心だったらしいです。わたしには少々理解し難いことでして」天井を見上げたまま、キャドーヴァーが続けた。「そこで、特にこの点を掘り下げてみたのです。階下の住人は、それは純粋な芸術的趣向だったのではないかと言っていました。〈ダヴィンチ・ギャラリー〉には――その――衣類をまとわない習作はありましたか？」

「ヌードがあったかと訊いているのか？　もしあったとしても、原理の融合のために明らかに崩壊させられていたはずだ。ちなみに、目で見て判別できる要素をすべて絵から取り去ることを、最近ではそう表現するそうだよ。覚えておくといい」

「メモしておきましょう」キャドーヴァーは生真面目に関心を示した。「とにかく、リンバートはその娘の――少なくとも太腿の――絵を描き、彼女をときどき食事に連れ出していたそうです」

「プロのモデルなのか？」

「いいえ。ミュージシャンを目指していて、最上階に住んでいます――いや、行方不明になるまでは、住んでいました。是非ご自分の目であの建物を確認なさってください」

「今から行こう。すぐ車を手配する」アプルビイが電話の受話器を手に取った。「話を続けてくれ」

「夕食までのお帰りを、奥様がお待ちなのでは？」キャドーヴァーは独り身のかすかな皮肉の裏に、アプルビイの迅速さに対する大きな満足感を押し隠した。「プロのモデルでもない女性を、そのように描くことはよくあるのかと尋ねました。その階下の男は、いや、そんなにあることじゃないと言っていました。ですが、ミス・アロウは実に分別のある女性だったようです。時おりリンバートのところを訪れて、彼に手を、いや、太腿を貸していただけだったと」

「何もかもが完璧なまでに事件性に欠けるな。それでも、メアリー・アロウは姿を消したのか？」

「ええ、忽然と。まるで身軽に、すぐそこの角まで牛乳の小瓶を買いに部屋を出たように。騒ぎ立てる親戚も出始めました――当然のことです。とは言え、それほど日にちは経っていないのですが。リンバートが死んで、まだ十日ですからね。取り乱した娘が、しばらくどこかへ逃げているのかもしれません。もしかすると自分も審問に呼ばれ、モデルをしていたいきさつを説明しなければいけなくなると思ったのかもしれない。なにせ彼女は慎み深い――」

「そうかも知れないな。つまりその娘が、聖職者である大事な父親を苦しめるのを恐れたのではないか、そういうことだろう？」

キャドーヴァーは驚いた。「まさかご存じだとは――」

「たいてい田舎の教区司祭館の出身なんだ、そういう娘は。だが姿を消すほうが、その大事な父親をよほど心配させることはわかりそうなものじゃないか」アプルビイは立ち上がり、帽子とコートを取りに行った。「どうも妙だ」

「だからと言って、それだけで捜査を続けるわけにもいきません。リンバートは自、、分で自分を撃った可能性が高いのですから。至近距離から発射された弾丸が口蓋を貫通し、すぐ脇の床の上に拳銃が落ちていました」

「海軍仕様の銃か？」

「いいえ。彼とその拳銃の繋がりは一切ありません」

「指紋は？」

「まさかお忘れですか、動物の骨から作られ、網目模様が深く刻み込まれた拳銃のグリップからは、大体において指紋らしい指紋は採れないのですよ」キャドーヴァーの口ぶりは、とっくに実践的な犯罪捜査から退いて昇進してしまった相手への悲しげなものだった。「それに、アトリエのどこからも不審な指紋は出ませんでした」

「つまり、きみの推測では、気分が落ち込んだ末の自殺だと？」

「検視審問で検視官が陪審員に吹き込むはずの見解では、そうなるでしょうね」キャドーヴァーは用心しながら言った。「ただし、それは表面的な見方だという以上のことは、わたしの口からは申し上げられません。ひと皮むけば、まったくちがうものが隠れているかもしれません」

アプルビイのデスクの上にあった機械が低い唸り音をたてた。「車が来たぞ」彼は言った。「リンバートのアパートはチェルシーにあるんだったな？　十分もあれば着けるはずだ――途中でテート・ギャラリーに手を振ってやろう」

*

ガス・ストリートはキングス・ロードと平行して伸びる袋小路で、その入口に繋がる静かな道もまた、川にぶつかる手前で行き止まりになっている。いかにも実用性を連想させる名前とは裏腹に、センスやスタイルのいい通りだ。たしかに道の片側には馬屋のような小屋が並び、奥の行き止まりには、目立たない小さな扉が一つついているただレンガを積み上げただけの高い壁がある。だが、それらを除けばすべてが魅力的だ――それも、この地区特有の流行の先端をいく魅力にあふれている。通りに沿って並んで建つ小さく細長い家々の正面は、味気ないほどそっくりなわけでもなく、かと言ってそれぞれ好き勝手に設計されたわけでもない。なぜならどの家も、控えめなセンスのイギリス風ファサードが称賛された時代に建てられたからだ。さらにガス・ストリートの住人はみな、この穏やかで暮らしやすい設計の家に住めることに、明らかに誇りを感じている。通りのどこを見ても、隣り合う二軒の玄関に同じ色のドアはない。だが同様に、通りの端から端まで不協和音は感じられない。各戸のドアの色が互いに溶け合い、引き立て合い、さらにドアの周りには最高のセンスを感じさせる、落ち着いた色のレンガやきれいな漆喰の壁が取り囲んでいるからだ。ガス・ストリートでは、実際のところ、こういったことに対するかなりのこだわりが見られた。そのままでは狭く暗い窪地でしかない場所が、手入れの行き届いた小さな植え込みになり、明るい色に塗られた桶から、ツル植物が枝分かれしながらガードレールを這い上がるように伸びている。別の社会階級であれば、これ見よがしに庭の小人《ノーム》やカエルやウサギの置物を飾る気軽さで、ここでは貴重な骨董品や、あるいは質の高い小さな彫像のオブジェが、歩道脇のあちらこちらに無防備に置かれている。さらに、珍しくガス・ストリートを通りかかった人がいれば、家々の内装も期待どおり非常に洗練されていることはすぐわかる。下層階の窓にはほとんどカーテンがなく、窓辺に並べた小型のサボテンや、精巧な吹きガラスで表現された繊細な空想世界越しに、部屋の中を覗き込むことができるのだ。小さな部屋に置いてあるものは、どれも芸術的な目で慎重に検討を重ねて選んだ品ばかりだ。チェルシー・ホスピタル（退役軍人対象の老人ホーム）で、特徴的な赤い制服を着た入所者のお年寄りの姿を子どもに見せてやろうと、田舎から出てきた人が曲がり角を一本まちがえてこの目を見張るような袋小路に入り込み、どこを向いても洗練された光景なのに圧倒されて、つま先立ちでそっと引き返していく姿がしばしば見られるほどだ。

ガス・ストリートでは、見えないところでひっそりと数多の生活が営まれているらしい。金曜日の夜になると、最高級車以外のあらゆる型の自動車が通りにずらりと並ぶ。そして、驚くほど大勢の子ども連れの住人が詰め合って車に乗り込み、我が家と同じように、狭いながらも快適に過ごせる週末用のコテージに向かう準備をする。目的地に到着したアプルビイとキャドーヴァーを出迎えたのは、ちょうどこの光景――上流に近いイギリスの中流階級の歴史における〝すし詰め時代〟の現場――だった。

「犯行現場と呼ぶにはほど遠い眺めだな」アプルビイは、黒い大型セダンの屋根の上にクロムメッキのベビーカーが積まれる様子を、車の中から見ていた。「この一帯のどこをとっても、きちんとしすぎるほどきちんとした環境じゃないか。警察官の出る幕などなさそうだ」

キャドーヴァーがクックッと笑った。「面白い話があるんです」彼は言った。「実を言うと、ちょうどリンバートが死んだ夜、このガス・ストリートは警察官で埋め尽くされていたんですよ」

「埋め尽くされていた?」

「そうです。検視官がこの一件を殺人の可能性ありと判断すれば、ちょっとまずいことになるでしょうね。何と言っても当時は警察官が、この通りすべての地下裏口に一人ずつ立ち、すべての街灯に一人ずつ登っていたのですから」

「またいったいなぜ――?」

「レディ・クランカロンです」

「なんだって!」

「この先の行き止まりにレンガの壁が見えるでしょう? あの奥にナイトクラブがあるんです――

〈トーマス・カーライル〉という名の」

「どこかで聞いたことがあるな。それにしても、ナイトクラブにしては妙な名前じゃないか（トーマス・カーライルは、スコットランドの歴史家の名）」

「みな気の利いたジョークだとでも思っているのでしょう」キャドーヴァーの賢明な見解は、浅はかな下層階級を厳しく咎めるような空気を帯びていた。「もちろんその店には、ターネルや配下の者たちの承知していないような動きは一切ありません。ですがレディ・クランカロンは、そのナイトクラブがきわめて不道徳な輩のたまり場だと思い込んだのですね。そして彼女に責めたてられた内務大臣が、ついには警視総監のところに来て、頼むから見るからに派手な手入れをやってくれと泣きついたのです。それであの夜、まるでガイ・フォークス（議事堂爆破による英国王ジェイムズ一世殺害を謀った〈火薬陰謀事件〉の首謀者とされる）が中で爆破計画を企んでいたかと思うほど大げさに、店は封鎖されました。レディ・クランカロンと気の毒なターネルが、エンバンクメントに停めた無線車から強制捜査を指揮したのです。この地区内の警察官の全員、いや、ほぼ全員が、飲みかけのウィスキー瓶でも見つからないかとゴミ箱をあさっているちょうどその頃、あのリンバートが謎めいた最期を迎えていたわけです。海の向こうで外国人と交遊してさえいなければ、警視監もきっと耳にしていたはずですよ」

「どうも警視総監が何か隠しているんじゃないかと思ってはいたのだ」アプルビイは車のドアハンドルに手を伸ばした。「それで、こんな趣味のいい家並みの中にリンバートのアパートがあるのかい？彼が住んでいると想像していたチェルシー地区とは全然ちがうが」

「袋小路の突き当たりにある二軒だけ、趣きがちがうのです」キャドーヴァーはアプルビイに続いて車を降りた。「リンバートのアパートは一番奥の建物で、二階の部屋です。建物はまったく近代化も改装もされていないので、家賃はかなり安いです。リンバートとメアリー・アロウを含め、住人は四人。四人とも芸術的な人間です」

　アプルビイは首を振った。「そんなことはない。芸術的なのは、通りの入口近くに住んでいるこじゃれた住人たちだ。リンバートとその仲間はたぶん、芸術家なのだろう」

「芸術家というものは、芸術的なのでは？」キャドーヴァーは、生真面目に問い詰めるような表情で上司を見つめた。

「それは馬鹿なやつだけだ。玄関から入ればいいのかね？」

「そうです。この玄関を入って、中階段から二階へ上がります」キャドーヴァーはガス・ストリートの一番端の建物の扉を、いきなり大きく開けた。「いわゆる〝ビジュー（フランス語の〝宝石〟から転じて、〝小型で優美な家〟の意）〟と呼ばれるタイプです」

　アプルビイには、その建物に宝石の優美さはまったく見受けられなかった。ただ、小さいのはまちがいなかった。中に入ると左手にドアが一つ、正面にもう一つ、そして右手の壁に沿って狭い階段があった。その壁を見ると、創造的活動の痕跡が目に飛び込んできた。壁一面に、近代的な着衣のイエスが十字架に架けられている場面が描きなぐってあったのだ。キャドーヴァーは嫌悪感をあらわにその絵を眺めた――無理もない、そこに描かれたローマ兵たちは、どれもロンドン警視庁の制服を着た悪人面《づら》だったからだ。「これを描いた人間は刑務所に放り込むべきですね」彼は言った。「汚らわしい宣伝活動をした罪で。六カ月の禁固刑です」

　アプルビイは首を振った。「無理だな。民間の住居内だ」

「ここはいわゆる共用階段ですよ」キャドーヴァーは執拗だった。「六カ月、あるいは――」

「そうとも、共用してるぜ」

二人は振り向いた。いつの間にか左側のドアが開いて、ゆったりとした青い上着姿の無精ひげの男が立っていた。キャドーヴァーは、敵意を新たに視線を向けた。「こんばんは、ミスター・ボクサー。今回の件は、警視監《アシスタント・コミッショナー》が担当することになりました」

ミスター・ボクサーは、その言葉がアプルビイの紹介だと理解し、アプルビイに気さくな会釈をしてから、再びキャドーヴァーのほうを向いた。「すげえ〝ジョー（〝おしゃべり〟の意）〟だな」

キャドーヴァーが顔をしかめる。「たしかに事件後、あなたにはさんざん質問をしましたが――」

「ちがう、ちがう。あんたの連れの守衛《コミッショネアー》さんのことさ。すげえ顎《ジョー》をしてる、それに上唇が長い。まるでベラスケスだな――それも、現代風の服を着た」

「コミッショナーですよ」キャドーヴァーが怒る。「ロンドン警視庁《スコットランドヤード》の」

「そうなのか？」無精ひげの男が興味を引かれた。「〈トーマス・カーライル〉の入口に、守衛が一人立ってるんだ。ヤードにも守衛がいるとは思わなかったな――警官ばっかりだと思ってたよ。よかったら中に入ってくれ」そう言うと、ミスター・ボクサーはこれ以上ないほど親しげな仕草で、ドアの脇へよけて入口を空けた。「本当のところ、ちょっと行き詰まってたとこだったんだ。グレースは不機嫌になるし。あんたたちのおかげで気分を変えられそうだ」

そこからは、アプルビイが主導権を取った。「そうだね」彼は言った。「お邪魔するとしよう。日当たりはいいのかい？」

「最悪だよ――ご覧のとおりさ」通された先には、画家のアトリエ向きの小さな部屋があった。「あのカーテン越しにどうにか射し込む程度なんだ。おれが思うに、絵がうまく描けないのはそのせいさ。

まあ、見てくれよ」ボクサーはイーゼルに架けた大きなキャンバスを、不満げな暗い表情で指さした。「ひでえもんだろう」

アプルビイは絵を覗いた。画面いっぱいに、現実にはありえない緑色の大理石の彫像らしきものが描かれている。女性の像で、全身ができるだけ立方体に近くなるように、奇妙にねじ曲げられている。より衝撃的なのは、その対象物が象皮病を合併した、かなり進行した浮腫を患っているように見えることだ。腕と胴体がほとんど同じ太さで、首は頭よりも太い。アプルビイはうまい感想が浮かばず、辺りを見回した。「ずんぐりしているね」

「当たり前だろう、それが狙いなんだ」ボクサーは悲しそうに首を振った。「駅にあるブリキの看板を見て思いついたんだ。ほら、戦前からある四角い一ポンド・ブロックのソーセージの広告さ。あの看板を見て、すぐにグレースを連想したね。ところで、あれがグレースだよ。あんたらは、ミス・ブルックスって呼んでやってくれ」

アプルビイはアトリエの奥をちらりと見た。長椅子に寝そべっているのは、ボクサーのキャンバスに描かれているのと驚くほど似た体形の若い女性だった。彼女をひと目見た者はすぐに、かつてサーカスの見世物小屋にいた〝デブ女〟を思い出す——と同時に、その連想は正しくないと気づくだろう。たしかにミス・ブルックスは、ずんぐりしていた。異常なまでにずんぐりしてはいたが、デブではなかった。実のところ、一九二〇年代初期からさまざまな芸術家がキャンバスに描いたり石に刻んだりした、その根源的な発想を具現化した肉体、それこそが彼女なのだ。いつの世も同じだ、とアプルビイは振り返った。ロセッティ（十九世紀のイギリスの画家）は、本人が諦めかけた頃にようやく魅力的な作品を生み出すことができたのだから……だがこうして考えにふけって、無礼な沈黙を生むのはよくない。「こんばんは」アプルビイは彼女に声をかけた。

ミス・ブルックスが瞬きをした。放心しているのか、昏睡状態なのか。あるいは体が硬直しているのかもしれない。芸術とは無縁の客の来訪に配慮して、彼女は何らかの薄手の布で大きな手足を覆っていた。とは言え、その四肢が今も、キャンバスに描かれたとおりの姿勢を続けているのは明らかだ。

ミス・ブルックスがまた瞬きをした。「こんばんは」物憂げにそう言った――と思うと、顔はそのままに、目だけをボクサーに向けて「家賃？」と尋ねた。

「家賃の催促じゃない――警察さ」うわの空で答えながら、ボクサーはミス・ブルックスに近づいて、不機嫌そうに彼女の肩甲骨のあいだを凝視した。「この辺りを、あとほんの少しだけ縮めてくれないかな――」

「さっきからずっと縮めっぱなしだよ、もう二度と伸ばせないぐらいにね」ミス・ブルックスがふてくされているのは、もはや明らかだった。「だからこんなのは無理だって、あの食料品店でも言ったじゃないのさ。あんたがあれを見つけたときから、あたしはそう言ってるんだよ」

「彼女、あの憎らしい箱のことを言ってるんだ」ボクサーはアプルビイのほうを振り向き、床の真ん中に置かれた小さな檻のような物体を指さして言った。「三十シリングも払ったんだぜ――正確な立方体と言えば、あの店にはあれしかなかったんでね。でも、グレースは箱の中に納まらないんだ。体が入っても、隙間から余分な肉がはみ出て形にならない。必死に押したり叩いたりしてみたけど、どうしても入りきらないんだ。肩のところがね、盛り上がってるせいだよ――かのM・A・ブオナローティ（ルネサンスの巨匠であるミケランジェロのこと）が描いたのと同じように、おれが描きたいのはちょうどこの上腕骨と肩甲骨を繋ぐ関節の部分なんだけどね」

「今ボクサーが出した名前はたぶん、ユーストン・ロードの外れに住んでるグラスゴー出身者の誰かのことよ」ぼんやりとした頭でも、ミス・ブルックスは事情を知らない者たちにそう説明してやるべきだと思ったらしい。「この人、彼らを崇拝してるの」

「頭から突っ込んでみるってのはどうだろう?」暗かったボクサーの顔に、純然たる芸術的ひらめきが広がった。「そのほうが効果的じゃないか、思いきり尻を押したほうが。今なら人手が三人もあるし。さあ立って、グレース。解決法が見つかったぞ」

ミス・ブルックスは――嫌がっているのは明らかだったものの――その言葉に従うべく体を起こしかけた。キャドーヴァーが顔に警戒の色を浮かべてアプルビイを見た。「警視監、そろそろ――」

「そうだな」アプルビイは、柔軟な思いつきを実行せんとする芸術家を手助けする気は十二分にあったが、部下を救済してやらねばなるまいと思った。「われわれは二階へ行ってくるよ。だが、もしもミス・ブルックスがあともう少しだけ休憩を続けてくれるなら、その前にミスター・ボクサーと、例のリンバートという男についてちょっと話がしたいのだがね」

「あんたら警察は、まだしつこくギャビンのことを調べなきゃならないのかい?」思いがけないことにボクサーが煙草の箱を取り出し、親切に勧めるように腕を伸ばした。「あいつ、本当に運がいいよな」

「運がいい?」キャドーヴァーは困惑した。

「だって、死んだんだろう?」

その単純明快な答えに、キャドーヴァーはしばらく言葉に窮し、アプルビイが口を挟んだ。「きみは人間の置かれた境遇《シチュエーション》というものにあまり期待していないようだね、ミスター・ボクサー」

「仕事《シチュエーション》なんてものは、おれにはさっぱりわからないな――最初の勤め口のこと以外は。服地店だったが、まったくひどい仕事だった。でも、あんたの言っているのが人生って意味なら、とんだ見当ちがいだ。人生はいいもんさ。少しばかり練習を積んでから、思いきって飛び込んでみるといい」

現実の人生が芸術を追い求めるように、芸術家は文学を追い求めるのだな、とアプルビイはしみじみと思った。少なくとも、若き芸術家はそうだ。彼らは各世代において、熟達した小説家の誰かにそれぞれの〝芸術家の肖像〟を見出す――そして、自分もそうあろうと懸命に努力する。ボクサーがまさにそうであり、彼の言葉に腹を立てるのは短絡的にすぎるというものだ。「では、リンバートはどうだった？」

「あいつは画家になることを心に決めていた。だからこそ、死んだのは運がいいって言ったのさ。〝絵を描くこと〟じゃなく、〝画家になること〟だったんだ。後世の人々を啓蒙したと本に書かれるような画家に。哀れなもんだ」ボクサーは過去を振り返るように言った。「とは言え、あいつはあいつなりに天才だった」

「天才、ですか？」キャドーヴァーが、思わず敬意を払いながら言葉を差し挟んだ。「リンバートの作品は、本当に優れていたということですか？」

「哀れなもんだ。ケンブリッジ大学で、カエサルやアウグストゥスの講義の最中にノートに絵を落書きしていた、育ちのいいお坊ちゃんに過ぎなかった。それが喫茶店の二階で個展を開いてさ。それから教授の奥様連中にこぞって、あなたは真の芸術家だわ、とか言われてさ。それでパリまで行って、一心不乱にクルクルした線を描いたり、クネクネした線を引いたり、インクを吹きかけたり、地道な訓練を重ねて――言ってみりゃミミズを特訓するようなもんだ。今頃は逆に土の中でミミズから何かを学んでるんじゃないのか。ただ、あいつは本当に才能があったんだ。ケンブリッジのお坊ちゃんでいるという才能がね」

　アプルビイは、目に浮かびそうなその素晴らしい描写を、じっと考えながら聞いていた。「つまり彼は、絶対に画家として成功するのだと心に決めていたんだね？――その決心があまりにも固かったために、現実に直面したとき、胸がつぶれる思いだったのではないかと？」

「おれは、あいつが画家になることを心に決めていたって言ったはずだ――それも偉大な画家に。だから、その夢が破れたときには、ただ絵を描くことに慰めは見出せなかったんだ。すっかり元気をなくしてさ」

「それはつまり――」

「つまりも何もない！　ギャビンは死んだんだろう？　そっとしてやってくれよ」ボクサーはアトリエを大股で横切り、食料品店の木箱を乱暴に蹴とばした。「やっぱりグレースは、箱を二つ繋げてから入れなきゃならないようだな。うんざりするほど退屈な作業だ。だが、入らないものはしかたない。彼女の体を削るわけにはいかないからな、残念ながら。針で刺せば、血が流れ出る身だ」

「リンバートも血を流してたわよ。天井から染みてきたの」ミス・ブルックスは再び長椅子に身を横たえていたが、今回は大理石のような眺めを覆うことはしなかった。「ジトコフが怒り狂ってたわ」

「ジトコフ？」アプルビイがキャドーヴァーの顔を見た。

「廊下の向かい側に住んでいる彫刻家です。リンバートのアトリエは、彼の部屋の真上なのです」

「そしてジトコフのヴィーナス像の上に、リンバートの血がポタポタと落ちてきた」説明的口調を引き継いだのは、ミス・ブルックスだった。「ジトコフは、なんて配慮の足りない男なんだ、とひどく腹を立ててた。石についた汚れの中で、唯一落とせないのは血痕だ、なんて言ってね」

「どこに血を滴らせようと、ギャビンの勝手だ」ボクサーは死者を悼むように義憤をにじませた。

「どうせ、ジトコフの彫刻なんて、どれも――」言葉が浮かばないようだ。

「哀れなもんだ?」キャドーヴァーが皮肉たっぷりに言葉を補う。

ボクサーはきょとんとした。「それだよ」彼は言った。「あんた、なんともうまいことを言ってくれるね。哀れなもんだ。蠟細工だけ作ってればよかったのにさ。そうだ、忘れるところだった。グレースは、何か警察に言いたいことがあるらしい。というか、警察に証言《ステートメント》したいって言ってたぜ。馬鹿なことはやめとけって言ったんだけど」

キャドーヴァーが顔をしかめる。「それは不適切ですね」

「馬鹿言え。グレースの主張《ステートメント》で意味があるのは、空間表現としてだけだ。立方体の中に入ってな。でも、せっかく警察がおいでになってるんだ、話を聞いてやってくれ。ちょっとは機嫌が直るかもしれない。おい、グレース――気の済むまで〝ステートメント〟とやらをするといい」

そう言い放たれたミス・ブルックスは、長椅子に起き上がって体に布を巻きつけた。「リンバートにつきまとってる男がいたのよ」彼女は言った。「あの日、ずっとね。あたしが十時頃ボクサーのモデルをしにここへ来たとき、ちょうどそいつが階段を降りてきたの。どうやらリンバートはその男を追い出そうとしていたのね。『妥当な提案じゃないか』ってその男が言ってた。『ぼくを騙そうったって、そうはいかないからね』ってリンバートが答えた。『何のことかわからないな』って男が返すと、リンバートは『へえ、そうかい』って。『おまえが腹を立てる理由はないんだぞ』って男が言って、リンバートは『何があったか知らないと思っているんなら、ぼくを見くびってるね』って。『二倍出そう』――そう言う男の声は、かなり切羽詰まってるみたいだったね。『二倍？　二倍だって？　二倍だ、二倍だ、痛みも苦しみも（シェイクスピア『マクベス』の魔女の呪文より）ってわけか？　そんな話に乗るもんか』ってリンバート。『あれは正式な売買じゃなかったんだ、こっちは訴えてもいいんだぞ』って男。リンバートは『くそくらえ』って。いや、ちがうけど、そんなような意味のことを言ってたわ。それからそこの玄関から男を外へ追い出したの」

「ちょっと待ってください」キャドーヴァーは速記でメモをとっていたが、警告するように鉛筆を高くかざした。「この内容は後ほど書面に書き起こし、確認のためにあなたに読み上げた後、署名をしていただきます――いいですね」

「是非そうしてちょうだい。それに、新聞にも載せてもらいたいわ」ミス・ブルックスは憤然としていた。「だって、それだけじゃないのよ。その男、向かいの建物にも入り込んで、こそこそ隠れてたんだよ、ほとんど一日中」

「もっと早く知らせてもらいたかったですね。その男の特徴は説明できますか？」

「中年で、外見は普通で、よくある服装だった」

「よくある服装というのは？」

「言葉どおりの意味よ。グレーのコートを着てたかな。それから、特徴的なものは何ひとつなかったわね。たとえば足を引きずってたとか、ガラス製の義眼を入れてたとか、片方の頬にぞっとするような傷痕があったんなら、あたしも気づいたはずだからね」

「もちろん、そうでしょう。ところで、ミス・ブルックス。あの日あなたがガス・ストリートを後にしたのは何時頃でしたか？」

「午後にまたここへモデルをしに戻ってきたんだよね。ボクサーにフライを作ろうと、モデルを切り上げたのが八時頃。フライぐらい誰だって作れるだろうに、彼はできないの——そんなわけで、あたしがここを出る頃には辺りは暗くなってたわね。あの男、まだどこかに潜んでいたのかもしれないけど」

「ありがとうございました」キャドーヴァーはパタンと大きな音をたてて手帳を閉じた。「これから警視監とわたしは二階へ行ってきます。ですが、三十分ほどしたら、またお二人に話を訊きに戻ってくるかもしれません」

ぼんやりと眺めるように再びキャンバスに向かっていたボクサーが、それを聞いて顔を上げた。

「かまわないよ」彼は言った。「いつでもどうぞ。おれたちは弁護士の同席を求めたりしないから」そして礼儀正しく来客をドアまで見送った。廊下に出ると、向かい側にある十字架のイエスの絵が目に留まった。「一つ言っておくがな」急にボクサーが言いだした。「ギャビンの絵は、どこも悪くなかった。不道徳なところがまったくなかった。ああいうひどい絵には、いつも腹を立てていた。だが——要は、あいつは絵の才能を持って生まれたわけじゃないってことだ。それだけさ」

キャドーヴァーが階段に向かった。が、突然足を止めた。「ミスター・ボクサー、今すぐお尋ねしておきたいことがもう一点だけあります。ミス・ブルックスは八時にモデルを終えた後、すぐにあなたのアトリエを出たのですか、それとももうしばらく——残っていたのですか?」

ボクサーがキャドーヴァーを凝視した。すると大笑いを始めた。「なるほどね」彼は言った。「言いたいことはわかったよ。おれたちが〈ポリス・ガゼット〉紙に書かれているような〝ボヘミアン暮らし《ラ・ヴィ・ド・ボエーム》〈自由奔放な芸術家集団〉〟かってことだろう。グレースはまったく貞淑な女だと断言するよ。彼女は完璧な立方体だ、心を乱すエロティックな連想とは無縁だという保証付きのね。見ればわかる、一目瞭然だ。詩に詠まれたように〝広すぎて飛び越せぬ小川《ブルックス》（英国詩人A・E・ハウスマンの詩より）〟なのさ。じゃあな」

　キャドーヴァーは何も言わずに、アプルビイに続いて階段をのぼっていった。いつにも増して慎重な足取りで。

第三章

ここで一人の男が、謎めいた死に方で絶命した。おそらくは殺されたのだろう――この床の上に立っているところを。こういった部屋に足を踏み入れる感覚を忘れかけていたな、とアプルビイは気づいた。すると突然、一度も会ったことのない、永遠に会うことのないギャビン・リンバートなる男が、生身の人間として感じられた。階下の住人たち、〈ダヴィンチ・ギャラリー〉に押し寄せていた群衆、隣で顔をしかめているキャドーヴァー、それに家で子どもたちを風呂に入れているはずのジュディスさえ、今だけは誰もがどこか遠くへ押しやられ、はっきりと形の見える見知らぬ死者の背後でぼんやりとにじむばかりだ。何かを決心したような青白い顔をして、自らの口の中に拳銃を突っ込むリンバート。驚いたように眉を上げ、何か言おうと、何かを叫ぼうと、口を開きかけたリンバート……それ以外にも、いくつかの場面が想像できた。実際にここで起きた事実と一致する答えは一つしかない。だが今はまだ、そのどれもが恐ろしく現実的に思える。一瞬にして若者の脳みそに飛び込み、彼を精神と物体とに引き裂いた、あの回転しながら突き進む鉛玉ほどの現実味を帯びて。

リンバートは二階をまるごと借りていた。と言っても、実際には細長いひと部屋だけで、南北に伸びた空間の両端に窓はあるものの、寝室とアトリエのあいだには仕切り代わりのアーチにカーテンが吊るしてあるだけだ。アトリエ側の端には小さなキッチンがあり、寝室側の端には同じく小さなバスルームがついている。これら全部を合わせても、奥行きは今のぼった階段の長さと同じだ。ひと目見ただけで、アプルビイはそこが住みやすい部屋だとわかった。細長い部屋は使い勝手がよさそうで、北側には大きな窓が天井まで届いていた。リンバートが貧乏生活をしていたのはまちがいない――ここには由緒正しい貧乏画家らしい痕跡が見られた――ものの、ボクサーが長く強いられているような極貧生活ではなかったようだ。アトリエの中はいかにも男の一人所帯らしく、実用性を極端に重視して選んだ、最低限の家具が機能的に配置されていた。だが、素っ気なさやよそよそしさは感じられない。この部屋の中で、死んだ男のケンブリッジの学友たちが大勢集まっている場面が容易に想像できる。リンバートが切り開いた新世界を目の当たりにして、皮肉なことに、彼らは心ひそかに感銘を受けただろう。あるいは世話好きな伯母たちが、手土産に瓶詰めジャムや、何か特別な日には、亡くなった夫の貯蔵庫から持ち出してきた、腐ったような古いワインを携え、必ず予告したうえで部屋を訪問している場面。リンバート自身の作品は、抜け目のないブラウンコフがすべて持ち去り、一つも残っていなかった。ただし、壁には絵が何枚かかかっていて、芸術家が好んでやるように、でたらめな順番で並んでいる。銀筆の上にペンとインクで描いたレオナルド・ダヴィンチの素描の複製画がほとんどだ。暖炉の上には、二頭立ての二輪馬車に乗った紳士と、馬の頭を押さえている馬丁の小さな油彩画があった。アプルビイはその絵に近づき、じっくりと眺めた。「いや、この若者は明日食べるものの心配など、まるでしていなかったはずだ。この絵は、家族から借りていただけなのかもしれないが。そうだとしても、彼はそれだけ信用されていたことになるし、家族との関係は悪くなかったと言える。これはジョージ・スタッブス（馬の絵で知られるイギリスの画家）の作品だよ」

「価値がある絵なんですか？」キャドーヴァーは、ひとまず称賛するような目で絵を眺めた。

「明らかにある。スタッブスは人気が高い。だからこそ、この絵がここに残されているというのは、非常に重要な点だ」

「強盗の仕業かと考えていたのですが。実は警視監、リンバート自身が錯乱したか、でなければ、彼を襲った人間が部屋を荒らしていったと思われるのです。何もかもめちゃくちゃになっていました。今はあの棚に戻しておきましたが、部屋中に本が投げ散らかされていました。よく見ていただければ、本の半数ほどは背が壊れているのがわかるはずです」

　アプルビイは本を観察した。さまざま種類が混在している。学校の表彰状もいくつかあり、そのほとんどは木工と数学の功績を讃えるものだ。古びた十二巻揃いのドイツ美術史の本。現代抽象画家を扱った高価そうな研究論文集が三、四冊。ジョセフ・コンラッド（ロシア出身のイギリスの作家）全集。W・H・オーデン（アメリカの詩人）とC・デイ＝ルイス（イギリスの詩人）が大半を占める十数冊の詩集。ペンギンブックスが何冊か。ほとんどがペーパーバックの雑多なフランス語の本。アプルビイは順々に本を調べていった。

「きみはどう思う？」やがてアプルビイが尋ねた。「リンバートは不道徳な本を読もうとして、興奮のあまり綴じてあるページを乱暴に指で破って開けるだろうか？」

　キャドーヴァーは適切な答えを探った。「わたしにはわかりかねます。ですが、そうでないことを祈ります」

「きみはサド侯爵の書いた「ジュスティーヌあるいは美徳の不幸」を読んだことはあるかい？」

「めっそうもない」

「ここにあるんだよ。初めの百ページほどは几帳面に切って開き、残りは乱暴に破っている。どう思う？」

「リンバートは百ページほど読んだところで飽きたのでしょう。その後で別の誰かが、読む目的ではなく、何かを探して本を破った」

アプルビイがうなずいた。「そのとおり。そして、同じような痕跡の本がほかにも数冊ある。何かを探していたのはまちがいない――それも、綴じたままのページの隙間に差し込めるほど小さな何かだ」

キャドーヴァーが顎を掻いた。「あるいは何か非常に薄いものを、複数のページに差し込めるように小さく分けて破ったのかもしれません。たとえば、ああいうものとか」彼は壁に貼ってある数枚のレオナルド・ダヴィンチの素描を指さした。「あるいは日記とか、手紙とか、遺書とか」

「それ以外にもさまざまな可能性が考えられる。まずは誰かが何か小さいもの、あるいは複数の小さなものを見つけるために、このアトリエを徹底的に探したと仮定しよう。こうなると、画家が精神錯乱の挙句に自殺したという説は弱くなるな、あり得ないわけではないが」アプルビイは手に持ったままの本に気づいて顔をしかめた。「彼は「ジュスティーヌ」を百ページ読んで、やめた。おそらくコンラッドに乗り替えたのだろう。それに、さっき長々と聞かされた、玄関口での男とのやり取りから見えてくる、ずる賢そうな態度。しっくり来ると思わないか？　実のところ、彼は立派な、とは言え無茶な野望を胸に抱いたお坊ちゃんだったという、ボクサーの説明どおりの若者に思える。それがなぜ突然、自ら拳銃で脳みそをぶちまけなきゃならなかったのか？」アプルビイは北側の大きな窓へ歩いていき、外を眺めた。ロンドンの低い空から最後の光が消えつつあり、キングス・ロードを行き交う車の轟きが、まるでチェルシー地区の上に暗幕を降ろす、安っぽい舞台装置の動作音のように響いていた。「あの日何があったのか教えてくれ、キャドーヴァー、通報が入ったところから時系列に沿って」

「すべてはこの下の部屋、ボクサーの隣に住むジトコフという男の通報から始まりました」

「この真下は、一部がジトコフ、一部がボクサーの部屋というわけだな?」

「そのとおりです、警視監。それで、十月二十三日の火曜日の午前九時頃、つまりちょうど十日前ですね——ジトコフがここの管轄の警察署に現れたのです、幽霊のような青白い顔で。天井から血が流れ落ちてくるという訴えです。担当の巡査部長は、そんな話は聞いたことがなかったので、至極真っ当な返答をしました。つまり、血液は普通そんなところを流れていないものだと。ですが、彼があまりにも動揺しているので、何があったのかを調べに巡査が一人、ジトコフの部屋へついてきました。すると、異常なほど傷んだ天井に、たしかに小さな茶色い染みがあったのです。そしてそこから、真下にあった彫像に何かが滴り落ちているのも本当でした。ほんの一、二滴でしたが、巡査の印象では、人間のものかどうかは別にして、血にちがいないと思ったそうです。そこで階段を上がってこの部屋を調べにきたのです。リンバートの部屋のドアは施錠されていて——ピンタンブラー式の錠です——いくらノックしても返事がありません。巡査が報告のために署へ戻ろうとしたところへ、合鍵を持ったボクサーが現れました。リンバートは、作品を買ってくれそうな顧客やディーラーが来たとき、留守中でも中を見てもらえるように、いつもボクサーのアトリエに合鍵を預けておいたらしいのです。親密な——そして警視監ならきっと楽観的な、とおっしゃりそうな取り決めですね」

アプルビイがうなずいた。「まさしく、楽観的だな。だがアトリエを使う連中には、よくある取り決めだ」

「とにかく、ボクサーがドアを開けて中に入り、巡査とジトコフが続いて入りました。今警視監が立っておられる、ちょうどその位置で、リンバートは床に倒れていました。大量の血液が凝固しており、そのいくらかが、たしかに床板の隙間を伝って階下にまで染み出ていたのです。医者の見立てでは、リンバートは深夜――おそらくは午前二時頃撃たれたとのことです。そして先ほどお話ししたとおり、部屋の中はめちゃくちゃに荒らされていました。まちがいなく殺されたように見えましたね。犯人は――たとえ大人数による犯行であったとしても――実に簡単に逃げ出せたはずです。ただ部屋を出てドアを閉め、階段を降りればいいのですから」

「玄関のドアは？」

「人の出入りを気に留める人間はいませんし、玄関の錠は夜も開いたままだそうです。外に出る方法は、実はもう一つありました――結果的にそちらは使われなかったのですが。南側の窓をご覧ください、警視監」

アプルビイは大きな北側の窓に背を向けて、部屋の奥へ移動した。南の窓の外には、上階から人気《ひとけ》のない下の庭まで、軽量鉄骨の非常階段が設置されていた。「なるほど。こういう小さな建物にしては珍しいな」

「かつてはこの建物全体が小規模の搾取工場として使われていたらしいです。屋根裏部屋に何十人もの哀れな娘たちが詰め込まれて縫製作業をしていたため、法律上、必ず非常階段を設置する義務がありました。ご覧のとおり、この窓には昔ながらの頑丈な木製の鎧戸が内側に付いています。リンバートはこちら側から光が入るのを嫌って、たいていは閉め切っていたそうです。しっかりした閂も付いています――おそらく非常階段を設置すると同時に、警備のために取り付けたものでしょう。死体が発見されたとき、この鎧戸は閉まっていて、窓には閂がかかっていました。つまり、ここから外へ出た者はいないということです。管轄の警察署による捜査は、以上ですべてです」

「大した内容はないいな」

「おっしゃるとおりです」キャドーヴァーが暗い顔でうなずく。「ですが、いたしかたありません。先ほどあのグレース・ブルックスという娘が長話を再現してくれるまでは、変わったことがあったと証言してくれる者は一人もいなかったのですから。もちろん、警察が〈トーマス・カーライル〉に手入れに入ったことを除けばですが」

「なるほど」

「当時まだ起きていた者はみな、あっちで何かあったらしいとは思ったようですが、そのせいでほかのことに気づかなかったのでしょう」

「不運だったたな」

「要するに、警視総監には今後くだらない話を吹き込まれないように、影響力のある称号をお持ちのご婦人は避けていただくべきだということですよ」キャドーヴァーには珍しく辛辣だった。

「一つの見方ではあるね。だがその強制捜査が、ほかにも何かこの件に影響を及ぼしてはいないのか?」さっきからアトリエの中をうろうろと歩いていたアプルビイが立ち止まり、キャドーヴァーを問い詰めるように見つめた。「その可能性は考えてみたかい?」

「ええ、さんざん考えたつもりですが。もしも事前に手入れの情報を知っていた人物がいたとすれば――なにせ、レディ・クランカロンが関わっていれば、知らない者などいなかったはずですから――これをうってつけの機会だと捉えて、リンバートに対して、その、何かを企てた可能性はあります。ですが、それは非常に考えにくいと思います。今回の件は、ほぼ偶然だったはずです。はっきり断言できるわけではありませんが。つまり、警察が配置についた真夜中から、手入れと呼ぶのか大失態と呼ぶのかはともかく、あの強制捜査が終了した午前二時までのあいだ、この辺りの道を出歩いていた者がいれば、必ず身元確認を求められたはずなのです。詳しい位置関係などの説明は省かせていただきますが、まちがいなくそうだったのだとご理解ください。これによってリンバート殺害については、真夜中までに準備が終わっていたこと、そして午前二時頃までは犯人はここから出られなかったことが言えます」

「密室のような部屋だな」

「そうなのです。そして、もし犯罪を犯したのだとすれば、犯人はさぞ慌てたことでしょう。なぜだかさっぱりわからないうちに、突然この一帯が警察官で埋め尽くされていたのですから」

「あの非常階段は使われなかったのか？」

「それも調べました。もしも庭に降りて外へ出ようとする人間がいたら、警官たちが配置についていたあいだは、まちがいなく目に留まったはずです。もっとも、あの非常階段が監視範囲に含まれていたとは思えません。あちら側は暗すぎて何も見えませんから。ひと晩中《じゅう》階段を跳びはねながらのぼり降りしても、窓から階段に出入りしても、気づかれなかったでしょう。ましてや、家の内側の階段ののぼり降りであれば、なおさらです」

「屋根の上はどうだ？」

「屋根の可能性はありません。〈トーマス・カーライル〉の屋上からガス・ストリートの建物の屋根を伝って逃げるルートが考えられましたので、警官が二人ほど屋根の上に待機していました。妙な動きがあれば、彼らが気づいたはずです」

「こいつは驚いた」アプルビイは少しばかり面食らっていた。「最近の警官隊は、ずいぶんと変わったのだな。地下貯蔵庫のまずいシャンパンを飲んだ金持ちどもをとっ捕まえようと、屋根の上に身を潜ませるとは。実に徹底している」

「屋根の一件は、レディ・クランカロンのアイディアです。地下貯蔵庫と言えば、この建物にも立派な地下室があるんですよ。一階の階段の下に降り口があります。ほかには地下の出入口はありません し、石炭搬入口もついていません。ですが、身を潜めるにはもってこいの場所かと思います」

「グレース・ブルックスが話していた男のように、か。ところで、もう一人の娘はどうした？――三階に住んでいただろう。いなくなったとわかったのはいつだ？」

「メアリー・アロウですね。ご覧のとおり、リンバートは部屋に電話を引いていました――あの隅に電話機があるでしょう？　巡査はすぐに電話で署に連絡を入れ、あっという間に別の警官が駆けつけました。二人のうちのどちらかが、現状を確認しようと建物内を確認して回りました。ミス・アロウは部屋にいませんでした。ベッドを使った形跡はなく、朝食はまだ食べていないか、すでに片づけられていたようです。ドアには鍵がかかっていませんでした。それきり彼女は帰っていないのです。どうも妙だと思われ始めた頃、管轄の警官たちが、二本ほど離れた通りに住んでいる彼女の親友を見つけ出しました。その親友に部屋を確認させたところ、メアリーは着の身着のまま、何ひとつ部屋から持ち出していないと断言しました。着ていたのはツイードの上着だそうです」

「歯ブラシさえ持たずにか？」

キャドーヴァーはアプルビイをじっと見た。「その点については調べたかどうか定かではありません」

「小説の中では、ふと思い立って冒険に出る人物というのは、決まって出がけに歯ブラシを引っ摑んでいくものだ。まったく考えにくい行動ではあるが、小説をよく読む者ならば、かえって影響を受けてやってしまう可能性がある。確認すべきだな」

「わかりました――もちろん確認します」リンバート事件の捜査で、上司が初めて示した前向きな提案だったが、キャドーヴァーはあまり重要視しているようには見えなかった。「ミス・アロウの経歴について調べてみましたが、何も出てきませんでした。彼女が三、四日に一度手紙を書いていた何人かの友人とも、現在は連絡が途絶えているそうです」

「見通しは明るくないな」

「その友人たちにもそう伝えなければなりませんね」

「それで、リンバートの経歴は？」

「軍人の一族です。両親はともに亡くなっています。兄弟姉妹もおりません。伯父や伯母は大勢います。彼自身は、文句のつけようのない人生を過ごしてきました。上流階級のお坊ちゃんにふさわしい関係者たちから話が聞けました。出身地の教区牧師、学校の寮長、ケンブリッジ大学の指導教員、パリへ留学したときに紹介された名士たち。が、何も出てきませんでした」

「無からは何も生まれない（シェイクスピア『リア王』より）」

「どんな場面にも、必ずシェイクスピアの金言があるものですね」キャドーヴァーはスタッブスの絵の前に戻っていた。「この絵に価値があるのでしたら、こんなところに置いておくべきではありませんね。リンバートは遺書を残していませんが、一族のお抱え弁護士がすでに彼の資産の処分を申し出ています。われわれはここの合鍵を預かっているあいだ、その弁護士に対して責任を負うわけです」

「では、このスタッブスはわれわれが預かっておこう」アプルビイは部屋を横切り、絵を外すと、空になった壁をじっと見つめた。「メアリー・アロウの部屋にも入れるかい？」

キャドーヴァーがうなずく。「鍵はわたしのポケットにあります」

「そこを見てから、今夜は引き上げるとしよう」

＊

行方不明になっている女性の部屋の造りは、すぐ下の階のリンバートの部屋とまるで同じだった。ベッドとグランドピアノ以外にほとんど何も置いていないため、ひどく広々と感じられる。リンバートが描いた女の胴体の素描が壁に飾ってあった。アプルビイはその前で立ち止まった。「これがミス・アロウを描いたものかどうかは、きみもわからないのだろうね？」

「わかるはずがないじゃないですか。首がついていないんですよ」キャドーヴァーは苛立っていた。「たぶん誰もが胴体から始めるんでしょうね、描くのが易しいから。ご興味があるのなら、彼女の写真を持っていますよ」

「美しい女性かい？」

「そう言っても差し支えないと思います」

「暮らしぶりは、実に素朴だな」アプルビイはベッド近くの細い棚に近づいた。「スパルタ人のごとき質素さだ――これらを除いては」

「この小さな容器や瓶の類《たぐい》ですか？」キャドーヴァーが訝しそうに棚を見た。

「化粧品だよ。それも、最低限必要と思われるものだけだ。ただし、品質はとてもいい」

「高価なものですか？」

「さてね――考えてみたまえ。次はバスルームか。この仕事を始めて三十年になるが、こういう所を探るのはいつまで経っても落ち着かないね。トーマス・ハーディの作品（『カスターブリッジの市長』）で、ミセス・ヘンチャードが死ぬ場面を覚えているかい？〝彼女のピカピカの鍵はすべて取り上げられ、棚という棚が開け放たれるだろう。そして見られたくなかった些末な品々が人々の目にさらされるだろう〟人の持ち物をこそこそと嗅ぎ回るときには、この場面が頭に浮かんでしまうよ……思ったとおりだ。歯ブラシがない」

　キャドーヴァーがバスルームの入口に来た。「歯ブラシですか？」

「歯ブラシは必ず使っていたはずだ。化粧品にあれだけ金をかける女性が、歯磨きをおろそかにするとは思えない。まあ、自分の目で見てみろ。コップはある。歯ブラシは、ない」

　キャドーヴァーが無意識に指を顎に伸ばした。「もしかすると彼女は入れ歯で、何かの液に浸けるだけで済むのでは？」

「馬鹿なことを。普通の歯磨き粉のチューブが窓辺に置いてある。疑いの余地はないだろう。彼女はこう考えたのだ。〝今すぐ出なければならない。いつまた帰ってこられるかはわからない〟と。そうして――さっき言ったように、小説を読む習慣のあった彼女は――歯ブラシを引っ摑むと、ハンドバッグの中に放り込んだ。ほかに説明ができるのかい？」

　上司の挑戦を受けて立つ前に、キャドーヴァーは屈んで浴槽の下を覗き込んだ。「そうですね、説明できますよ。警視監が導いたその仮説どおりだと見せかけるために、誰か別人が歯ブラシを持ち去ったのかもしれません」

「独創的な説だな――そして、それもまた小説の筋書きとしか思えない。わたしは消えた歯ブラシから、多くの情報が得られると考えている。彼女は普段どおりに家を出てたまたまバスに轢かれ、なぜか病院で自分が誰なのか思い出せないわけではない。反対に、犯罪者によって拉致されたわけでもない。誰かにそそのかされ――あるいは自分自身をそそのかしたのか――大急ぎでここを立ち去り、おそらくは大いなる冒険心を抱いて、少なくともひと晩はこの部屋に戻ってこられないことを想定していたのだ。有効なパスポートは持っていたのか？」

「ええ」

「外貨は？」

「数カ月前に三十ポンド分のトラベラーズチェックを購入し、一週間後にフランスで全額換金しています。もしかすると、また海外へ行けるぐらいの金がフランのまま残っていたのかもしれません。それ以降の外貨取引はなく、姿を消してからは通常の小切手も銀行で換金されていません。ちなみに、彼女の口座残高は確認していませんが、まったく問題のない状況であると聞いています。これほど質素な暮らしも、ベートーヴェンの「月光」を朝食代わりにするのも」――珍しく文学的な表現を口走りながら、キャドーヴァーはグランドピアノを指した。「単に彼女の主義に過ぎませんよ。父親はたしかに地方の首席司祭です。が、母親は資産家なのです。そして――金の話が出たついでに、もう一点お伝えします。あちらの引き出しの中から、小型の金庫が発見されました。鍵はかかっておらず、扉が開いていました。少額のイタリアの現金――千リラ札二枚――以外は空っぽでした。つまり彼女は、あの金庫に入っていたのが何であれ、それで歯ブラシをくるんで持ち去ったのかもしれません。

小説好きなら、そんな行動も考えられませんか？」

アプルビイは微笑んだ。「まちがいない。あの隅にある簞笥《たんす》の引き出しに金庫があったんだね？」

「そうです」

「そのまま簞笥《たんす》のほうを見ていろ。南側の窓を振り向くんじゃないぞ。非常階段からわたしたちを偵察している者がいる」

「本当ですか？」キャドーヴァーは真剣に考え込むような顔で、懸命にもっともらしく簞笥《たんす》を凝視し続けた。

「わたしがあいつの注意を引く。そのあいだにきみはそっと下へ降りて、リンバートの部屋の窓から非常階段に出るんだ。それで逃げ場がなくなるだろう」

キャドーヴァーはうなずき、さりげなくドアに近づいていった。アプルビイは膝をついて、カーペットに落ちている髪の毛を拾い集めているような動きを繰り返した。ポケットからマッチ箱を取り出し、その中に何かを入れるふりをする。充分な時間が経過したと判断すると、立ち上がってまっすぐ窓に向かった。すると、誰かが頭を引っ込めた。アプルビイは窓を勢いよく引き上げた。その瞬間、キャドーヴァーが下の窓から鉄製の階段に飛び出すのが夕闇の中でかすかに見えた。その結果、大慌てで一階に向かおうとして見事に行く手を遮られた侵入者は、階段の踏板に腰を下ろし、取り出した煙草に火をつけた。まるで時間を持て余した人間が、人の世の移ろいやすさについて瞑想するかのような雰囲気で、何もない空間を見つめていた。

＊

「こんばんは」アプルビイが上から冷ややかに声をかけた――が、無駄だった。非常階段の哲学者は考えにふけったままだ。

「おい――そこのあんた、いったい何をしている？」

階段の下から、代わってぶっきらぼうに呼びかけたのはキャドーヴァーだ。うわの空だった男は、かすかに頭を動かした。天の使いの声が聞こえたのではないかというように、辺りをぼんやり見回している。

「上に戻るのか、こっちへ降りてくるのか。さあ、顔を見せろ」

キャドーヴァーは脅すような大声で話しかけ、瞑想中の男に、好ましくない選択肢のうちのどちらにより害が少ないかを知らしめた。男は立ち上がり、階段をのぼっていった。「気持ちのいい夜だな」彼は言った。その言葉を懸命に一人芝居の台詞のように響かせようとした。「この便利な階段に出て煙草を吸うのは、いかに心地よいことか」そう言うと、自分の周りには誰もおらず、その孤独を大いに満喫しているかのように間を置いた。「そうとも。このように快適な夜を楽しめるなんて、実に幸運じゃないか……おや、なんと――これは気づかなかった！」視線がアプルビイとぶつかると、男はわざとらしく驚いて見せた。「こんばんは。ほかには誰もいないと思い込んでいたものでね」

「そうだろうとも」アプルビイは窓から身を引いた。「どうぞ中へ」

見知らぬ男が窓をくぐり、キャドーヴァーも後について部屋に入った。キャドーヴァーは険しい表情で男を見つめた。「やはりあなたでしたか、ミスター・ジトコフ。そうじゃないかと思いましたよ」

「こんばんは、大佐」外国人であるジトコフは、英語は堪能だが、少々風変わりな言葉を使うところがあった。「初めまして、牧師さん」アプルビイのほうを向いてそう言った。「ここに住む者はみな、あなたの娘さんのことで心を痛めているよ。みな心配している。ついさっきも、この素晴らしい夜の空気を吸いに外へ出たとき、わたしはお嬢さんのことを思い浮かべていたのだ」怯えているのか、それともその素晴らしい夜の空気とやらが冬の極寒の夜気だったためか、ジトコフの歯がかすかにカチカチと音をたてている。

「わたしはミス・アロウの父親ではありませんよ」そう言いながら、アプルビイは自分が本当に地方の首席司祭と勘違いされたとは思っていなかった。「キャドーヴァー刑事と同じく、わたしも警察の者です。あなたは先ほど、この部屋を覗いていましたね」

「わたしが？　そんなことがあり得るだろうか？」ジトコフの態度は、まるで些細な科学的事象に対する客観的な観察報告を受けたかのようだ。「こんな高さまで階段をのぼった覚えはなかったのだが。いや、きっとのぼったのだろうな。すっかり考えにふけっていたのだ、わかるだろう、ある技術的な問題が気にかかっていたもので」

「わたしたちもちょうど、ある技術的な問題について深く考えていたところだったのですよ。あなたにも協力してもらえませんかね？」アプルビイはキャドーヴァーを見た。「問題となっている時間帯の動向について、この紳士は何と証言している？」

「一階の自分のアトリエにいたと話していました。一人で。目撃者はいません」

「あなた、そのときにもきっと一度か二度、夜の空気を吸いに非常階段へ出ていたことでしょうね

——もちろん、自覚せずに」

ジトコフは何か言いかけたが、やめたほうが賢明だと判断し、持っていた煙草を慌てて吸った。背の低い中年の男で、古びているものの丁寧に手入れの行き届いた、いくぶん改まった服装をしている。現在置かれた不利な状況と、何か隠していそうな態度にもかかわらず、ふてぶてしさは感じられない。それどころか育ちの良さ——あるいは、情緒不安定か怠惰な気質かによって弄ばれた教養の名残り——を漂わせている。著名なバレエ団の舞台裏で見かけるタイプの人間だ。きっとずいぶん前にイギリスへやって来たスラブ系亡命者の類《たぐい》だろうと、アプルビイはひとまず推定した。「ミスター・ジトコフ」彼は言った。「あなたは彫刻家だそうですね？」

「彫刻はするよ。それに、いろんな新素材を使った実験的な像も作っている」

「それで生計を立てているんですか？」

ジトコフはためらっていた。「商業用の像もいくつか作っている。蠟人形だ」

キャドーヴァーはその言葉に飛びついた。「それはつまり、ショーウィンドーなんかに飾ってある人形のことですか？」彼は答えを迫った。「ああいうものは型をとって成形するのかと思っていましたよ」

「そういうのも少しばかりやっている。最近はかなりスタイリッシュな蠟人形が求められるようになって、生身の人間から型を取っても意味がないからね」

「それは知らなかったなあ。では、遊園地なんかに置いてある蠟人形もですか？」

ジトコフは肩をすくめた。「あれもそうだよ」彼はやや冷たい口調で言った。「わたしの副業《ドゥズィエム・メティエ》だ。最近では芸術家のほとんどが何かしらやっているよ」

「まさしくそのとおりですね、残念ながら」アプルビイの態度はやわらいでいた。「ところでミスター・ジトコフ、ギャビン・リンバートにも副業《ドゥズィエム・メティエ》がありましたか?」

「いや、彼の家族は裕福《リーシュ》だからね。おかげで彼は無理にやらなくてよかったんだ」

「たとえば、複製画を描くとか――あるいは、アメリカ市場で売るために、かつての名匠たちを模写するとか?」

「そういうことはしていなかった」

「芸術家が個人的な利益を得ようとして、妙なビジネスに巻き込まれるケースはいくらでも知っています。そういうこともなかったのですか?」

ジトコフのまぶたがぴくぴくと震えた。まるで初めて聞くような、そして当惑するようなアイディアを聞かされたかのようだった。「わたしは何も知らない」

「もう耳にしておられるかも知れませんが、今日の午後〈ダヴィンチ・ギャラリー〉での内覧会の最中に、ある絵が、リンバートの作品が盗まれて――」

「何だって?」ジトコフの煙草が床に落ち、目が皿のように丸くなった。「まさか……まさか、彼の最後の作品じゃないだろうな?……盗まれた?」

「まさしく、彼の最後の作品ですよ。その絵を知っているのですか、ミスター・ジトコフ?」

「リンバートがその絵を描いているところを一度か二度見た。実に興味深かった」ジトコフが懸命に心を落ち着かせようとしていることは、ひと目でわかった。「素晴らしい絵だった」

「あなたから見て、リンバートは将来性のある絵描きの卵でしたか?」

「もちろんだ。きっと偉大な画家になれただろう。みんな彼の死を深く悲しんでいる」

「その最後の絵についてですが——盗まれた絵です。あれは彼の最高傑作だと、盗み出すほど価値の高いものだと思われますか?」

ジトコフはためらった。それが純粋に芸術的価値を判定しているためらいなのかどうか、アプルビイは訝しんだ。「もちろん、そうだ。あれは新しい手法を使っていた。リンバートはそれまで、ああいうものは描いたことがなかった。色調が秀逸だった。あれこそ、わたしたちが言うところの〝油彩画家ならではの絵〟だ。きっとどこかの悪徳コレクターの差し金で盗まれたにちがいない」

「買い取るほうが簡単だったのでは? 〈ダヴィンチ・ギャラリー〉がべらぼうな金額を吹っかけるとは思えませんからね。と言っても、初めは強気な値段をつけてくるでしょうが。裕福なコレクターであれば、いくら悪徳とは言え、たかが何十ポンドかのためにわざわざ犯罪者を雇う危険を冒し、ましてやせっかく手に入れたリンバートの絵を、金輪際大っぴらに飾れなくするような真似はしないでしょう。ミスター・ジトコフ、この技術的な問題については、あなたの深い考えも及ばなかったようですね?」

瞬きをしたジトコフを見て、アプルビイは彼が今度は頭の中で考えを巡らせている印象を受けた。だがジトコフが口を開いたときには、その口調は礼儀正しく、冷淡になっていた。「そのようだね。あなたの言うとおりかもしれない」

「さて、ミス・アロウについてですがね、この部屋の住人の。彼女がいなくなったのは、実に奇妙な出来事です。しかも、明らかにリンバートの死亡と時期が一致しています。この二つにどんな繋がりがあるか、あなたはどう思われますか?」

「彼女がリンバートを殺したのかもしれない」

「たしかに。もしもそれが真相だと判明したら、あなたは驚きますか?」

「悲しく思うね」その意見に苛立ったように唸り声をあげたキャドーヴァーを、ジトコフは冷ややかに睨んだ。「ただでさえ殺人的なまでに芸術家に注目が向けられる世の中で、芸術家同士で殺し合うとは実に心が痛むよ」

アプルビイは彫刻家をじっと見つめた。「リンバートとミス・アロウがこれまでに口論をしたことがあるかどうか、知っていますか?」

「ミス・アロウは公共の場で口論をするような女性ではなかった」

「リンバートは?」

「彼は口論を楽しんだよ、機会があればね」

「あなたと?」

「そうとも、リンバートがわたしに対して、ひどく失礼なふるまいをしたことが何度かある。だが——何と言えばいいだろう——恨むことはなかった。うちでパーティーをして、友人たちが遅くまでうるさく騒ぐと、リンバートはとても失礼な態度をとったものだ。でも、それだけだ」

「彼が死んだ当日、誰かと言い争っているのを聞きませんでしたか?」

「いいや。ただ、わたしはあの日は仕事で、ほとんど一日アトリエにいなかったからね。そんな争いがあってもおかしくはない」

「あったのですよ——少なくとも、揉め事はあったのです。どうやらある男がリンバートを訪ねてきて、〝公正な取り引き〟と称する提案を持ちかけたようです。リンバートはその訪問者を詐欺師呼ばわりしたらしい。するとその客は、彼と交わした何らかの取り引きは実は無効な売買だから、リンバートを訴えると脅かした……おや、この件に関心があるようですね」

ジトコフは一瞬、その話に深く引き込まれているような表情を浮かべていた。顔はこわばり、ギラギラとした目でアプルビイを凝視している。だがすぐにまた緊張を解いた。「至極当然に関心はあるとも。リンバートが死んだ日の出来事だと言ったね？　それは何か重要なことかもしれない」

「わたしも同じ意見です。その後リンバートは、その男を外へ追い出しました。それが何者だったのか、まだ皆目わかりません。ひょっとして、あなたに心当たりはありませんか。その男はどうやらその後、一日中ガス・ストリートをうろついていたらしいのですが」

ジトコフは首を振った。「わたしは力になれないな。だが、もしも何か思い出したら、もちろん、あなたたちに知らせよう」視線がドアの方へさまよい、彼が急にこの尋問を終わらせたくてうずうずしだしたのをアプルビイは感じた。「わたしはここの一番下の階に住んでいるんだ。もうご存じだろうがね。わたしに用があれば、いつでも部屋にいる」

「そうでしょうとも」アプルビイは、丁寧だが意味ありげな口調で言った。「もしもわれわれがあなたに会いたければ、ミスター・ジトコフ、きっと簡単に探し当てられるはずです。が、今はこれ以上お引き留めしてはいけませんね」

「中階段から降りますか？　それとも、もう少し非常階段で夜の空気をお吸いになりたいですか？」

一番辛辣な皮肉を持ち出してきたキャドーヴァーを、ジトコフは素早くかわした。「ありがとう、大佐」もごもごとつぶやく。「ご親切にどうも」堅苦しいお辞儀をして、足早に部屋を出ていった。

＊

キャドーヴァーが時計を見た。「警視監、夕食に遅れてしまいますよ」その口調から〝奥様と揉めても、わたしのせいじゃありませんからね〟という、口に出さない言葉が聞こえるようだった。

「では、もう行こう。リンバートの部屋にあるスタッブスを預かって、この部屋と彼の部屋に鍵をかけてからな。ところで、もう一階あるんじゃないのかね？　非常階段はまだ上まで伸びているようだが」

キャドーヴァーがうなずく。「上は大きな屋根裏部屋になっています。単なる物置ですが、今は使われていません。ただし、身を潜めるにはもってこいですね」

「なるほど」アプルビイは部屋の外の小さな踊り場へ出て、埃っぽいのぼり階段を見上げた。「われわれの目から見れば、ここは入り組んだ造りの厄介なウサギ小屋だな。誰でも自由に好きな部屋に入り、そしてあの非常階段から自由に出ることができる。まあいい、自分の目で見るべきものは確認できた。あとは明日の午前中に資料を調べることにしよう」

「さっきのブルックスという娘の証言の裏取りをしなければなりませんね」キャドーヴァーはスタッブスの絵を確保して、リンバートのアトリエ中を施錠した。「リンバートと口論していたという男は、ミス・アロウと同じぐらい疑わしいですよ」キャドーヴァーがもう一度時計を見た。「先に警視監をご自宅までお送りします。そうすれば五分早くお帰りになれますから。スープに間に合うかどうか、その五分にかかっているかもしれませんよ」

「わかった、そうしよう。それにしても、きみがどうしてわたしをそこまでの恐妻家だと思っているのか、ときどき不思議に思うよ」一階に降りたアプルビイがクンクンと匂いを嗅いだ。「ボクサーがまたフライを食べているようだ」

「わたしはあの男が信用できません」キャドーヴァーは大きな警察車両に乗り込みながら顔をしかめた。「不適切にもほどがあります。証言したいと言っている女性を妨害したりして……この絵ですが、警視監とのあいだの座席に載せてもかまいませんか？　蹴とばして穴でも空けたら、大事《おおごと》になりますから」キャドーヴァーは細心の注意を払いながら絵を置いた。明らかに心配の種のようだ。「とにかく、あの男は実に不適切ですよ」

「そうかもしれんな」車がキングス・ロードへ曲がるとき、アプルビイは絵に手を添えた。「だが、だからと言って彼が怪しいとまでは言えないだろう。ボクサーはただ、誰かが警察に追い回されるのが気に入らないようだ――たとえそれが殺人犯でも。哲学のアナキズムを信奉しているのだろう。あいった人間にはよくある話だ」

「なお悪いですよ。死んだリンバートに対してアナキストな考えを抱いているのなら、生きているリンバートに対しても、同じ気持ちを持っていたかもしれません。わたしはボクサーを容疑者候補から外す気はありませんね。ジトコフもです。実に怪しいじゃないですか。われわれがミス・アロウの部屋にいるところへ、非常階段をのぼって覗きに来るなんて。もちろん」――キャドーヴァーはどこまでも公平な男だった――「単に低俗な好奇心に駆られただけなのかもしれませんが。われわれが到着したとき、この車をじろじろ見ていた子どもたちのように」

アプルビイは首を振った。「ジトコフには、低俗な好奇心に駆られるほど本能的な行動力はないと思うがな。あの偵察には、もっと明確な動機があったと思う。なあ、この一件には、まだまだ大きな謎が潜んでいる気がするよ。それに、きみはいつだったか、何か核心を突いていたと思うんだがね」

「わたしが核心を突いたのですか?」キャドーヴァーは仰天した。「残念ながら、自分ではまったくそんな自覚がないのですが」

「どの時点だったか、きみが謎の全体像についてきわめて重要な発言をしたはずなのだ。だが、どうも思い出せない……ああ、着いた」そう遠くない距離からビッグベンがちょうど八時の鐘を鳴らすなか、車が止まった。「スタッブスをしっかり頼むよ」アプルビイは身を乗り出して車のドアを開けた。

　だが、キャドーヴァーは疑わしそうに絵を眺めていた。それが価値のあるものだという意見は、彼にとってどこまでも理解し難く、信じ難かった。「そう言えば、警視監、この絵の受領証を置いてきませんでしたね。少しばかり規則から外れています、考えてみれば。この絵は警視監ご自身の責任で保管していただけませんか?」

　アプルビイが笑い声をあげた。「もちろんかまわないよ。ちょうどその絵が入る大きさの防火金庫がうちにある。朝になったらわたしが〝ロンドン警視庁《ヤード》〟へ持っていって、まちがいなく規則どおりに記録しておくよ。午前九時から一緒に事件の総ざらいをしよう。では、おやすみ」そう言うとアプルビイは車を降り、静かなウェストミンスターの自宅の階段をのぼって、呼び鈴を鳴らさずに玄関の扉を開けて入った。

*

どうやらジュディスは、夫の帰りを待っていてはくれなかったようだ。食事をしている音がダイニングルームから聞こえてくる。アプルビイはスタッブスを小脇に抱えたまま、玄関ホールを抜けてダイニングルームへ入っていった。夕食――二人分の夕食――が、今まさに食されつつあった。食事はすでに骨付きマトンの焼き料理まで進んでいた。ジュディスは古い〝ワース〟の黒いドレスを着て、真珠までつけている。その理由はすぐにわかった。彼女と食事をともにしているのは、あのホートン公爵だったのだ。

「それ見なさい、ジュディス――きみの負けだよ。お気の毒に、ご主人の分の肉料理はわたしが食べてしまったじゃないか。せっかくとびきりうまい骨付き肉だったのに」公爵は立ち上がってアプルビイと握手を交わした。飄々とした、あらゆる意味で昔かたぎの男で、いつも涼しい顔をしている。「きみが七時四十五分までに帰ってこなければ、クラブに出かけたとみなしていいと、奥さんが言うものでね」

「そのとおりですよ、公爵。それが我が家の暗黙の決まりなのです」アプルビイはどうにか感情を抑えて、客人と妻に等しく上品な笑みを向けた。「それにジュディスは、一九二九年の「ムートン・ルートシルト」を見つけ出したようですね、よかった」

「ああ、そうなんだよ――素晴らしいワインだ。存分に堪能させてもらっている」公爵がテーブルの上に素早く視線を走らせた。どうやらフランス産の赤ワインだとはまったく認識せずに飲んでいたらしく、礼儀正しく返した言葉に信憑性を持たせるために、とにかくワインの銘柄を確認しなければ、と考えたようだ。「忌々しい厄介事で頭がいっぱいになっているにもかかわらずだ。いや、わたしではなく、アンの頭の中だがね」アンというのは、ホートン公爵夫人のことだ。「その厄介事の件で、アンはわたしをロンドンへ送り出したのだ。いよいよ行動を起こすべきだ、すぐにきみのところへ行くようにと言ってね。例のオルダン卿の一件（アプルビイが登場する『ハムレット復讐せよ』の中で、ホートン公爵邸にて『ハムレット』の上演中に起きた殺人事件）の際の、きみの活躍ぶりを持ち出すのだよ。ホワイトホールにある何やら立派な警察の建物にきみを訪ねても会えなかったので、ここへ寄ってみることにしたのだ。申し訳ないことに、この厄介話を長々と聞かせて、レディ・アプルビイを退屈させてしまったようだ」

「金魚と銀魚と水槽の件ですか？」アプルビイはスタッブスを椅子の上に置き、残り物のハムの缶詰めの皿に向かって、いかにもこれが食べたかったのだという顔をした。

「そうとも、きみ――そのとおりだ。あれがなくなったことに衝撃を受けているんだよ。戦争が終わりに近づいた数年間にあちこちで盗みを働いていた連中がいて、うちのヴェチェッリオまでもが盗まれた一件を覚えているだろう？　何やらくそ生意気な名前を名乗っていた集団だ。ジュディス、汚い言葉で申し訳ない」

「〈国際芸術品拡散協会〉のことですね？」

「それだよ。とにかく、アンはそれと似たような連中が今も暗躍しているにちがいないと言うのだ」

「どうしてまた公爵夫人がそのような考えに至ったのか、さっぱりわかりませんね」アプルビイは勝手に席に着き、にこやかにマスタードソースを口に入れながら、困惑して言った。「そんな窃盗団が、本当に金魚《ゴールドフィッシュ》や銀魚《シルバーフィッシュ》を盗むものでしょうか――」

突然ジュディスが大笑いした。「ジョンは魚みたいに海にいる《アット・シー》（〝訳がわからない〟の意）らしいわね」

「わたしの説明不足だったな」ホートン公爵は気遣うようにアプルビイの皿を見やった。彼の分の肉を食べてしまったせいか、自分が主人役を務めるべきだと考えているようだ。「ああ、よかったら、あそこにあるサラダを取ってきてあげよう」飲んでいた赤ワインのグラスを、今度は大事そうにテーブルにそっと置いて席を立った。と思ったとたん、およそ貴族らしからぬ叫び声を上げてアプルビイ夫妻を唖然とさせた。夫妻は反射的に同じことを考えたらしく、同時にテーブルの下を覗き込んだ。客人がこのような奇怪な行動をとる理由があるとすればただ一つ、ペットが侵入してきて彼に噛みついたとしか考えられない。だが、犬の姿はどこにもなかった。二人が再び顔を上げると、公爵は信じられないという面持ちでスタッブスの絵を見つめていた。

「なんと、アプルビイ、見事じゃないか。想像していた以上に優秀な男だな——元から優秀だと思ってはいたが、そのさらに上をゆく」一時的に絵から視線を外し、アプルビイのそばまで来て優しく手を取った。「きみのオフィスで盗難を届け出てから、まだほんの数時間しか経っていないというのに、早くも片方の絵が無事に戻ってきたとは」

「片方の絵ですって?」無意識にアプルビイは赤ワインのボトルに手を伸ばした。「公爵は、絵画の話をされていたのですか?」

「〝ゴールドフィッシュ〟に〝シルバーフィッシュ〟——わたしの曾祖父が持っていた馬の中でも最高の二頭の名前だ。あれが曾祖父だよ、二輪馬車の中に座っているのが。そして、シルバーフィッシュの横に立っているのがモーガンといって、曾祖父のお気に入りだった馬丁だ。知っているだろうが、スタッブスはリッチモンド公爵のために絵を描いたおかげで名が売れた。リッチモンドとしのぎを削っていたのが、わたしの曾祖父だ。わたしはずっと昔からこの絵が本当に好きだった。スタッブスの絵が、今のようにすっかり売れるようになったのとはまったく関係なく」公爵は言葉を切った。「もしや、きみ、もう片方も見つけてくれたのか？　あの絵については、特に懸念しているのだ。なにしろ、いかにジョージ・スタッブスが素晴らしいとは言え、あっちはヤン――」

「わたしはなんて馬鹿だったんだ」滑稽なほど動揺したアプルビイは、妻のほうへ顔を向けた。「ジュディス。わたしは馬鹿だった、そうだろう？」

ジュディスは真顔に戻っていた。「さあ、それはどうかしら。でも、公爵のおっしゃっている〝水槽〟というのは、あなたの考えているとおりのものよ。フェルメールの名作「水槽」。公爵邸スカムナム・コートでも、最も価値の高い絵画よ」

第四章

「時代の流れとともに、屋敷の周りはすっかり様変わりしてしまってね」三十分後にホートン公爵は、アプルビイのとっておきだった最後の古いウィスキーを大きな丸いグラスに注ぎ、手の中で回していた。「かつて大きな催しに何度も訪れてかがり火を灯したキングス・ホートンの町には、大きなバス停ができた。おまけにスカムナム・デューシスにはティーガーデン（広い庭園の中の喫茶店）が二軒も建って、うちの店と競合しようとしている」

「うちの店ですって？」ジュディスが不思議そうな顔をした。

「ああ、そうだよ。うちのオレンジの温室で、紅茶を出しているのだ。初めはケータリングに任せていたのだがね。そのうちアンが自分でやりたいと言いだして、なかなかうまく切り盛りしている。おかげで博物館の運営を支える一翼となっているんだ。今ではそちらがすっかり忙しくなってしまってね。年中無休で営業しているよ、聖金曜日（復活祭の直前の金曜日）を除いて。館中《やかたじゅう》のすべての部屋と廊下には、何マイル分もの泥汚れ防止のマットを敷いてある。何千人という客が、一人半クラウン（二シリング六ペンス）の入館料を払って、屋敷の中を歩いて見て回るのだよ」

「それでは気の休まる暇もありませんね」ジュディスが同情を込めて言った。「お屋敷に悪さをする人もいるんじゃありませんか？」

「いやいや――そんなことはない。みなとても礼儀正しいし、なかなか深い関心を持っている人もしばしば来る。知的な質問もたくさん受けるよ」

アプルビイは葉巻を探していた。「公爵が自ら団体客を案内されているのですか?」

「わたしも、アンもだ。ああいった古い屋敷を公開するのであれば、自分たちの手で客をもてなさずにはいられない。アンも同じ思いでティーショップをやっている。しょっちゅう店に顔を出し、トレイを片手に客のあいだを回っている。だが先ほどきみは、悪さをする客と言っていたね? それを言うなら、チャリティー・パーティーは悪さの最たるものだ。田舎の金持ちどもが、十ギニー（十ポンド十シリング）払って屋敷に入ったとたん、何でも壊してかまわないといったふるまいをする。うちの絨毯を、まるであのぞっとする大型定期船にでも乗っているかのように踏みつける。反対に、半クラウンの見物客は、実にきちんとした人たちだよ。実にもの静かだ。そして屋敷の中を見れば見るほど、ますます寡黙になっていく」

「二シリング六ペンスにしてはお値打ちものだと思いますよ」

公爵は差し出された葉巻をじっと見た。「そうなのかね?」疑わしそうに言う。「こういうものはピンからキリまであるからな。だが、ジャマイカ産にも悪くない葉巻はあるとは思う」

アプルビイが微笑んだ。「では是非、吸ってみてください。もっとも、わたしが言いたかったのは、スカムナム・コートの見学料のことだったのですが」

「ああ、なるほど」公爵はまったく気に留めずに続けた。「まあ、最高級の城に比べれば、うちなど足元にも及ばないだろうが。たとえば、ブレナム宮殿（世界遺産に登録されたオックスフォードの宮殿。美しく広大な庭園が有名）だ。あちらのほうが、はるかに歴史的関心を満たすだろう。だが、敷地はうちの半分もないのを忘れないでくれ。わたしの友人などは、スカムナムの見学コースを二日がかりにしろと言うんだ。客を屋敷に一泊させれば、その分の収入も得られるからと。だが、半クラウンで充分だ。儲けはなくても、まがりなりにも人を楽しませる仕事ができる。人の役に立てる」

「そうですね」アプルビイはうなずいた。「ですが、そのせいでしょっちゅうフェルメールを――あるいは、たとえスタッブスでも――盗まれるのでは困ります。急に人の出入りが増えたリスクを考慮して、絵には保険をかけておられたのでしょうね？」

「それに関しては、きちんと見てくれている男がいる。保険料の高さに尻込みするわたしに、是非にと勧めてくれたのだ。あのフェルメールには、父が購入したのと同額の保険金が入ることになっている。もっとも、アメリカではその三倍の値段で買い戻したがっているらしいがね」

「検討されたことはないんですか？」

「アンが許さないよ。そんなことをするぐらいなら、レンブラントの小さな「雷雨」――彼女の父親がダブリンで十シリングで買ったあの絵――を先に手放すだろう。父親と同様に、彼女も大切にしてきた絵なのだがね」

「わたしも公爵夫人のおっしゃるとおりだと思います」部屋の奥にある本棚に行っていたジュディスが、フェルメールの研究書を手に戻ってきた。盗まれた絵の複製画のページを開いている。「あの絵が盗まれたなんて信じられません。おまけに、損壊されている可能性もあるだなんて」

「わたしも非常に胸を痛めている」葉巻を試す前にブランデーを飲み干すことにした公爵は、見るからに落ち着き払って心地よさそうに深く椅子にもたれかかった。「家庭での教育なのだろうね。ああいうものは決して手放さず、大事に守り続けるようにと教えられて育ったんだ。国家のためではない。

父は国家というものを認めていなかったからね、自国であれ、他国であれ。そうではなく、人類全体のためだ。だからあのフェルメールを失って、わたしは言わば、その任務が果たせなかった気分なのだ。それに、アンが恐ろしいほど腹を立てている。心底ぞっこんだったからな」公爵はその下世話な表現によって、若い連中の使う流行語で彼らを喜ばせてやっていると信じて疑わず、愛想よく微笑んで見せた。

「公爵夫人は、絵を守ることにぞっこんでいらっしゃるんですか？」

「いやいや、そうではない。アンはわたしよりも実用的な育ち方をしているからね。彼女は、あのフェルメールの絵に、「水槽」にぞっこんなのだよ。我が家にとって、〝クリスピン家のお守り〟だと言って」

ジュディスが煙草に火をつけた。「でも、あの絵は昔からクリスピン家に伝わってきたわけではありませんよね。公爵のお父様がアメリカで買っていらしたのでしょう？」

「そのとおりだよ。だがアンが言うには、「水槽」はクリスピン家にとって、話の種なのだそうだ。見事に飼育された色とりどりの小さな生物たちが、まるで透明な宝石箱にいくつも並ぶ宝石のように、自分たちだけの世界に収まっている。アンはそれが、われわれの姿そのものだと言うのだ。ああやってきらびやかな姿を世間に見せ続けている限り、われわれは存続できるのだと。魔法のガラスの向こう側で、自信たっぷりに泳ぎ続けている限り」

アプルビイは妻の肩越しに、その複製画を覗き込んでいた。「公爵夫人のおっしゃるとおりですね。半クラウンを払った人たちは、スカムナムの目を見はるような贅沢を眺めて楽しんだとは言え、いつあなた方を街灯に吊るし上げないとも限りませんからね。ですが、今はまずお話を――」

「ああ、そうだな――わかっている。それにしても、実にうまいブランデーだな。こういうものはうちにはないよ」公爵はその夜訪ねてきてから初めて、かすかに居心地の悪そうなそぶりを見せた。

「事件が起きたのは三週間前のことだ。どうしてこんなに長く隠していたのかと訊きたいのだろうね。ところで、隠していたことを隠すことはできないものだろうか――つまり、すぐに警察や保険会社やマスコミに知らせなかったことを。盗まれたことに気づかなかったとか……そういうことにして。いやいや、もちろん、きみが反対ならかまわない」

「反対です」アプルビイは公平な判断を下すように大きく首を振った。「本当に高価な物が盗まれたときには、下手なごまかしが災いにならないはずはありません」

「きみの言うとおりにちがいない」公爵はため息をついた。「当然のことだが、どうして表沙汰にしなかったのか、きみならわかってもらえるだろうね。つまり、家の者の仕業かも知れなかったのだよ」

「その可能性はあったでしょうね」アプルビイは上流階級の捜査を長年続けるうちに、話の流れが親族間トラブルに向かうことは、ごく自然なことと思えるようになっていた。「ですが、幸運なことに、その懸念には根拠がないことが証明されたのですね」

公爵の表情が明るくなった。「そう、根拠がない――まさしくそのとおり。いや、根拠はなさそうだというべきか。わたしは当初、甥のマイルズを疑っていたのだ。マリシャーの土地を売却してから、彼の父親はぶらぶらと仕事もせず、わたしが死ぬのを待っているようなものだった。それに、マイルズはしょっちゅううちへ顔を出していた」

「〝キンクレアのマスター（スコットランドの貴族の長男の称号）〟でいらっしゃる方のことですね?」ジュディスはまるで透

明な「人物名鑑」のページをめくるように訊いた。

「そうそう、それだ――マイルズの若造だよ。どうもスコットランドの称号は、われわれのような人間には気取りすぎに思えてならない」公爵は自制しつつも苛立っていた。「そのマイルズなんだが、美術品には明るいやつでね。だから、まずはあいつのことが頭に浮かんだのだ」

「そうでしたか」ジュディスは夫ほどにはこの手のトラブルに接したことがなく、身内に疑念を向けることに軽い当惑を感じていた。

「それから、わたしの姉のグレースだ。うちの東側にあるゲートハウスに一人で住んでいて、館中《やかたじゅう》のほとんどの合鍵を自分にも渡せと言ってくる。彼女の要求を断るのは不可能だ。何と言うか、何をしでかすかわからないところがあってね、思いどおりにならないと妙な行動を起こしかねない。わかるだろう？」

「え、ええ――もちろんです」ジュディスはグレースの性格をこんなふうに表現されることに、少しばかり否定的だった。

「それに、グレースはときどき、その、いろんな物を妙なところへ移動させる癖がある。つい二年ほど前に、どんな手を使ったのか、気の毒な司教代理の教会の聖具室の金庫から聖餐用の皿を持ち出し、うちの牧場で使わなくなった搾乳室の棚にしまい込んだことがあった。まともな思考ではやらないことだよ。とは言え、彼女にとっては、何かしら神学的な信念に基づいた行為だったことはまちがいない。規模の小さな建物の中なら、その癖にもさほど悩まされることもないだろう。だがスカムナムには、彼女が何かを隠せる場所がいくらでもある。わたしがもっと小さな家に住みたいと願う理由の一つがそれだよ。たとえばこの家のように。ここは実に、こぢんまりとしている」

そう言うと、公爵は葉巻に火をつけた。アプルビイはじっと考えながら彼を見つめていた。「スタッブスが発見されたのがロンドンだったことを考えれば、レディ・グレースのその癖は関係ないと言っていいでしょう。マイルズの仕業でもないというのは、確かですか？」

「確かだと思う。考えれば考えるほど、身内のはずがないという思いが強くなってきた。実のところ、これは巧妙に考え抜かれた窃盗事件だ。もっとも、それはきみが直接判断してくれればいい。わたしはただ、絵がどんなふうに盗まれたのか、自分なりの考えを披露させてもらおう。それとも、きみには先にやっておくべきことがあるかね？」

アプルビイは首を振った。「公爵がコーヒーを召し上がっているあいだに、必要な電話連絡はしておきました。その誰かから電話がかかってくる可能性はありますが、それまでは話をお続けください」

「では、まず日にちだが」ホートン公爵は葉巻を置き、ポケットから手帳を取り出した。「そうそう、これだ。十月十四日の日曜日には、フェルメールもスタッブスも何事もなく屋敷にあった」

アプルビイはメモを取った。世界的な名画の一つが盗まれてなお三週間も平然としていられるなど、この客人のような人間でなければ考えられないことだ。

「『水槽』は、当然のことだが、館の東の大翼廊にある画廊にかけてあった。最新の銀行の金庫室に匹敵するほど警備の厳重な部屋だ。夜間にはすべてのドアや窓、それにアルフレッド・スティーブンスの彫刻が施された二つの暖炉の上にも、鋼鉄製の格子が下ろされる。施錠後の鍵はわたしが預かり、わたしがスカムナムを留守にするときには、古くからの執事のバゴットが保管して、翌朝出勤してきた警備員に渡す。夜は警備員一人が巡回するだけで充分だ」

「その警備員は信用できますか？」

「歳はとってきたが、絶対に信用できる男だ――なにしろ、第一次世界大戦中はわたしの従卒をしていたからな」

「画廊の合鍵は、レディ・グレースもお持ちですか？」

「いいや。彼女の好き勝手にできない、ほぼ唯一の場所だ。それもあって、彼女は無関係と考えてもいいと思うんだがね」

「わたしもそう思います」

「さてと、それでその日曜日のことだが、美術品の売買をしているという名士がたまたまアンを訪ねてきてね――ミュンヘンから来た、小柄で人のよさそうなドイツ人だ。その午後、アンと二人で彼を館の部屋から部屋へと案内して回った――団体客の合間を縫ってだ、当然ながら」

「半クラウンの客たちのことですか？」

「そのとおり。いつもは三十分ごとに集まってきた客を連れて出発する。だがわたしはその合間の、団体客のいない時間をうまく利用することも覚えたんだ。実を言うと、時間のやりくりをするのが面白くてな。それで当然ながらその男を画廊にも案内したのだが、そのときには「水槽」はいつものように壁にかかっていた。彼は、絵を一インチ四方ずつじっくり眺めて、やれテクニックがどうだとか、ピ、ン、タ、メ、ン、トがどうとか、しきりにぶつぶつ言っていた」

「スタッブスについては何か言ってましたか？」

「スタッブスは画廊ではなく、ひと続きになった奥の小部屋に飾ってあるのだが、そこは公開していない。わたしは日曜日の朝に、その小部屋で帳簿をつけるのを楽しみにしていて、そこにはあのスタッブスのような、わたしが特に気に入っている絵が六枚ほど飾ってある。だからその朝も、スタッブスは確実にその小部屋にあったと断言できる。さて、水曜日まで話を進めよう」公爵は自身の管理能力の高さを楽しむかのように、手帳のページをめくった。「水曜日の午後、モーガンという若者がためらいがちにわたしのところへ来た。現在執事を務めてくれているバゴットの息子で、さっきの絵の中で、ゴールドフィッシュとシルバーフィッシュの手綱を引いている馬丁の子孫に当たる。定期的に半クラウンの見物客を案内している四人のうちの一人だ。うちの館で生まれ育ったせいか、客が喜ぶ話をするのがうまい。その男が、どうにもフェルメールの絵がおかしい気がすると言ってきたのだ。わたしはすぐに画廊へ行ってみた。どんよりと曇った午後で、わたしの目には、すぐにはおかしなところがあると思えなかった。すると、突然気づいたんだよ。この額に納まっているのはフェルメールの絵ではない、カラー印刷だと。わたしが二年ほど前に作製を許可した原寸大の複製だ。そしてそのくそ忌々しいコピーは――失礼、ジュディス――ほとんど本物と見分けがつかなかった。その日一日、見物客の誰もが本物の名画だと思って眺めていたのだよ。頭がいいと思わないかね?」

ジュディス・アプルビイは再び研究書を手に取った。「フェルメールの絵を選んだ点に、頭の良さを感じますね。デコボコとした厚塗り《インパスト》がなく、表面はエナメルのように滑らかですから。でも、スタッブスはどうだったんですか?」

「あの絵には同じ手は使えない。なぜなら、これまでに一度も複製を作ったことがないからだ。そして事実、スタッブスは単純に額から取り出して、木枠を外されていた」

「どうもおかしな話ですね」アプルビイは立ち上がって部屋の中を歩き回った。「それに、絵がなくなっていることに、どうしてもっと早く誰も気づかなかったのですか?」

「説明したじゃないか。その小部屋には誰も立ち入らせていない。日曜日の朝にわたしが入るのと、金曜日に誰かが掃除をする以外は。一日の終わりに戸締りに来る男は、部屋に入らずに中を覗き込むだけだ」

「夜間の警備員も立ち入らないのですか?」

「電灯をつけて、中を見て回るよ。だが、スタッブスはついたての奥の見えにくい位置にあった。それに、当然ながら、スカムナムのすべての部屋を丁寧に見ながら巡回することは不可能だ。それだけで一週間はかかるだろう」

アプルビイがうなずいた。「どうやらフェルメールは、事前によく計画を練った上で盗まれたようですね。そしてスタッブスは、ある程度屋敷の事情に通じている人物によって、そのついでに持ち去られた。事情を知る者という点が、公爵を不安にさせていたわけですね」

「そのとおり。わたしからの話はこれでほぼすべてだ。だが、きみのほうから質問がたくさんあるだろうから、その前にさっきのブランデーをもう少しもらおうかな。従兄のジャーヴァスのところには実にうまいブランデーがあるのだがね——断言するが、この酒とはまったく別物だよ」

「スカムナムの画廊のことは、わたしもよく覚えています。身を隠せるような場所はありませんよね?」

「そんな場所はまったくない」

「ですが、その小部屋のほうはどうですか?」

「物置ほどの狭さだ。やはり隠れるところはない」

「さっきおっしゃった、ついたての奥もですか?」

「いやいや、無理だ。それに警備員は常に、どこかに侵入者が身を潜めていないかという点に一番目を光らせているのだぞ。地元の警察からも、そこを厳しく指摘されていた。正面から堂々と入って身を隠していられる屋敷は、泥棒にとって侵入する手間が省けるのだそうだ」

「彼らの言うとおりですね。半クラウンの見物客についてですが、出入りの人数は確認していますか?」

「それは不可能だよ。一人ぐらい朝までどこかに隠れていても気づけまい。だが、さっき説明したように、画廊の中は無理だ」

「『水槽』について聞かせてください。木枠は残されていましたか?」

「いいや、木枠ごとなくなっていた。カラー印刷の複製画が、額の裏に直接糊づけされていたのだ」

「なるほど」アプルビイはジュディスのほうを向いた。「あれほど大きな絵を、木枠から外して丸めることは考えられるかい?」

「できなくはないわ。でも、リスクを伴うわね。ほかに方法があるなら、誰もそんなことはしないでしょう」

「どうすれば画廊から持ち出せるか、わたしなりに考えてみたんだ」公爵は取り澄まして言った。「丸めなくても持ち出す方法がある。窓の隙間から外へ差し出し、下で別の誰かに受け取ってもらうのだ。それができる窓が、部屋の端に一つだけあるからな――格子ではなく、鉄の棒を縦に並べて取り付けてある」

「ではきっとそこから出したのでしょう」アプルビイはまた腰を下ろしていた。「盗難が疑われる日の二、三日前に来ていた客の中に、何か怪しいと思われることはありませんでしたか? 漠然とした質問で申し訳ないのですが」

「その点は、わたしもあれこれ訊いてみた」公爵は再び誇らしそうに言った。「どうもある男が、二日続けて一人きりで来ていたと言うのだ。その男のことはモーガンが記憶していた。足が悪く、どこへ行くにも杖をついていたらしい。通常であれば、館に入る際には杖や傘は持ち込まないようにお願いしているが、当然のことだが、男が杖を使うことは許可した。そのために、モーガンは二度とも――日曜日の最終回と、月曜日の最初の回だ――彼に注意を引かれたというわけだ」

アプルビイがうなずいた。「ますます疑いが濃くなってきましたね。その男が日曜日に帰るか、翌朝また来るところを、実際に見た者はいるのですか？」

「いないと思う。とにかく大人数の集団だからね。モーガンが彼に気づいたのも、案内している途中だったらしい」

「われわれが探している男にまちがいないでしょう。足が不自由な点が、まさにぴたりと合う」

「そうなのか？」公爵は感心していた。「足の悪い有名な美術品泥棒として、警察で知られている人物なのか？」

「そういうわけではありません。ジュディス、「水槽」の大きさはどのぐらいだ？」

「珍しく大きな絵よ――つまり、フェルメールの作品の中では。およそ縦五フィート、横四フィートね」

「ということは、カラー印刷画をスカムナム・コートに持ち込んだときは、その男の脚に沿わせてズボンの中に丸めて入れていたにちがいない。彼は足が不自由である必要があった、足を引きずって歩くために。これで手口がすべてわかってきましたね。ただし、彼がどうやって画廊に入り込んだのか、いやむしろ、どうやってそこでひと晩過ごすことができたのかを除いてです。とは言え、わたしが知的好奇心から気になるだけで、わからなくても大した問題はありません」

「だが、やつはまた同じ手を使うかもしれないじゃないか」公爵は驚いて、吸っていた葉巻を下ろした。「レンブラントか、トマス・ゲインズバラ（十八世紀のイギリスの画家）を盗み出すかもしれない。もっとも、今では新たに警備員にひと晩中《じゅう》見張らせているがね。とは言え、安心はできない。我が家にわたし自身も知らない抜け道なり、何らかの秘密があると思うと。ケントの建築物に、そんな造りはないはずなんだがな」

アプルビイは首を振った。「盗人が秘密の抜け道を発見したとは思えません。最近画廊で、たとえば家具の配置など、何か大きく変えませんでしたか？」

「以前きみが来たときのままだ。部屋に家具は置いていない。壁に絵をかけ、壁の窪みにはブロンズや大理石の像を置き、よくある薄い展示キャビネットを一列に並べて、使い道のないルイ十四世の椅子を各窓の前に一脚ずつ置いている、それだけだ。ああ、あとは、あの感じのいいレオニという若者がアンにと贈ってくれた、スペイン製のチェストがあるな」

「レオニというのは？」

「いいやつだよ。イタリアの旧家の子でね」ヘンリー八世の時代より前の先祖が何をしていたかわからないホートン公爵は、古くから続く血統を深く尊敬していた。「戦時中にしばらくイギリスに留め置かれて不自由していたのを、アンがうまく話をつけてやったことがあってね。あれほど大きなスペイン製チェストをアンに送ってきてくれるとは、優しい男だよ。スカムナムのことも、よく覚えていてくれた。チェストは画廊の中の、特にベラスケスの絵の下に置くのが一番ふさわしいと勧めてくれたのだ。実に美的センスに優れた男だよ」

「そのチェストはいつ届いたのですか？」

「ひと月ほど前だ。ローマから送られてきた」

「それで、公爵夫人はチェストが届いたことを先方に知らせたのですか？」

「もちろんだよ。すぐレオニ宛てに、彼の家族の様子を尋ねるなり何なり、きちんとした手紙を出した。今のところ返事はないがね」

「これは驚きましたね」アプルビイは信じられないという面持ちで公爵を見つめた。「公爵夫人が以前、スカムナムで「ハムレット」の芝居を上演しようとしたことを覚えておいでですか？」

「忘れるわけがない」公爵はジュディスのほうを向いた。「わたしがご主人と初めて会ったきっかけなんだ。恐ろしいことが次々と起きてね――それはそれは恐ろしいことが。だが、それが今、何の――」

アプルビイは微笑んだ。「公爵夫人には、今度は「シンベリン（シェイクスピアの別の戯曲）」を上演していただくべきですね。部屋を指定して大きなチェストを届けようとする魅力的なイタリア男は信用すべきではないと、夫人も学んでくださることでしょう」（劇中で、賭けをしたイタリア人のヤーキモーが、ある人妻の不貞の証拠を摑もうとチェストに身を潜めて彼女の寝室に侵入する）

公爵はしばらくのあいだ、口をぽかんと開けてアプルビイを見つめていた。「きみの言いたいことはよくわかったよ。だが、まさか、あのレオニが――」

「彼自身は何も知らないのかもしれません。公爵夫人の送ったお礼状には返事がないようですし、宛先の住所は偽物だったのかもしれません。そのチェストは、人間がすっぽり入れる大きさなのでしょうね？」

「たぶん入れるだろう。だが、ずいぶんと強引な解釈じゃないかね？　あのスペインのチェストが素晴らしい品物であることはまちがいない。三、四百ポンドの価値はあるはずだ。どこの人間がそんな――」

「公爵のフェルメールは、狂信的なコレクターたちに限られた市場とはいえ、三、四千ポンドの価値があるのですよ。それに、高価なチェストだからこそ、公爵はイタリアのご友人の寛大さに感銘を受け、彼の希望どおり画廊に置くつもりになった。その結果、うってつけの隠れ場所がまんまと設置されたわけです。足の不自由な男は日曜日の午後、隙を見てチェストの中に潜り込んだのです。あのヤーキモーと同じように。ただし、自分が潜んでいるチェストを、汗水垂らした使用人たちに指定した位置まで運び込ませたわけではありませんが。男は深夜になってから仕事にかかり、「水槽」を窓の鉄の棒の隙間から共犯者に渡した後、部屋の中を見て回るうちに、縁起担ぎにスタッブスも持ち出せそうだと判断した。そして翌日の開館時間までに再びチェストの中に入り、朝一番に案内されてきた見物客の集団に混ざったのでしょう。半クラウンの客たちが絵の前で説明を聞いているうちなら、簡単に紛れ込めますからね」

「でも、どうして二日めにもまだ足を引きずっていたのかしら？」そう尋ねたのはジュディスだった。

「丸めたカラー印刷は代わりに置いてきたんでしょう？　足を引きずる必要はなかったはずだわ」

「前日と同じ男だからだよ――しかも、服装も同じままだ。もしも昨日来ていた男だと気づかれて、普通に歩いているところを見つかったら、疑問を抱く人間がいるかもしれない。すべて考え抜かれた仕業だったんだ」

「そのようだね」公爵は少し呆けたように言った。「何よりの驚きは、きみがそこに座ったまま、すべての謎を解いてしまったことだ。しかも、すでにスタッブスを取り戻してくれた。あとは――」

「希望がないわけではありません。最悪の場合には、密売ルートの買い手側から絵を探すこともできます。とは言え、盗まれた名画を大金で買い取るような人間はたいていアメリカに住んでいますから、見つけ出すまでには時間がかかるでしょう。だからこそ、イギリス国内にあるうちに「水槽」を押さえなければなりません。それには、時間が勝負となります。明日では手遅れかもしれません。ですが、今現在「水槽」はまだそう遠くには行ってないはずです」

「はず？」ジュディスが素早く夫の顔を見た。「そんな確証はないでしょう？」

「別の確証に基づいた確証がある」

「どういう意味？」

「簡単なことさ。今日の午後、きみとわたしはしばらくのあいだ、フェルメールの「水槽」を見てきたばかりなんだよ」

第五章

「きみはレディ・アプルビイと、「水槽」を見たのか?」ホートン公爵は勢いよく立ち上がった。激しい動揺のあまり、無意識に新しい葉巻を手に取っていた。「「水槽」なら見ればわかるだろう」

アプルビイは公爵にマッチを渡した。「もちろん、わたしもジュディスもあの絵はよく存じ上げていますよ。ただ、今日わたしたちが見たときには「水槽」というタイトルではなかったし、一見「水槽」のようには見えませんでした。タイトルは、わたしの記憶が確かなら、「天地創造の第五日と第六日」でしたね。と言っても、とてもそんなものを描いたようにも、水中のたくさんの小魚のようにも見えませんでしたよ。あえて呼ぶなら「バクテリアの闘い」か「新衛星都市の設計図」といったところでしょうか。が、それはあくまでもごく表面的な問題にすぎません」アプルビイは妻に顔を向けた。「実はね、今回の一件についてキャドーヴァーが、本人にはその自覚がないものの、何かきわめて鋭い発言をしたはずだと、わたしは午後中《じゅう》頭のどこかに引っかかっていたんだよ。それが何だったのか、今ようやく思い出した。彼はリンバートの死が自殺だというのは表面的な見方に過ぎず、ひと皮むけばまったくちがうかもしれないと、たしかそう言っていた。無意識の頭脳が撃ち出した命中弾だな」

「だが、絵を取り返すことはできなかったのだね」公爵は急に暗く落ち込んで言った。「おまけに、わたしにはきみが何を言っているのか、さっぱりわからない」

「しかもあのとき、わたしにはあの絵を買うこともできたんだ。買ってくれと持ちかけられていたのだから」アプルビイは混乱に陥っている来客を思いやるよりも、その不思議な巡り合わせを面白がることに瞬間的に心を奪われていた。「実はですね、ジュディスが懇意にしている美術商のブラウンコフという男が、あらん限りの話術を駆使して、わたしにフェルメールの「水槽」を買わせようと勧めてきたのです。およそ二百ギニーでね。ジュディスの最新作の背景としてこの居間にかけるか、テートに寄贈してはどうかと」

「「水槽」をテートに寄贈するだと？」公爵はほとんど声にならない声で言った。

「そうすればわたしは王家から称賛されるとブラウンコフは保証したのですよ。彼が話をまとめようと躍起になっている最中にわたしが振り向き、「水槽」が盗まれたことに気づいたのです」

「盗まれた？　だから、さっきから盗まれたと言っているじゃないか！」

「新たに盗まれたのです、公爵。いや、むしろ、盗み直されたと言うべきでしょうか」

「ひと言言わせてもらうがね、きみはこの件をひどく楽しんでいるように見える……ああ、ありがとう」公爵は、ジュディスが賢明にもブランデーを注ぎ足してくれたのに気づいて言った。「何かしら楽しむような要素があると考えてもいいのかね」

「あると思いますよ」アプルビイの口調が再び深刻になった。「つまり、リンバートがスタッブスを持っていたという接点を見つけたおかげで、すでにフェルメールの行方についても、われわれは本来この段階では知り得なかった情報まで摑むことができたのです。フェルメールは、別の絵に姿を変えています。技術的には可能な話だろう、ジュディス？」

「もちろんよ。それが最善の手だわ。腕のある画家であれば、新たに地塗りを施すことは誰にでもできるし、そうやって絵の表面を完璧に保護しておけば、上から何なりと好きな絵を描けるわ。海外に密輸するときは裏に新しいキャンバスを貼って、必要に応じて木枠を偽装すればいいの。こうしてできた偽の絵は、よほど専門的な検査をしない限り見破ることはできないわ。そして実際、そんな検査なんてしないのよ。アメリカ人は毎日のように現代絵画を買い漁って、ヨーロッパから持ち出しているんですもの」

アプルビイが突然顔を上げた。「話はもっと根が深い。実のところ、ある重要な点を含んでいる。だが、今それは置いておこう。もう一度リンバートの殺害について考え直す必要がある。彼は今、自分の部屋にいる——公爵のスタッブスを壁に飾り、公爵のフェルメールをイーゼルに架けて人目から隠すために手を加えている。そこへ誰かが来て、彼を殺す。明らかに、とびきり高価なものを巡る争いと考えていいだろう」

「それはそうだけど。でもリンバートを殺した犯人は結局、フェルメールもスタッブスも、どちらも持ち去らなかったじゃないの」

「たしかにこの件には、謎に満ちた側面があるな」

「わたしには、謎に満ちた側面しかないように思えるんだがな」公爵の口調には、苛立ちと悲壮感の両方が感じられた。「きみたちのどちらでもいいから、わたしにも説明してくれないか——」

「わたしがお話ししますわ」そう言ってジュディスがギャビン・リンバートの死に端を発した〈ダヴィンチ・ギャラリー〉の一件を丁寧に説明しているうちに、彼女の夫はパイプに煙草の葉を詰め、考え事にふけっていた。早急にこの事件を頭の中で整理する必要があった。

＊

一番に考えられる仮説は、まさに単純明快だ。若きギャビン・リンバートは、用意周到であると同時に無謀な犯罪者だった。至極用意周到なことに、腕の立つプロによる窃盗事件——イタリアの名士からの手紙を偽装し、ローマからスカムナム・コートへ高価な大型アンティーク家具を届けさせ、ホートン公爵および使用人たちの日常の習慣を把握するなど、さまざまな準備が要求される事件——に加担していた。そして至極無謀なことに、その犯罪行為のより小さな果実、つまりスタッブスの絵を、知人たちがたびたび自由に出入りする部屋の壁に掲げていた。ついでに言うなら、彼は自分が殺される可能性に対して、至極不用心でもあった。

では、警戒していなかった彼が、いったいなぜ殺されたのだろうか？　その答えは、おそらく窃盗犯同士の仲間割れといったところだろう。だがたとえ仲間割れしようと、どちらも泥棒に変わりはない。それなら、スカムナム・コートの二枚の絵は、リンバートの死とともに彼のアトリエから持ち去られて当然だった。せっかくの機会に、なぜみすみす絵を残していったのか？　そのときに絵を盗まなかったことと、今日の午後〈ダヴィンチ・ギャラリー〉で起こった大胆不敵かつ鮮やかな犯行と、どういう関係があるのだろうか？

何よりもリンバートは、奇妙なほど迅速さに欠けていた。二枚の絵画は、十月十四日の日曜日の夜にスカムナム・コートから持ち去られている。リンバートが殺されたのは、その八日後だ。その日には、近代抽象画に装いを変えたフェルメールは、まだ彼のアトリエにあった。先刻のジュディスの説明では、こうした作品は日常的に大量にアメリカに送られていて、容易に国外へ持ち出せるらしい。彼女の言うとおりなのだろう——大筋においては。だが、イギリスで最も重要な個人所有の絵画の一つが消えたと警察に通報されれば、さすがに事態はまったくちがってくる。そこで、窃盗が露見し公表されるまでに一、二日の猶予を稼ごうとして、スカムナム・コートの「水槽」をカラー印刷画にすり替えておいた。犯人たちは、ともかく一刻も早く絵を国外に持ち出すことを最優先にしていたはずだ。

窃盗そのものは、時間を意識して計画されたにちがいない。スカムナムの画廊にある、同じぐらい高価な六枚の絵の中からフェルメールを選んだのも、それで説明がつく。カラー印刷画は、たしかに専門家の目なら一瞬で見破られるだろうが、うまくいけばしばらくはガイドや見物客の目をごまかしておける。そしておそらくあの絵以外には、原寸大のカラー複製画が入手できなかったのだろう。

だが、スタッブスの絵まで盗んだのはどうしてだ？　絵を飾っていた小部屋で過ごすホートン公爵の習慣を熟知していたとしても、あの絵を盗めば発覚が早まる危険性が高くなることはわかっていたはずだ。なぜあの絵まで盗ったのだろう？　たしかに絵の価格が魅力的だったことは考えられる——あの絵なら、一般市場でも売ることができるのだからなおさらだ。だが、フェルメールの「水槽」に比べれば、鶏の餌ほどの価値しかない。一番考えられるのは、犯人が衝動的にスタッブスを盗っていったことだ。絵が目に留まり、突如持っていきたい欲求に抗えなかった。

もしこの推測が正しいなら、ある重要な点に繋がる。スペイン製チェストに隠れていた男も、画家か絵画に詳しい人物ということになる。もしかするとリンバートだったのだろうか？　仮にそうだとしよう。仮にリンバートが窃盗の主犯だったとすれば、彼は絵を盗んだ後に平然とスタッブスを暖炉の上に飾り、大急ぎで描いた自身の作品の下にフェルメールを隠蔽した。この仮説に矛盾するものは何もない――リンバートの性格について受けたかすかな印象を除いては。そしてアプルビイはその印象が、実に根拠の弱いものであることも認識していた。さらにこの仮説だと、多くの点で辻褄が合う。たとえば、こういう疑問が湧くかもしれない。元の絵を隠す目的で上描きするだけだというのに、リンバートは特別な思い入れを込めた作品を描くだろうか？　すると答えは明らかだ。彼はきっと、普段の作品とはかけ離れたものを描き、万が一後で捜査の手が彼の元までたどってきても、自分は無関係だと言い逃れしやすくしておいたのだと。

　だがアプルビイの思考は、そこではたと止まった。あの「天地創造の第五日と第六日」――ヒルデバート・ブラウンコフが即興でつけたにちがいないその呼び名が、本当のタイトルだとすればだが――という絵は、リンバートが描いたこれまでの作品とはちがう、まったく新しい作風だった。ここまでは推測どおりだ。だが、リンバートがその作品を描いているところを何度か見たとジトコフは言っていた。リンバートは実に堂々と作業をしていたのだ。スタッブスの絵をアトリエの壁に堂々と飾っていたのと同様に。もっとも、ジトコフが嘘をついていなければの話だ――そして、彼が嘘つきである可能性は充分にある。

　ほかにも考慮に入れておくべきことはあるだろうか？　まずメアリー・アロウという娘。少なくともリンバートとは友人関係だった。そして十日前に歯ブラシを持って姿を消した。次に、ジトコフ本人。彼はリンバートの死体を発見したことに加え、メアリー・アロウの部屋の捜査状況を非常階段から覗いていた。あとは、ガス・ストリートのもう一人の住人であるボクサーと、彼のモデルをしている巨体のグレース・ブルックス。そしてリンバートが殺された当日、彼と口論をしていた正体不明の男だ。それから、あの建物の特殊な立地条件と、〈トーマス・カーライル〉への強制捜査のせいで、しばらく誰もあの建物に出入りできなかった点。最後に、今日の午後〈ダヴィンチ・ギャラリー〉から偽装された「水槽」が持ち出された件。そしてこの最後の一件によって、ある意味では疑問点の洗い出しが完結したと言える。なぜなら、明らかに一番肝心な疑問に立ち戻るからだ。それはつまり、盗まれた二枚の絵は、どうしてリンバートが死んだときには手つかずのままアトリエに残されていたのか、という疑問だ

ある単純な答えが考えられる。リンバートの死は、本当に自殺だったというものだ。自分の性格とは相いれない組織的犯罪に巻き込まれ、その愚行に気づき、手っ取り早く問題から逃げ出した。この仮説は、検死で得られたどの証拠とも矛盾しない。また、その後に「水槽」がたどった経緯についても説明がつく。リンバートの死体が発見されたとたん、共犯者たちはアトリエに立ち入りできなくなった。時間を置かざるを得ず、今日になって〈ダヴィンチ・ギャラリー〉を急襲することで獲物を取り戻した。さらに、メアリー・アロウが行方をくらましたのも、この仮説の範囲内で合理的に説明できるだろう。彼女は何があったかをある程度知っていて——おそらくリンバートとの関係を通して、彼女も直接犯罪にかかわっていたのだろう——大慌てで逃げ出すことにした。そうするとあの歯ブラシは、士気をくじかれた若い娘が、最後にその手に自尊心を掴もうとした表れだと解釈できる。

だがこれらとは無関係な、ある動かざる事実がある。死んだ男のアトリエが荒らされていた——それも、盗まれた絵を持ち去る気のまるでない人間によって荒らされていたことだ。それよりも、リンバートの部屋にあった本の扱い方にも意味がありそうだ。何やらさほど大きくないものを必死に探していたことが推測されるからだ。探していたのは、疑いを招くような書面だったのかもしれない。リ

ンバートが自殺したために、急いでそれを見つけなければならなかったとも考えられる。もしかすると、姿を消したあの女性の仕業かもしれない。行方をくらましたのは、彼女自身の安全か名誉を脅《おびや》かす、その何かを見つけられなかったからかもしれない。

アプルビイは、これらの筋書きのほとんどが、単なる推測に過ぎないことに気づいた。目の前のパズルには、ピースがまだあまりにも足りない。それらが見つかるまで――単純に事実に基づいた情報がもう少し集まるまで――は、手の打ちようがない。そう自分に言い聞かせると、アプルビイは熟考から我に返り、現実世界を見回した。そのとき、公爵と話をしていたジュディスが顔を上げた。「ジョン、玄関のベルが鳴ったんじゃないかしら?」

アプルビイはうなずいた。「ああ、わたしが呼んだんだ」そして、乾いた声でつけ加えた。「きみの友人だよ。ここにおられる主賓に引き合わせたら、きっと大喜びすることだろう」

＊

ミスター・ヒルデバート・ブラウンコフ、別名ブラウンが緊張を隠し、平然を装っているのは誰の目にも明らかだったが、彼は至極ビジネスライクな態度でレディ・アプルビイの居間に入ってきた。「美しい!」彼は戸口で感嘆の声をあげた。まるで〝感性の時代（英文学史における、十八世紀中頃のサミュエル・ジョンソンの時代）〟の旅行者が突然アルプスの絶景と対面したかのように、体の正面で両手を大きく広げた。「美しいお宅に、完璧な美しいお部屋ですね。ただ、ちょうどあの辺りが」――しきりにお辞儀をしたりうなずいたりしていたブラウンコフは、そう言うとぴたりとその癖を止め、太く白い指を壁の空いた一画に向けて伸ばした――「レディ・アプルビイ、ちょうどあそこの壁が、今売り出し中の若い画家が描いた格別の最高傑作《シェ・ドゥブル》を飾るのにぴったりですね。わたしがいいのを選んでお安くしてあげますよ」

アプルビイがうなずいた。「わたしたちが求めているのはだな、ミスター・ブラウン、まぶしい黄緑で強烈な斜線の利いた絵だ。が、それは後回しだ。ホートン公爵をご紹介しよう。こちらはミスター・ヒルデバート・ブラウンです」

「なんとまあ！」ブラウンコフは衝撃に見事に耐えた。たしかに両方の眉が突然跳ね上がりはしたが、彼は口から漏れたその言葉を、驚嘆の慣用句としてではなく、その場にふさわしく相手に敬意を払った呼称《グッド・ロード》の意味で発声してみせたのだ。「公爵《グッド・ロード》さま、初めてお目にかかります――そうですね？」

「公爵はロンドンへ、絵を何枚か探しにいらしたのだ」嘘ではないが不誠実なその発言を、アプルビイはどうしても口にせずにはいられなかった。

ブラウンコフは再び両手を広げたが、今回はひどく落胆した仕草だった。「それなのに公爵《グッド・ロード》さまは、うちで一番重要な今日の内覧会《プライベート・ビュー》の招待状をお持ちでなかったわけですね、大勢の名士の方々がお越しになっていたのに！　息も詰まりそうなこの手違いが起きたのは、うちの主《おも》だった秘書たちがヨーロッパ大陸へ出張に出払っているせいです。近代画の名匠たちをテーマにした、大きな展示会の準備のために」

「スカムナム・コートにある公爵の絵画はどれも古《いにしえ》の巨匠のものだ、近代画じゃない」

ブラウンコフがしきりに頭を上下に振る。「もちろん存じておりますよ、とてつもない国宝級の、本物の巨匠の作品ばかりだということを」

「国の宝《ナショナル》ではないぞ」強い信念にかかわることに踏み込むように、公爵が急に口を挟んだ。「うちで

〝ナショナル〟と言えば、キッチンにある配給品《ナショナル》のバターと小麦粉ぐらいなものだ。それすら品質が悪い」

「わたしは知っていますよ、お屋敷の格別に完璧な部屋に、特大サイズのヴァンダイクの絵がかかっていますね」スカムナム・コートの豪華さと、質素なウィルトン・ハウス（ウィルトシャーにある、かつてのペンブローク伯爵のカントリーハウス）の見せかけのものとを混同している発言が、初対面の公爵にどれほど滑稽と受け取られるかにはまったく無頓着に、ブラウンコフはとびきり嬉しそうな笑顔を向けた。「今はクラリッジにいらっしゃるのですか？」

「え？　ああ、ホテルかね？　いつもはブラウンズ・ホテルに泊まっている」

「明日、ご都合のいい時間をご指定ください、車を迎えにやりますね。ダイムラーの大型車です」

ブラウンコフは、あまりにも考えが飛躍しすぎたことで、自分自身を叱責するように顔をしかめた。

「うちにダイムラーの新車が三台か四台ありますね。そのうちの一台を迎えに行かせますので、うちの歴史的に重要な展覧会へお連れします。ギャビン・リンバートの全遺作展です」

「残念ながら、それは無理だな、ミスター――ええと、ブラウン。今夜のうちにスカムナムに戻る予定だ」

　ブラウンコフは、そんなことでは引き下がろうとしなかった。むしろ、獲物に狙いをつけた目が輝きだした。「それでは、リンバートのたいへん高価で重要なコレクションをすべてスカムナムに運びますから、そこで小さな内覧会をやりますね。〈ダヴィンチ・ギャラリー〉はいつもそうやって、大きな催しを開くのです。うちには家具運搬車が三台か五台あって、一年を通して選り抜きの内覧会を紳士や貴族のボトムでやるのですよ」

「尻《ボトム》だと?」公爵は呆然とした。

「リンバートの内覧会の作品をスカムナム、つまり郊外《ボトム》のご領地へ、来週の中ほどに送ります。手付金は要りません、運搬費と保険料はこちらで負担します。期限は決めずに全部お預けしますね。お買い上げはまた後日、そちらのご都合のいいときで」

「その中にリンバートの最後の作品がないのは残念だな、ミスター・ブラウン」アプルビイは、そろそろ公爵に助け船を出すべきだと判断した。「『天地創造の第五日と第六日』が消えてしまったのは、実に残念だ」

ブラウンコフが動揺した。「あなた方警察は、まだあれを見つけていないのですか、サー・ジョン? 格別に重要な話があるから来てくれと電話をもらったので、てっきりわたしの絵を見つけてくれたのかと思いましたよ」

「いや、まだだ。それから、あれはきみの絵じゃない、公爵のものだ。それどころか、実際のところリンバートの作品でもない」アプルビイは注意深くブラウンコフを観察していた。「きみは知らなかったのか?」

ブラウンコフの様子を見る限り、知らなかったように思われた。その混乱ぶりは本物に見えた。それに、当然ながら、知っていたと疑う理由はないに等しい。「公爵の絵ですって?」彼は大声をあげた。

「そうだ。きみがさっきから嬉しそうにボトムと呼んでいる田舎の大邸宅にあった絵だ。リンバートの作品というのは、別の絵の上から描いた薄い絵の具の層に過ぎない。スカムナム・コートから盗み出された絵の上にな。ミスター・ブラウン、今日の午後きみがわたしに売ろうとしていたのは、フェルメールの「水槽」だったのだよ」

「デルフトのヤン・フェルメールですか！」

「そうだ。しかも、きみの表現を借りれば、フェルメールの最高傑作《シェ・ドゥブル》に当たるだろう。いくつかの要因から推測するに、国外へこっそり運び出そうとして、リンバートが絵の上から例の抽象画を描いたことはまちがいないようだ。そして当然ながら、あの絵がきみのギャラリーから盗み出されたのも、そういう理由からだ。ギャビン・リンバートはたしかに興味深い若い絵描きにはちがいないし、彼の死にまつわる謎によって、きみの内覧会はセンセーショナルなものになった。とは言え、リンバートの作品をわざわざ盗みに来る人間はいない。そうだろう、ミスター・ブラウン？」

ブラウンコフは驚愕のあまり、このときばかりは本音が漏れた。賛同のしるしに無言でうなずいたのだ。「完璧な本物のデルフトのフェルメール！」そうつぶやく。そして公爵のほうを向いた。「でも、きっとサー・ジョンが取り戻してくれますよ。そうしたら、わたしが買い手を見つけてあげますね、公爵さま《グッド・ロード》、二十万か三十万ドルで」またいつものブラウンコフに戻っている。「手数料は五パーセントで結構です。そのうえ、若き天才、ギャビン・リンバートの全作品を割引価格にしますね」

「そのリンバートについて話がある」アプルビイは身振りでブラウンコフに椅子を勧めると同時に、職務上の厳しい視線を浴びせた。「非常に高価なことが確かなその盗まれた絵を、きみは持っていた。そこで、きみに答えてもらいたい質問が二、三ある。まず、リンバートときみとの関係だ。彼とは個人的な知り合いだったのかね？」

「リンバートと個人的な知り合い？」ブラウンコフが唇を舐めた。突如として狡猾で防御的な人間に豹変した。「つまり、サー・ジョン、彼がわたしの親しい友人だったか、とおっしゃりたいのですか？」

「何を言いたいかは、きみもよくわかっているはずだ」アプルビイは苛立ちを含んだぞんざいな口調になった。「彼との関わりをすべて教えてもらいたい。彼が持ち込んだ作品を、きみは売っていたのか？」

「わたしは客に勧めるだけです。若い画家の絵を売るのはとても難しいですから。〈ダヴィンチ・ギャラリー〉でも難しいです。リンバートと彼のグループについては、とても難しかった」

「リンバートはグループに属していた――つまり、仲間がいたと言うんだね？　まさにそういう話が聞きたかったんだよ、ミスター・ブラウン。きみには大いに力になってもらえそうだ」アプルビイは再び洗練された態度に戻っていた。「それで、そのグループの連中は売れていなかったのだね、美術品市場から見れば」

ブラウンコフがうなずく。「突然降ってわいたような、あの大きな幸運が舞い込むまでは、ですけどね、サー・ジョン――」

「大きな幸運が舞い込んだ？」

「リンバートが大騒動の末に死ぬまでですよ」ブラウンコフはすでにいつもの口調に戻りつつあった。「それまではもう打つ手もありませんでしたね。リンバートと友人たちの絵やら彫刻やらは、定期的に〈ダヴィンチ・ギャラリー〉に置いてやりました。でも、客は一度も買いたいとは言いませんでしたね――少なくとも代金を支払える客は、ただの一人も」

「連中はそのことを不満に思っていたかい？　厳しい世間に相対して、手の届く範囲にあるものなら何でも摑み取ってやるという気持ちになっていたのでは？」

「それはもちろん」その質問は明らかにブラウンコフを戸惑わせたようだ。「誰でもそう思いますね。生きていくには、摑まなきゃならない。摑めるときに、摑めるものは何でも摑み取るのが人生というものですね——ちがいますか？　でも、忘れちゃいけません。人生とは芸術でもあります。そして美でもあるのですね」すっかり頭が働くようになったブラウンコフは、その最後の発言とともに、レディ・アプルビイと彼女の居間に、羨望の眼差しを向けることを忘れなかった。

「リンバートと友人たちには、気が大きくなるような性質は見られなかったかい？　社会に報復する行動を起こす相談をしていたとか、そういったことは？　たとえば」——アプルビイは公爵をちらりと見て言った。「昔の巨匠の絵は自慢げに集めるくせに、今日一日をどうにか食い繋ごうと努力している現在の芸術家には、何ひとつ援助してくれない金持ちどもを非難していたとか？」

「ポクサーはそんな話をしますよ」

「ポクサー？　ああ、ボクサーのことか。リンバートと同じガス・ストリートの建物にアトリエがある画家だね」

「そのとおりです、サー・ジョン。そのポクサーです」

「それで、リンバートのほうはどうだった？」

ブラウンコフは首を振った。「リンバートは芸術家の不遇について、一度も話したことがありません。覚えているでしょう、サー・ジョン、彼は親族から充分な支援を受けていました。リンバートは何でも強欲に摑み取りましたが、摑んだものの代金はきちんと支払う人間でした。たとえば、あれはいつだったか——」突然ブラウンコフが口をつぐんだ。「いえ、なんでもありません」

「話してくれ、ミスター・ブラウン。何か大事なことを思い出したのだろう」

「小さな勘違いでした、サー・ジョン。それより、リンバートの友人について、もっと大事なことを教えますね」

「それは後で聞こう。今聞きたいのはその話ではない」アプルビイは容赦しなかった。「リンバートは遠慮なしに何でも掴み取ったが、その分の金は払った。そう話したところで、きみは実際の例を挙げようとしただろう。リンバートについての別の話に繋がりそうな気がする——彼が死んだ当日の情報じゃないのか。それなら聞いておきたい。さっさと話してくれないか」

だがブラウンコフは奇妙に体を歪め、息ができずに苦しんでいるような動きを見せていた。何やら正体不明の感情に押しつぶされながら、〈ダヴィンチ・ギャラリー〉の経営者の顔色は、いみじくもレオナルド・ダ・ヴィンチの絵のような緑色に染まっている。突然、驚くことに、彼は悲愴な唸り声をあげ始めた。それはやがて言語不明瞭な泣き声に変わっていった。「デルフトのヤン・フェルメール、サー・ジョン、レディ・アプルビイ、公爵《グッド・ロード》さま。わたしが手に入れていたかもしれないのに……モーじいさんの店で……たった十五シリングで」

＊

ジュディスは、実のところ彼女が面倒を見てやっているブラウンコフに対して、寛大にもブランデーを注いでやった。だが、同時に厳しい声で話しかけた。「モーじいさんですって、ミスター・ブラウン？　ひょっとして、あのモー・ステップトーのこと？」

「そうです、レディ・アプルビイ。わたしは別にモーと仕事上の関係はありませんよ。〈ダヴィンチ・ギャラリー〉の取引先は、最も格別で尊敬できる上級の相手ばかりですね。ただ、リンバートがモーの店のウィンドーを覗いているところに出くわしただけです」

　アプルビイが妻のほうを向いた。「いったいそのモー・ステップトーというのは、どこの誰なんだい？」

「チェルシーでがらくた店を出している、熟練の悪党よ。ロンドン警視庁《スコットランドヤード》のあなた方がモーの情報をお持ちでないとしたら驚きだわ。怪しげな絵を売買する裏世界じゃ、中心人物だという噂なの」

「だからこそ、ここにおられるわれらの友は、決してウィンドーを覗く以上の行為はしていないわけだね」アプルビイはブラウンコフのほうを向いた。「警察がそのモー・ステップトーなる男に興味があるらしいという妻の話に、きみも賛同するかね？」

「わたしもそれが言いたかったのですよ、サー・ジョン。ちょうどそのときも、警察が店に来ていたのです――リンバートとわたしの後ろに」

「なるほど。それで、きっときみたちは全員、ひどくうろたえたのだろうね」

「モーじいさんはうろたえていましたよ。パニックを起こしていました。今にして思えば、そのおかげでリンバートはあの絵を手に入れることができたのですね」

「絵を手に入れた？　その話をもっと詳しく聞かせてくれ。まず初めに、いつの出来事だね？」

　ブラウンコフが考え込んだ。「あれは、月曜日の午後でした。先週の月曜日ではありません、もう一つ前の月曜日です」

「正確に言うと、十月十五日の月曜日だね。リンバートはそのステップトーという男の店を覗いていた。そして、ミスター・ブラウン、きみはリンバートに近づいて短く挨拶を交わした。それから二人そろって店の中に入った。そうだね？」

「そのとおりです、サー・ジョン。リンバートから、荷造り《パックアップ》を頼まれたのですね」

「パックアップ？」

「値切り交渉の援護《パックアップ》（正しくはバックアップ）ですよ。万一彼が探しているものを見つけたときの」

「それで、彼は何を探していた？」

ブラウンコフは驚いたような顔をした。「決まってるじゃありませんか、サー・ジョン、彼はキャンバスが欲しかったのですよ」

「つまり、そのステップトーという男は、がらくた店の経営と並行して、画材も売っていた――絵具やら何やらを扱っていたのか？」

「そうではないのです、サー・ジョン。若い画家たちはがらくた店で古い油絵を買って、その上から絵を描くのです。そうしたほうが安上がり――」

「わたしは何という馬鹿だったのだろう！」アプルビイはすっかり魅入られたようにブラウンコフを見つめながら、自分もブランデーのボトルに手を伸ばした。「今日《きょう》び下処理を施した新品のキャンバスはとても高価なものだ。だからリンバートは代わりに古い絵を探していた。きみはそれを手伝っていたのだね。それで、どういう理由からか、きみたちの背後には警察官が来ていた。そこまではわかった。さあ、続けてくれ」

「店には誰もいませんでしたので、わたしたちはあれこれ物色していました。リンバートが魅力を感じるものは何も見つけられませんでした。彼はときどきひどく短気になることがありましたね。あのときも声を荒らげてモーを呼びました。ちょうどその大声と同時でしたよ、サー・ジョン、私服警官の二人が店に入ってきたのは。二人が警官だと、わたしにはすぐにわかりましたね」

「そうかい、ミスター・ブラウン。それはとても興味深いな」

「以前、彼らに協力させてもらったことがありますからね」ブラウンコフはいくらか威厳を込めてそう説明した。「二人はカウ捜査官——」

「ガウだよ——すると、もう一人はフォックスだな。二人は盗品の追跡を担当していて、対象物には美術品も含まれる。続けてくれ、ミスター・ブラウン」

「店の裏に物置小屋があります。モーじいさんが作業をする場所ですね。大声で叫んでも返事がなかったので、リンバートはその小屋のドアを強く蹴って入っていきました。中にはモーがいました。大きな丸太《チャンプ》とともに振り向きました。非常に毛深《ファーリー》かったです」

「ステップトーは飛んで《ジャンプ》振り向き、非常に憤慨《フューリー》していたと。いったいどうして？」

「陰部《プライベーツ》の真っ最中だったからです」

「それを言うなら個人的な用事《プライベート・アフェア》だよ、ミスター・ブラウン。そのときじいさんは何をしていたんだね？」

「地塗りをしたばかりの、大きな白いキャンバスの前に立っていました。リンバートはそのキャンバスを見たとたん、こう言いましたね、サー・ジョン。『それをもらって行くぞ、モー。今頭に浮かんでいる作品にちょうどいい』って」

「それは普段とはちがう言動なのかい？」

「いいえ、サー・ジョン——まったくいつもと変わりません。モーは古いキャンバスに地塗りを施すことができるから、暇があるときにはよくやっていました。何シリングか、値段を釣り上げられるのです」

「なるほど。それで？」

「『こいつは売り物じゃないんだ』とモーが言いました――そのときです、彼がパニックに陥っているとわたしが気づいたのは。そしてその瞬間、瞬き一つする間も置かずに、乳牛《カウ》が入ってきたのです」

「そして狐《フォックス》もかい？」

「私服警官が二人とも入ってきたのです。モーは二人をよく知っています。そして彼は飽き飽きしたのです」

アプルビイがクックックッと笑った。「きみの話には飽き飽きしないな。ステップトーは蒼《ペール》ざめたんだね。続けて」

「ほんのしばらく、警察官は厳しい表情のままそこに立っていました。そこへリンバートが言いました。『モー、この悪党め、売り物じゃないってどういうことだ？　十五シリング払うから、ふざけるのはやめろ』モーはしばらく何も言いません。口をパカッと開けて、目玉がポンと飛んで――いえ、パニックのあまり目玉が飛び出しそうでした。リンバートがキャンバスを持ち上げて――地塗りは速乾性のある新製品を使ったようですね――十五シリングを取り出しました。すると、テーブルの脚にもたせかけてあった小さな絵が彼の目に留まりました。『これは何だ？』彼はそう言って、じっくりと絵を眺めました。『がらくた派が描いたスタップスにしてはなかなかいいね』と言うと『おい、その絵を下ろせ』とモーが言いました。『商品として陳列してあるんだろう？』とリンバートが言いました。『出来のいいがらくた派のスタップスなら、五シリングが相場だな』『そんなもんじゃない』とモーが大声で言いました。『何だって?』とリンバート。『まさか、本物のスタッブスだとでも言うんじゃないだろうね?』モーは体をもぞもぞさせていました。二人の警察官は後ろに立っていて、どこかの盗難事件について質問しようと待っていました。モーは抱きしめられて《エンブレイスド》いましたよ。サー・ジョン、レディ・アプルビイ、公爵さま《グッド・ロード》——あれほど抱きしめられた男は見たことがありません」

アプルビイがうなずいた。「それで、ひどくまごついた《エンバラスド》結果、ステップトーは折れたのだね?」

「そのとおりです。『もちろん、本物のスタッブスなわけがあるか』と彼は言いました——その声はなんだかかすれていましたね。『わしなんかの店に、本物のスタッブスがあるはずがないじゃないか』『それなら、ほら、絵の代金の五シリングだ』とリンバートが言いました。そして一ポンド札を出して、先に出した銀貨をポケットに戻しました。『じゃあな、モー。お客さんをいつまでも待たせちゃいけないよ』それでわたしたちは、小さな油絵と大きなキャンバスを持って店を出たのです。でもリンバートは結局、そのキャンバスに満足していませんでした。『こんな状態のキャンバスじゃ、何も描けそうにないや』と言うのです。『ブラウン、ぼくがモーに払った十五シリングであんたに譲ってやるよ』と。ですが、サー・ジョン、当然ながらわたしは空っぽのキャンバスになど用はないのです。空っぽのキャンバスは、空っぽの壁と同じで魅力がありません。美のパトロンである裕福で文化的な人間の部屋には、空っぽの壁があってはいけないのですね、レディ・アプルビイ——そうでしょう?」

〈ダヴィンチ・ギャラリー〉の経営者によるたどたどしい説明を懸命に、またいくぶん当惑しながら聞いていたホートン公爵は、残っていたブランデーを飲み干すと立ち上がった。「親愛なるアプルビイ、すぐにその極悪非道なステップトーという男を見つけるべきではないか?」

「今夜のうちに訪ねなければなりませんね。ですが、それは警察にお任せください。すぐに取りかかると約束します。「水槽」はステップトーが取り戻して、今彼の手元にあるのかもしれません」

「無事だろうか？　その凶悪犯が地塗りをしたという話がどうにも気に入らない。わたしには理解しかねる。そのリンバートとかいう画家が、実際にあの絵の上に自分の絵を描くことなど考えられるのかね？　下に何が描いてあるか、まったく気づかずに？」

「そのようですわ」ジュディスが答えた。「リンバートが認識していたのは、目の前のキャンバスが十七世紀か十八世紀のものだということだけだったでしょう。よくある話です。古い絵の上に地塗りを施す場合、ものによっては、事前に幾重にも塗料を重ね塗りして、表面を均等にしなければなりません――あるいは、古い絵具の表面を炭酸水で剝離させるとか。ですが、フェルメールの場合はその必要がないのです。下の絵はまったく透けていないでしょう。少なくとも、下の構図がどんなものかわかるほどには」

「すると、そのリンバートとやらは、今回の事件においては、まったく無関係かもしれないと言うのか？」

「それは断定できません」今度はアプルビイが口を開いた。「スタッブスについては、ステップトーからまんまと本物を手に入れたと、リンバートもわかっていたにちがいありません。本当の所有者までは調べる手だてがなかったにせよ、ステップトーが法を犯して手に入れたことは、強く疑っていたはずです。でなければ、ガウとフォックスの注目を引かないように、ステップトーが泣く泣く絵を手放したことの説明がつかないのですから。さらにそれがきっかけで、大きなキャンバスのほうにも疑いを持ったことでしょう。いや、それほど気にしなかったのかもしれません。むしろ、リンバートが誰かとアトリエの階段で話していたというグレース・ブルックスの証言が正しいのなら、その謎の男は、リンバートを殺して絵を取り戻そうと考えたステップトーにちがいありません。仮にリンバートがその時点では、あのキャンバスにまったく疑いを抱いていなかった、あるいは気づいていても無視するつもりだったとすれば、ステップトーにしつこくつきまとわれたせいで、かえって考えが変わったのでしょう。そしてその数時間後に、彼は死んだのです」

第六章

その夜の出来事を後から振り返ってみると、アプルビイはスカムナム・コートのフェルメールを取り戻すという任務に、比較的楽観的に臨んでいたようだ。そして本人も認めるように、やはりその見込みは甘かった。なぜなら「水槽」は、単にきわめて高価なだけの絵ではなく、きわめて美しい絵でもあったからだ。ロンドン警視庁が総力を挙げて、確実に無傷で奪還するよう当たるべきだった。ところがアプルビイは応援も要請せずに、この事件にたった一人で臨んでしまった。ひょっとすると、〈トーマス・カーライル〉に入った大規模捜査の失態話に影響されたのかもしれない。それ以上に、長く積み重ねてきた犯罪捜査の輝かしい実績が生んだ、単なる思い上がりだったのかもしれない。

ともあれ、アプルビイは自宅を出てスローン・スクエアまでバスに乗り、モー・ステップトーのがらくた店の前に着いた。そこは真っ暗だった。が、当然ながら予想どおりだ。なにしろ時刻は間もなく午後十時になろうとしているのだ。

アプルビイは立ち止まることなく、店の前を通り過ぎた。そのみすぼらしい通りは薄暗かった。割れた埃っぽい板を重ねただけの壁の上に、破れた日よけが途中まで下りているのがかろうじて見えた。上方の、ほとんど判読不能な板切れが、そこでミスター・ステップトーが美術品と骨董品を販売していることをこっそり知らせているようだった。アプルビイが店のブロックを一周して戻るまで、野良猫を除けば何者にも出会わなかった。今度はステップトーの店のドアの前で立ち止まり、パイプに火をつけた。ガラス戸の内側に、傾いた札が一枚かかっていて、本日の営業時間が終了したことを知らせている。店の中をさらによく見ると、そもそも営業している時間があるのかと首をかしげたくなった。並んでいる品物のどれもが、実際に売買の対象となるとはとても思えないからだ。割れて黒ずんだゴルフボールであふれ返る段ボール箱の隣に、ガットを張っていない、十九世紀のデザインらしいテニスラケットがある。穴のあいた片手鍋に、取っ手のない水差し。山積みになった腐ったキャンバス地は、絨毯かラグマットにでも使ってもらう腹づもりなのだろう。ガラス蓋の付いた浅い箱は、ほとんど粉々になって風化した不気味な蛾や蝶の墓場と化している。目につく範囲で唯一芸術品らしいのは、「微笑む騎士」（オランダの画家フランス・ハルスによる人物画）の石板レプリカだが、ちょうど鼻の部分に三角形の穴が空いている。アプルビイからは暗くて見えないものの、店の奥にもきっと似たり寄ったりのみじめながらくたが、山のように積み上げられているのだろう。

　アプルビイは、細い通りを挟んだ向かい側から店を見上げた。ステップトーはがらくた店の上階か裏に住んでいると考えられる。並んだ建物のいくつかは上階の部屋に灯りが点いているが、がらくた店の上には暗闇しかなかった。アプルビイは再びブロックの端まで歩きながら、歩数を数えた。建物の裏側には街灯のない細い路地がある。その路地を通って戻りながらまた歩数を数え、ちょうどステップトーの店の真裏に当たるはずの位置で足を止めた。ブラウンコフは、ステップトーが作業をする物置小屋があると話していた。懐中電灯を取り出して注意深く照らす。八フィートのレンガ壁の裏の小さな庭の奥にぼんやり見えるのが、その小屋の傾斜した屋根らしいとアプルビイは判断した。隣り合うほかの建物同様、裏庭に入る両開きの門があった。その門からトラックをバックで入れて、商品を降ろすなり積み込むなりするには、ぎりぎりのスペースしかなさそうだ。アプルビイは頑丈そうな門を押してみたが、どうやら内側から閂がかかっているらしい。路地のあちこちを探すと、使われていないゴミ箱が見つかったのでひっくり返し、壁をよじ登って中に飛び降りた。

そのままぴたりと静止した。法を無視した侵入に成功して満足だった。正面も周りも、相変わらず真っ暗闇だ。もう一度懐中電灯をつける。物置小屋は裏庭の半分ほどを占めていた。庭に面してドアがある。小屋の奥の壁は店の裏とくっついていて、たぶん店から直接行き来できる通路があるはずだ。アプルビイは注意深く観察したが、中に入れそうになかった。小屋のドアには、錠と閂がしっかりとかかっている。窓は鎧戸が下ろされ、頑丈な南京錠がかけてある。小屋の裏へ回り込み、店の裏口を見つけた。そこにも鍵がかかっていた。躊躇することなく、アプルビイはドアをノックした――わざと大きな音をたてて。十秒とあいだを空けずにまたノックをした。暗闇の中に響くドアのノック音。人間は強引に呼び出されるその合図の音を聞くと、訳もわからず咄嗟に原始的な反応をするしかない。ひょっとすると太古の昔にもドアというものがあったのではないかとさえ思えてくる。遠くで車の行き交うかすかな唸りと、川のほうから物悲しい船のサイレンが一度鳴ったほかは、静寂が広がるばかりだ。三度めのノックをする。ステップトーの店に灯りが点いた。

「誰だ?」ぶっきらぼうな声が、ドアの向こうから聞こえた。

「刑事だ」

「そんなことが鵜呑みにできるか。強盗団にちがいない、帰れ」

「チェーンをかけたままでいいからドアを開けてくれ、身分証明書を見せる」

「わしがそんなことをするわけがないだろう。店の中には高価な商品――とびきり高価な品物――があるし、あんたは武器を持ってるかもしれないじゃないか。理屈に合わない。あんたが制服警官なら話は別だったがね」

「いいだろう、ミスター・ステップトー。あんたの話にも一理ある。五分後に店の表と裏口に制服警官を寄越すよ。わたし自身は三十分後に捜索令状を持って戻ってくる」

「捜索令状だって？　とても警察官の台詞とは思えないね」ステップトーは軽蔑するように言ったものの、その声には明らかな動揺も感じられた。「警察官ならそんな馬鹿なことを言うはずがない。こんな夜遅くに、どこで捜索令状を取るって言うんだ？」

「わたしは警視監なんでね、問題ない」

しばし沈黙が続いた。ステップトーは現状をよく考えてみた。「わかったよ」彼は言った。「あんたを信じよう」カチリと音をたてて閂が引き抜かれた。「ただし、言っておくが、わしは武器を持っているからな」

「武器だって、ミスター・ステップトー？　許可証は取ってあるんだろうね？」

「そういう類《たぐい》の武器じゃない」急いで遠ざかる足音に続いて、またこちらに近づくのが聞こえた。別の閂を引き、鍵を回して解錠する音が聞こえる。ドアが開いた。アプルビイの目の前には、錆だらけのサーベルの先端が向けられていた。あきらかに在庫の中からステップトーが引っぱり出してきたものだ。「よし、入ってくれ」ステップトーが一歩下がり、鋭い視線をアプルビイに向けた後、急いでサーベルを壊れた傘立ての中に突っ込んだ。「こんばんは、刑事さん。疑って悪かったな。だが、こっちも用心しなきゃならないんでね」

アプルビイは、自分が警察官と認められたのだとわかった。「そうだろうとも、ミスター・ステップトー、なにしろここにはきわめて高価な品が保管されているのだからね」

「あれは言葉の綾ってもんだよ、刑事さん」ステップトーは警戒した。「そうでも言って、一般市民の信頼を維持しなきゃならないからね。本当のことを言えば、今は商売あがったりなんだ。まったくうまくいってない。ついこのあいだも、友人のガウ捜査[illegible]う話したところだよ。うちの基準が厳しいせいだな。中古品の出所など、まるで気に留めないやつだけが成功する商売だ。残念ながら、不正直者がのさばる世の中なんだよ――この地域全体にのさばってるんだ。警察が涙ぐましい努力をしてくださってるにもかかわらず。ずっと前からうちの店のモットーは〝誠実〟なんだ。いや、正確に言うなら、〝誠実と奉仕〟だな。だが、それじゃひどく生きにくい」

「ミスター・ステップトー、あんた、警察のある部署では有名人らしいじゃないか――きっと高い基準で清廉潔白な商売を貫く犠牲者として、なのだろうね」

「そう言ってくださるのは嬉しいね、刑事さん――実に嬉しいよ」ステップトーは自信がなさそうに来訪者に流し目を送った。モーじいさんと呼ばれているものの、実際には年寄りとは言い難かった。それどころか、ほかの何者とも呼び難かった。いわゆる、何の特徴もない人間として分類されるタイプの男だ。彼が訴えている頑ななまでの誠実さ――そんなことはにわかには信じ難いが――を除けば、彼にはこれと言った特徴がまるきりないのだった。その彼が今度は、店の奥へと後ずさっていく。その動きは、警視監への敬意を表そうとしているのかもしれないが、身体的暴行を危惧してまだ多少警戒しているしるしかもしれなかった。あるいはただ単に、ありとあらゆるおぞましい、使い道のない、壊れて価値のなくなった品々で埋め尽くされている店内では、方向転換することさえ困難だったせいかもしれない。「よかったら、二階の事務室へ行くかい？　あそこのほうがゆっくり話ができる。わしに訊きたいことがあるなら、何でも——」

「あんたには、話を訊く以上の用があるんだ。案内してくれ」

階段は狭くてがたついており、踏板の大部分は本棚として利用されていた。アプルビイは階段をのぼりながら、上から下までさまざまな本が、いろんな意味でまんべんなく並べられているのに気づいた。少なくともここだけは、秩序をもって整理したいという店主の密かな欲求がいくらか見てとれた——ただし、誤った指針に基づいた分類法で。「リア王」の隣には「ヴィクトリア女王とその民」とプラトンの「国家」。古びたダンテの「神曲」は「中国の奇跡の千マイル」の隣、そのさらに隣には「海底二万里」。「若草物語」は「大いなる遺産」とペアに。アメリカの哲学書「無限との調和」はドイツの音楽書「和声論《ハーモニー》」と。「ガソリン・エンジン」は「聖霊に満たされて」と。アプルビイの忍び笑いが収まらないうちに、ステップトーが事務室と名付けた部屋に案内された。

その部屋は、どこから見ても寝室と台所、さらに住人がどこかを洗う必要が生じた際には浴室も兼ねていた。だが、散らかったデスク、時代遅れのタイプライター、電話機、そしてファイル・キャビネットがあるところを見ると、ここでビジネス活動も行われていることは充分にうかがえた。モーじいさんは、馬毛を詰めた使い古したソファの上からフライパンを取り除くという簡単な動作一つで、来客に座る場所を提供した。「さてさて、わしに何のご用かね？　わしがいつだって——本当にいつだって、法と秩序の応援に駆けつけることは、ガウ捜査官から聞いているだろう。わしに提供できる情報があるなら——」ステップトーはそこで口をつぐみ、芝居がかった仕草で額を指で叩いた。「だがその前に、刑事さん、電話を一本かけてもかまわないかな？　ちょっと家の用事があってね。あんたが来たせいですっかり忘れていた。急ぎの用なんだ——病気がらみの」

「どうぞ、ミスター・ステップトー」

ステップトーが番号をダイヤルした。「モーだ」彼は言った。「アジーおばさんはどんな様子だい……また具合が悪くなったって？　なんてことだ！」ステップトーの声には、深い嘆きと懸念が込められていた。「それは危ないな――非常に危険だ。ドクターを呼ばないと……そうだ、ドクターを呼べと言ってるんだ。今すぐにおばさんを移してくれるよう頼んでみろ……かわいそうにな――そりゃ本当か？　きっとテッドが手を貸してくれる。それに、たぶんアルフィーも……悲しいな、本当に悲しい。ぼろぼろになったおばさんの体に、せめて何かかけてやってくれ」

そう言ってステップトーは受話器を置いた。「家族としての義理があってね、刑事さん。みんなわしをひどく頼ってくるんだ、実の話。こういう結びつきは、どんどん軽んじられている。昔はもっと大事にしたもんさ。良心のある者ばかりが苦労をしょい込む。そしてお察しのとおり、わしはアジーおばさんをとても大事に思っている」

「そうだろうね、ミスター・ステップトー」たった今見せられた、いくぶん未熟な演目を、アプルビイは大いに面白がった。もしかすると、ステップトーにこの馬鹿げた電話を許可したのは軽率だったかもしれないな。だがおかげで、この男がフェルメールの盗難に関わっていないかもしれないという疑いはすべて消えた。アジーおばさんとは「水槽」のことにちがいない――危険な状態にあり、すぐにどこかへ運ばなければならない。いまだにはっきりしないのは、絵が今どこにあるのかという点だけだ。この店のどこかにあるのだろうか。もうすぐテッドとアルフィーとドクターがここへ来て、持ち出すつもりなのか。あるいはどこかで落ち合って、別の場所に隠してあった絵を運ぼうとしているのだろうか。とりあえず、アプルビイはステップトーに向かって愛想よくうなずいて見せた。「あんたのおばさんが早く元どおりに回復することを祈っているよ。きっと場所を移してあげるのは正解だね」

ステップトーはその言葉に感謝した。「ありがとう、刑事さん。あんたがそんなふうに気にかけてくれて、本当に嬉しいよ」彼は暖炉の上でカチカチと時を刻んでいる時計をちらりと盗み見た。「さて、急ぎの用事は済んだ――これで腰を落ち着けてゆっくりできるよ、刑事さん。話をしようじゃないか」

＊

だが、ゆっくりしている場合ではなかった。あの電話によって、まちがいなく何かが動きだしたはずだ――もっとも、それは願ったり叶ったりだ。今一番大事なのは、フェルメールの窃盗に関わる組織について、できるだけ多くを明るみに出すことなのだ。ステップトー自身は抜け目のない悪党だが、この件を仕切っているとは思えない。ずる賢い男ではある。それはまちがいない。だが今回の事件は、ずる賢さだけでは無理だ。高い教育を受けた、あるいはさまざまな情報を集結させた頭脳が、どこかで働いているはずなのだ。スカムナム・コートの家人の動向について多くを把握し、洗練されたイタリア人からと見せかけて偽の手紙を書き、イタリアからイギリスへ高価な家具を届ける手配ができる人間がいる。ステップトーの役割は、単に盗み出した絵を受け取って偽装するだけだったのだろう。それは彼が日常的に繰り返していた作業だったことも充分に考えられる。そしてその割り当てられた仕事でさえ、ステップトーは嘆かわしいほどの大失敗を犯した。ガウとフォックスに加えて、口のうまいギャビン・リンバートまでが一度に訪ねてきたのでは、彼に勝ち目はなかった。戦利品は彼の手の中からかすめ取られてしまった。グレース・ブルックスが目撃した男はまちがいなくステップトーであり、彼は状況を好転させようと一人で手を尽くしていたのだ。次の手段――成功に終わった〈ダヴィンチ・ギャラリー〉急襲作戦――のほうは、窃盗組織が総力を挙げて動いたのだろう。さて、その時点では、どんな状況になっていたのか？

泥棒たちは二つの盗品のうち、はるかに価値の高い「水槽」を奪い返した。しかも、おそらく事情は何も知らずに描いたリンバートの作品として、巧妙に偽装された状態で取り戻した。だが、その偽装は何の意味もなくなった。なぜなら、これであの絵はリンバートの作品としても盗品となり、安全を確保するためには、再度絵を上描きする必要ができたからだ。彼らはその作業を、今度もステップトーに任せたのだろうか？　もしそうであれば、絵はこのがらくた店の中か、どこか近くに隠されているはずであり、ステップトーがかけた電話は応援要請だったことになる。だが、もしも今回はステップトーに絵の処理が任されていないとすれば、あの電話は単に誰かに警告を伝えたものに過ぎない。ロンドン警視庁の高官が突如として自分の裏庭に現れたのは、決して些細な違法行為を咎めるためでないことぐらい、ステップトーに推理する鋭さがないはずはない。重大な盗難事件との関わりがばれたと気づいたはずだ。

ここまでのところ、駆け引きではアプルビイのほうが優位に立っている。知りたかった情報を多く訊き出すことができた。だが今後は、主導権が相手方に移ってしまう可能性が高い。何よりも、危険を冒して一人で乗り込んできてしまったために、こちらはすぐに応援が呼べない状況に陥っている。そうだ、ゆっくりしている場合ではない、とアプルビイは内心で繰り返した。今すぐ不意打ちを食らわせなくては。

「ミスター・ステップトー、あんたならきっと、フェルメールの「水槽」にどれほどの価値があるか、知っているだろうね」

無表情なステップトーの顔の筋肉がぴくりと動いた。「フェルメールの「水槽」だって？　申し訳ないが、何のことだかさっぱりわからないな」

「じきに、すっかりわかるだろう。国王陛下の高等法院判事たちは、人民の資産を守る責務を果たすために、盗まれた品物の価値に重きをおくはずだ。つまり、きわめて重大な窃盗事件に関われば、きわめて長い懲役刑を科されるおそれがある」アプルビイは楽しそうに微笑んだ。「あんただって、この点について考えていたにちがいない」

ステップトーはヘビのように、素早く舌で唇を舐めた。「何の話か、まるでわからない」

「何の話かって、ごくつまらない話だよ、ミスター・ステップトー。少なくとも、これから話す別件に比べればつまらなく感じるだろう。あんたは十月二十二日の月曜日にリンバートのアトリエを訪れ、「水槽」と、ジョージ・スタッブスが描いた別の小さな絵を取り戻そうと試みた。だが、失敗した。翌朝、リンバートは他殺体となって発見された」

ステップトーはよろよろと立ち上がった。全身が震えている。「言っておくが、わしはその件について何も知らない。あんたの話は初耳だ。前に警察と揉めたことがあるというだけで、わしに身に覚えのない罪を押しつけようとしているんだ」

「馬鹿なことを言うなよ、ステップトー。われわれがそんなことをするはずがないのは、あんたも承知しているだろう。それに、すべて目撃者がいるのだ。怖気づいたあんたが、黙ってリンバートに二枚の絵を持ち去られた現場には、ガウとフォックスがいた。それから、リンバートが殺される直前にあんたと言い争っていたのも目撃されている。あんたは今、かなり厳しい立場に立っているんだ。それは認めたほうがいい」

「あんた、頭がおかしいだろう」ステップトーはまたこっそりと時計に視線を走らせた。「うちの顧問弁護士の同席を要求する。今から彼に電話をかけるからな」

「好きにしたまえ。嘘の電話をかけるのはお得意のようだから」

「どういう意味だ？」

「かわいそうなアジーおばさんの件で、テッドとアルフィーとドクターに連絡を入れた茶番のことだよ。まさかとは思うが、犯罪捜査局の経験豊かな捜査官が、あんな嘘に引っかかるとでも思っていたのかね？　わたしはこういう現場を、かれこれ二十年以上もくぐり抜けてきたのだ。あんたが仲間に電話するのを、ただ手をこまねいて見逃すはずはあるまい。あんたがどこかへ電話をかければその情報が摑めるように、すっかり手配を済ませてあるのでなければ」アプルビイは、やれやれとばかりに首を振った。「どうにもあの時計が気になるようだが、おあいにく様だ。あんたがさっき電話をかけた相手は、今頃警察の緊急配備に取り囲まれているよ」顔を赤らめることもなく堂々と嘘を伝えながら、アプルビイはパイプに煙草の葉を詰めた。「わたしが思うにはだね、ステップトー。あんたがどの程度事件に関わっていたのかは、あんた自身で決めてくれればいい。もしあんたが野心家なら、われわれの網にかかったでかい魚ということにすればいい。だがそうではなく、これからもあんたの好きな薄暗い水の中を泳ぎ続けたいのであれば――そうだな、話によってはなんとかしてやれるかもしれないな」

「すぐには答えられない。考える時間をくれ」

「後にしろ。考える機会なら、後で充分にある。なぜなら、残念ながらあんたは刑務所送りになるからだ。それについては、わたしも何もしてやれない。だが、ちょっとした誤りだったと、言われるまま深く考えずに引き受けてしまって深く後悔していると、そういう話なら刑期はちがってくるかもしれない。たとえばこんな筋書きだ。あんたはずっと〝誠実〟を店のモットーに掲げてきたことを思い出した。そこで、大急ぎで警察にすべてを打ち明けた。その結果、お気の毒なホートン公爵の元に短時間で絵を返す最大限の努力をした」

そう言うと、アプルビイはマッチを擦った。警察官の人生というものは、どうあっても美しくはない、と彼は振り返った。ただしありがたいことに、しばしば危険が伴う。だからこそ、どうにか自尊心を奮いたたせることができるのだ、と。彼自身はと言えば、これからの三十分にかなりの危険が伴うことになりそうだった。

「わかった」ステップトーが再び腰を下ろした。「わしが馬鹿だった。この商売をやっていると、誘惑――抗い難い誘惑がつきものなんだ」

「その話は、あんたの弁護士に任せようじゃないか。良心が苦しみもがいていた話は、法廷で重要になるかもしれない。だがわたしの関心は、あくまでもあのフェルメールだ。絵は今どこにある？」アプルビイはこれまでにない鋭い口調で怒鳴りつけた。

「ここにはないよ。もううちには置きたくないって言ってやったからな。わしは何もかも、すっぱりと手を切るつもりだったんだ――本当だよ、刑事さん」

「あんな電話をかけておいて、何もかもすっぱり手を切ったと言えるのかね？」

「わしはただ、全部どこかへ行ってしまえばいい、あの絵を含めてすべてから解放されたい、そう思っただけだ。どのみち、わしに何の得があるんだ？　五十ポンド——たったの五十ポンドだよ、サー、本当さ。まったく不公平な話だよ」

「わたしもそう思うよ」アプルビイは、ステップトーのぼやき以外に何か聞こえないか、懸命に聞き耳を立てていた。「だが、フェルメールがどこにあるのか、まだ聞いてないぞ。さっさと話せ」

「そう離れてはいない——すぐ近くだよ、サー」まるで急いで話すことに情状酌量の余地が含まれているかのように、ステップトーは大慌てで言った。「ほんの二本向こうの通りだ。あいつらが借りてる部屋は——さっき電話をかけた連中だよ。と言っても、今頃はあんたの部下たちに捕まってるだろうがね」ステップトーは鋭い視線を素早くアプルビイに向けた。「実のところ、もうすべて終わったも同然だろう。あとに残るのは、あまりにあっさり捕まったわれわれの気まずさばかりさ。さあ、さっさと供述を取ってくれ——」

「その電話機を渡せ」

「どうぞ、サー」ステップトーはデスクの向こうから電話機を押して寄越した。だが電話線がデスクの途中で引っかかり、ステップトーが屈んで引っぱった。「コードが引っかかってるんだよ、サー。デスクの脚に巻きついてる……ほら、これで大丈夫だ」

アプルビイは受話器を上げたが、すぐに回線が切れていることに気づいた。ステップトーがコードを引き抜いたのだ。そして今は、不安そうな面持ちながら、挑戦的にこちらを睨みつけている。と同時に、店か裏庭かはわからないが、階下のどこかで音がした。「どこまでも馬鹿な男だな」アプルビイが落ち着いた声で言った。「もうあんたも共犯者たちも逃げられはしない、それはあんたもよくわかってるだろう。抵抗すれば罪が重くなるだけだ」

「そこを動くなよ、ミスター」手先の器用なステップトーが自動拳銃を取り出し、アプルビイの胸に向けていた。格下げした敬称で呼ぶことに満足している様子だ。「少しでも動いてみろ、運が尽きたのがどっちなのか、思い知らせてやるよ」

アプルビイが立ち上がった。「それを降ろせ。あんたはギャング映画の主人公じゃないんだ。恐怖に震え上がった、つまらない小悪党にすぎない」

ステップトーの手に握られた拳銃がぐらついた――と思うと、またしっかり握られた。汗で濡れた髪が額にひと房かかり、まるで急に心臓発作を起こしたかのように口元が奇妙に歪んでいる。やはりこの男は危険人物だったか。だが、いざというときに躊躇する可能性はありそうだ。恐怖のせいで引き金を引くのが何分の一秒か遅れ、致命的なミスとなる。アプルビイは身を乗り出して、拳銃を下から叩き上げた。銃口が上を向いた瞬間に火を噴いた。銃声が鳴り、拳銃が床にカタンと落ちる音がするまでのあいだに、事務室は闇に包まれた。アプルビイは、銃弾が自分の体をかすめたショックで目が見えなくなったのかと思った。だがすぐに状況が理解できた。発射された弾丸が、偶然にも室内で唯一の電球に命中したのだ。

暗闇のどこかで、まるで疲弊した重労働者のようなステップトーの荒々しい息遣いが聞こえる。下の階からは、緊急事態への対処を話し合う大声が聞こえ、裏庭で車のエンジンのかかる音がした。ぐずぐずしている暇はない。アプルビイはポケットの懐中電灯を探った。指をかけようとしたとき、何か奇妙なものに両足を摑まれた。身を守ろうとポケットから手を出したところで、ステップトーの荒い息がすぐそばにあるのに気づいた。ステップトーは臆病な男で、銃を撃った弾みで文字通り膝から崩れ、立てなくなったようだ。と同時に、彼は切羽詰まった執拗な男でもあった。アプルビイに慈悲を乞うわけではなく、ラグビーのタックルのように抑え込むことで、敵が部屋から出ていくのを阻止しているのだ。アプルビイが暗闇に向かって殴りかかると、拳が何かやわらかいものに当たり、醜いうめき声が聞こえた。だが足を掴んだ手が緩むことはなく、アプルビイは突然ふくらはぎに鋭い痛みを覚えた。何が起きたか、考えられる答えは一つしかない。混乱して取り乱すあまり、この貧弱な悪党は歯を使ったのだ。モージいさんに嚙みつかれたという事実は、なんとも不快で奇妙な感覚を呼び覚ました。アプルビイは足元を探り、男の首の周りに両手をかけると、何でもいいから硬いものにぶつかるまでその頭を振り回した。ぶつかったのがテーブルの脚なのか、デスクの角なのかはわからない。アプルビイはステップトーの頭を一旦後ろへ引いてから、あらためてその利用価値のありそうな物体に音をたてて叩きつけた。

またしても、今夜の仕事に一つ醜い要素が増えた。だが、少なくとも効果はあったらしい。暗闇の中のステップトーはもはや、部屋にあふれ返る死んだような品々と同程度の障害でしかなくなっていた。アプルビイは懐中電灯を取り出し、すぐにドアを照らした。だが階段を上がってくる足音はなく、店からの音も聞こえなくなった。テッド、アルフィー、そしてドクターは——モージいさんの電話に応えてここへ来たのは、その三人にちがいあるまい——急いで共謀者を助けに駆けつけるつもりはなさそうだ。ひょっとすると彼らは今、より重要な任務で手が離せないのかもしれない、とアプルビイは苦々しく考えた。あのフェルメールはやはり、再びステップトーの店に預けられていた。そして今まさに、ここから持ち去られようとしている。

＊

　だが、一旦はドアノブに手をかけたアプルビイは、部屋の中に引き返した。ロンドンの中心で制服警官を呼ぶことは無理でも、助けを呼ぶ声は、少なくとも法を遵守する善良な市民の誰かには届くにちがいない。とは言え、誰かが階下の店と小さな裏庭に駆けつけてくれるまでの数分のあいだに、切羽詰まった悪党たちは必死で逃げようとして、手荒な抵抗をするだろう。アプルビイは懐中電灯を奥の床に向けて照らしていき、ほどなく落ちているステップトーの拳銃を見つけた。それをポケットに忍ばせ、駆け足で階段へ向かった。

　店の中は真っ暗だったが、アプルビイは電気のスイッチを探すことなく先へ進んだ。その判断は誤りだったのかもしれない。なぜなら、どっちへ向かおうとしても、まがりなりにも美術品だの骨董品だのと呼ばれる雑多ながらくたが邪魔をして、小さな懐中電灯の明かり一つでは自由に動き回るのにほとんど役に立たなかったからだ。中身が半分ほどしかないクロケット用具の箱に足を突っ込み、マレットを踏みつけた。その反動でマレットの長い柄が勢いよく跳ね上がり、アプルビイの胸を激しく打った。まるで失意のうちに二階に残された所有者の仇を討ってやろうと狙いすましたかのようだ。痛みに体を丸めたとたん、不安定に壁に立てかけてあった壊れた洋服箪笥にひじがぶつかり、そこからありとあらゆる物が次々と連鎖的に倒れていった結果、部屋の反対側の隅で、かなりの高さにあった鉄製のアイロンが、床の上に寄せ集められていた水差しや洗面器、便器などの上に落下した。だがその派手な喧騒の最中《さなか》でも、裏庭の狭い囲いの内側からエンジンの唸り音が響くのが、アプルビイの耳に届いた。

空ぶかしするエンジンが詰まったような音をたて、やがて止まった。その音に続いて、落胆した怒声が飛び交うのが聞こえた。仕掛けられた奇妙な障害物競走の勝負に、アプルビイはスパートをかけた。どこかに店の裏口へ繋がるわずかな通り道があるのだろうが、アプルビイは完全に見失っていた。引き出しがいくつもついた箪笥を見事に跳び越えたものの、着地したときに座浴用の湯桶の端を踏みつけて高く跳ね飛ばし、それが床に落ちて金属音が鳴り響いた。足元がよろけるのをこらえようと帽子掛けを摑む。だがそれは瞬時に手の中で崩れ去り、気づくと散乱した竹竿に取り囲まれて、床に尻もちをついていた。再び立ち上がったとき、ステップトーの店の裏口に細長い光が見え、その中に男の影が浮かび上がっていた。外ではまだ、少なくとも二人の怒声の交換が続いている。誰かが必死にセルモーターを始動させようとしている。一度エンジンをふかす音がしたが、またしても止まった。懐中戸口に立っていた人影が、懐中電灯を点けて店内に入ってくると、立ち止まってドアを閉めた。懐中電灯の光線が上を差し、下を差し、円を描き、アプルビイの姿をすっかり浮かび上がらせた直後、不意に消えた。アプルビイは本能的に身を屈めた。その瞬間、何か見えない物体が頭上をかすめて飛んでいき、店の奥で大きな音をたてて割れた。どうやら敵はこちらに攻撃の機会を与えまいとして、手当たり次第に積極的な防御手段をとっているのだと、アプルビイは解釈した。

一方のアプルビイが身を隠しているのは、ひっくり返ったキッチンテーブルの陰らしいと判明した。この退避壕からなら、楽々とステップトーの拳銃を取り出して威嚇射撃できそうだ。それなら近所の住人を呼び寄せられるかもしれない。だが反対に、何があってもこの店には近づくまいと思われるかもしれない。さらに言えば、銃を撃つのは危険が伴ううえに、万が一にも目の前のどこかに隠れている男に命中して死なせでもしたら、ただでさえ嘆かわしいほど無責任な今夜の捜査は、衝撃的な幕引きを迎えるだろう。そこでアプルビイは注意深く様子をうかがいながら、当面は懐中電灯で挑発するに留めることにした。

　ドアに向けた光を右に移動させると、人間の顔を真正面から捉えた。両目をぎらつかせ、獰猛そうに唇を引いて牙のような歯を剝き、おまけに額には立派な角が二本生えている。アプルビイは深く、とは言え瞬発的に知性を働かせ、それが何らかの骨董品か美術品であり、無害だと判断した。するとすかさず、新たな攻撃を仕掛けられたことに気づいた。彼の真正面で、不思議なことに何かが宙に浮かび上がったのだ。再び下降を始めたところへ懐中電灯を向けると、それは大きく口を開けた怪物のようなカワカマスだった。次の瞬間、その巨大魚はアプルビイの足元で砕けて無数の石膏のかけらと化した。ここからどうにか裏庭に出て、なぜかまだ発車できずにいる自動車の逃亡を阻止するためには、こちらからも積極的な反撃を仕掛ける必要がある。そこで、一番手近にあった手投げ弾――恐ろしく重たい粗陶器のディナー用の大皿の山――を抱えて立ち上がり、大胆に前進を開始した。小型の石油ストーブ、石炭用バケツ、人形用の乳母車、それにピアノの椅子が続けざまに飛んできて耳の横をかすめる。だがアプルビイは、相手を痛めつけるためというよりも、敵の照準を狂わせる目的で次々と皿を投げながら、ソファを乗り越え、テーブルの下をくぐり、洗濯の水絞り機や物置棚や植木鉢の草木がからまり合う、鬱蒼《うっそう》としたジャングルの中を通り抜けていった。一度か二度、重厚なヴィクトリア調家具のクレヴァスのような隙間に、足がすっぽりと挟まってしまった。一番狭い隙間にはまったときには、もう抜け出せないかと思った。まるで出産のトラウマをイメージした不愉快なフロイトの夢の中にいるようだ。そのうえ、それ自体が夢か悪夢の産物かと思うほど無尽蔵に、絶え間なくさまざまな物体が飛んでくる。アプルビイは残っていたディナー用の大皿を捨て、敵陣を突破した。その瞬間、身を潜めていた相手も飛び出してきた。すっかり覚悟を決めたのか、あるいはしかたなくか、白兵戦に持ち込むつもりのようだ。

　双方とも懐中電灯は握ったままで、それを手放してまで取っ組み合うつもりはない。そのためにほんの一瞬、物のないごく狭い空間を挟んで用心深く見合うはめになった。周りには、以前よりも一層ひどく砕けて壊れたステップトーの在庫品が、かけらやごみとなって二人を取り囲んでいる。アプルビイと対峙する男が身を屈め、素早く懐中電灯を床に置いて飛びかかってきた。と同時に、店を包み込んでいた静寂が、天井から聞こえる摩擦音によって破られた。またしても、何かが複雑な連鎖作用を起こしながら倒れているらしい――ただし今回は、その結末が驚くべき時間差を置いてから現れた。いよいよ間合いを詰めたアプルビイたちの上に突如、何やら巨大な雹《ひょう》のようなかたまりが一斉に雪崩となって次々と降りかかってきたのだ。巨人国を訪れたガリバーでさえ、これほど残忍な攻撃は受けなかったはずだ。ステップトーはきっと――少し考えれば推測できたのだが――非常に重要な事業を立ち上げようとしていたらしい。つまり、子ども向けのビー玉供給の一翼を担うことだ。そして今、天井に保管してあったすべてのビー玉が一斉に流れ落ちてきている。まさしく、ルクレティウス（古代ローマの哲学者、詩人）が有名な詩の中で描写した、デモクリトス（原子論を提唱した古代ギリシャの哲学者）の原子《アトム》の姿を模したかのようだ。間もなく、もがく二人の足元の床は混沌と化した。まるで六ペンスの入場料を払い、不安定な床の上でまっすぐ立っていられない感覚を楽しむ、遊園地の催し小屋の中だ。二人は転び、何度も床の上を転げまわり、手足の運動機能をすべて奪われ、何かの装置の玉軸受の中を、なす術もなく押し流されるだけの物体になっていた。すると外で再びエンジンをふかす音がした――そして今度こそしっかりとしたモーター音が心地よく響いた。これはいよいよ危機的だと理解したアプルビイは、相手の体を摑もうとしたが、両手が空《くう》を切っただけだった。原子《アトム》の洪水は彼の不利に働いていた。相手の男はひと足早く体勢を持ち直し、すでに姿を消していた。

アプルビイが庭に着いたときには、もぬけの殻だった。門は開いたままだ。通りのほうから大型トラックがガタガタと走る音、続けてギアのこすれる音が聞こえた。急いで通りへ飛び出すと、大きめの箱型トラックがちょうど暗闇に消えていくところだった。距離はあるが、まだチャンスは残っている。トラックは大通りの方向へ走っていった。だが、運転手がどれほど無謀でも、どれほど運転技能に優れていても、行く手を車が次々と横切る交差点では、速度を落とすか、完全に停止するほかないはずだ。アプルビイは駆けだした。

トラックは角にさしかかり、速度を落としていた。再びギアのこすれる音を耳にしたアプルビイは、トラックが静止しているのを目で捉えた。通りの先では、トラックがなかなか合流できずにいる車線を、ライトを光らせた車が途切れなく車間を開けずに走り過ぎるのが見えた。アプルビイがもう少しで追いつきそうになったとき、トラックは再び動きだし、走ってきたバスの鼻先をかすめるように無謀な左折をした。すぐ目の前にトラックの荷台のハンドルを見つけたアプルビイは、思いきってそれを摑んだ。扉が開いたと思った瞬間、トラックがスピードを落とした。すぐ後ろでブレーキ音が鋭く響く。このままではバスとトラックのあいだに挟まれてしまう――それはきっと、モー・ステップトーの箪笥の隙間に足が挟まるよりも不快なはずだ。アプルビイは荷台に飛び乗った。トラックが再び勢いよく発進する。荷台の中へ飛び込んだ直後に、扉が閉まった。意図したわけではなかったが、アプルビイは敵の運転するトラックに乗り、彼らとともに移動することになった。

なんともおかしな手柄じゃないか。アプルビイは笑いだしそうになった。だが呑気な遊びは、今夜すでに嫌というほど味わい尽くした。ここから先はきちんと警察官らしく、冷静に行動すべきだろう。懐中電灯はまだ持っている。がらくた店で男に飛びかかられたとき、咄嗟にポケットに入れたのだ。それに、ステップトーの拳銃もある。アプルビイはその二つを取り出し、揺れるトラックの中でそれぞれを手に持つと、懐中電灯を点けた。

しばらくは落胆していた。自分はまちがいを犯したとしか思えなかった――つまり、命をかけてまで乗り込んだのは、まったく別のトラックだったのだと。なぜならアプルビイの周りにあったのは、よくある小規模の引っ越し荷物だからだ。事実、そのトラックは家具運搬車の一種らしかった。絨毯、家具、それにいくつかの木箱――いわゆる家財道具と名のつくものの一切合切――が、いかにも専門家の手で要領よく積み込まれて、荷台の三分の二ほどを占めていた。アプルビイがいる三分の一の荷物のない空間には、麻袋の山と木毛(木を糸状に削った荷造り用の衝撃吸収材)の束がいくつかあるだけだ。運転席および助手席に乗っている人間と、アプルビイとのあいだは、大量の運搬荷物によって遮断されている。どこか人のいないところでトラックが止まらない限り、あるいは止まるまでは、アプルビイは敵の脅威から完全に解放されたわけだ。

そして、彼らこそは敵にちがいなかった。とんでもないまちがいを犯したのではないかという考えは、もう忘れていいはずだ。なぜなら、よく考えてみれば高価な絵を持って逃げるのに、これほど安全な運搬法はないからだ。本物の――あるいは本物らしく見せかけた――引っ越し荷物の中に絵を紛れ込ませれば、相当に執拗な捜索を受けない限り、捕まる心配はない。一度はすぐ近くにあったフェルメールの「水槽」が、再び手の届く範囲にあることに、アプルビイは思いを新たにした。言い換えれば、盗まれた絵は、明日にもスカムナム・コートに返せるということだ。

その心地いい結論に至ったアプルビイは、突然ある懸念に襲われた。さっき荷台に飛び込んだ後、扉が勢いよく閉まった。開けたときには、ハンドルを引けば簡単に開く程度だったが、今度はずいぶんしっかりと閉まったのではないか？　もしそうなら、内側から開けることはできるのだろうか？まさか自分で自分を閉じ込めてしまったのでは？

懐中電灯をドアに向ける。真ん中で左右に開く扉だ。片方の扉には、天井と床に固定する閂がついていた。もう片方には何の留め具も見当たらない。上下どちらの閂もかかっていないにもかかわらず、二枚の扉はしっかりと閉まっているようだ。これはまずい。アプルビイは揺れる床の上で懸命にバランスをとりながら、慎重に扉を押してみた。何も起きない。もう少し強く押すと、左右とも扉に手応えがなくなった。このままトラックの推進力が加われば、扉が勢いよく開いてしまうのではないかと案じた。が、そうはならなかった。二枚の扉のあいだには、外の世界を覗き見できる一インチに満たないほどの隙間が開いた。が、それ以上は頑として動かない。ますます膨らむ懸念を胸に、アプルビイは調べ続けた。力を込めて押すと、隙間の下方がさらに二インチ広がった。だが上方はどうにもならなかった。おそらく扉の外側で、上部にある水平方向の閂が留まってしまったのだろう。その結果として自分は今、動物園のライオンかトラと同様、厳重に閉じ込められているのだ。

だが、少なくともこれで外の様子が見えるようになった。トラックはまだそれほど遠くまで行ってない。スローン・ストリートをナイツブリッジ方向へ転がるように進み、ポント・ストリートとの交差点を越えたところだ。トラックのすぐ後ろには、ハンバー社のセダンが走っている。アプルビイは、この隙間から叫ぶか、ハンカチを振れば、セダンの運転手にトラックを止めてもらえないだろうかと考えた。総合的に見てそのアイディアはうまくいきそうになく、アプルビイは別の手を考え始めた。目指すべくは、警察にこのトラックを止めさせることだ。それも、できるだけ速やかに。こんなロンドン中心部の激しい往来の真ん中では、難しそうに思えた。もしもトラックが郊外を走っていたのなら、静かで必然的に注目を引きやすかったのだろうが。いや、むしろロンドンの中心部だからこそ、警察官が大勢いるはずだ。ちょうどどこの劇場も芝居がはねて、タクシーは一番の稼ぎ時を迎え、交通違反に目を光らせている巡査がいくらでも立っていることだろう。十中八九、トラックはハイドパーク・コーナー方面へ右折するつもりらしく、そこで渋滞に引っかかる可能性は高い。とは言え、扉を叩いたり叫んだりしたところで、誰にも気づいてもらえそうもない。だがアプルビイにはまだ、ステップトーの拳銃があった。

トラックが曲がってナイツブリッジに入ると、アプルビイはポケットからピストルを取り出した。銃を握った手は隙間を通りそうにないが、少なくとも銃口だけは外へ突き出すことができた。扉を閉じた箱型トラックの荷台からピストルを発射するのは、実に効果的に警察の注意を引く作戦だ。

残念ながらアプルビイから見れば、それはきわめて危険を伴う作戦だった。そもそも一発撃てばいいものではない。弾がどこから発射されたのかを正確に割り出してもらうには、何発か撃たざるを得ない。そして大惨事を引き起こすことなく、ロンドンの道路に連続して鉛玉を撃ち出すことなどできるはずがない。上空に向けて発射された弾丸は、一旦勢いを失った後、破壊的な殺傷能力を伴って落下してくる。幹線道路の路面に向けて発射すれば、弾は予測のつかない方向へ跳ね返る。アプルビイはその点についてじっくり考えた。答えを出せないでいるうちに、トラックは静止することなくハイドパーク・コーナーをうまくすり抜け、スピードを上げて環状道路を走っていた。大きな渋滞に引っかかる可能性としては、この先のマーブル・アーチが残っている。アプルビイは隙間から外を見た。緑色のハンバーはまだトラックのすぐ後ろに迫っていた。ハンバーの後ろには、顔を覆った人物がオートバイにまたがっているのが見えた。そのさらに後ろには、古いオースチン・セブンが走っている。

ちょうどグローブナー・ゲートの前を通りかかったとき、新しい考えがアプルビイの頭に浮かんだ。少し前に自分は、誰にもわずらわされずに一人で捜査を楽しみたいと、まだ冒険に満ちていた頃の自分を取り戻したいと思って、性急にも危険の只中へ飛び込んだではないか。ならば今、そんなに慌てて逃げ出す必要があるだろうか？　閉じ込められたトラックの中から立ち番の巡査コンビに救出してもらったら、今後長きにわたって笑い話の種にされるだろう——たとえホートン公爵のフェルメールを取り戻したとしても。まあ、あの絵さえ戻れば笑われてもかまわない。だが、やはり——このまま捜査を続けてはどうだろう？　よくよく考えてみれば、結局のところ、捜査を続けることこそが今採るべき道ではないのか？　このトラックの中で孤立無援のまま、誰にも気づいてもらえずに、あるいは少なくとも充分な助けを呼べずに、弾を全部使い切ってしまうかもしれない。だが反対に、もし目的地で連中が扉を開けるまでおとなしく隠れていれば、自分は拳銃を持っている上に、相手に完全な不意打ちを食らわせることができる。自分はこれ以上に厳しい状況を、何度もくぐり抜けてきたではないか。

そこで、アプルビイはマーブル・アーチを見過ごすことにした。トラックはベイズウォーター・ロードに入った。つまり、彼らが西向きのいずれかの道路を選ぶつもりなのは、ほぼ確定だ。エグゼター・ロードか、バス・ロードか、もしかするとアックスブリッジを通って、ビーコンスフィールドかオックスフォードへ向かうのかもしれない。彼はもう一度外を見た。雨が降っていて、道路も舗道も街灯の光を受けてきらめいている。トラックはまだハンバーとオートバイを先導して走り、その後ろに小さなオースチンがかすかに見えた。今は懐中電灯を消したほうがいい。この旅は深夜にまで及ぶ可能性があるのだから、電池を温存しなくては。だがその前に、自動拳銃の具合を調べておいたほうがいいだろう。アプルビイは麻袋に腰を下ろし、実行に移した。

拳銃は空だった。モー・ステップトーの事務室で撃った弾が、弾倉に残っていた最後の一発だったのだ。

第七章

　ボトルのブランデーが残り少なくなった頃、ホートン公爵が帰り支度を始めた。スカムナムのフェルメールの一件を、まったく苦もなく頭から追い出した公爵は、飼育している〝ラージ・ブラック（英国原産の最古の豚の一種）〟の特徴について長々と説明していた。何でも、ラージ・ブラックは性格がきわめておとなしいのが特徴だが、それは耳が垂れて両目をふさいでしまうのが原因だと言う。公爵の一番の関心は、しっかりとした顎、よく発達した臀部、そしてふさふさとした細い毛並みの豚を育てることだそうだ。その話題はジュディス・アプルビイにとって眠気を誘う以外の何ものでもなく、公爵の話すような特徴を備えた何人もの〝巨大《ラージ》な黒人《ブラック》〟たちが、スカムナム・デューシスの草原で穏やかな顔で草を食《は》んでいる不気味な空想が、頭の中で徐々に膨らんでいくのを抑えられずにいた。だがようやく「ゴールドフィッシュとシルバーフィッシュ」を無頓着に小脇に抱えた客人が帰ると、再び目が冴えていることに気づいた。とても寝室に行って眠る気分ではない。

　ジョンはいつものように、何時間も帰ってこないかもしれない。ギャビン・リンバートの事件にすっかり取り憑かれてしまったらしいから。その意味で言えば、自分もまた取り憑かれているようだ。芸術家たちの考え方について自分が持っている知識で、どうにかこの謎を解く新鮮な切り口が開けないか、あるいはリンバートを知っていそうな知人はいないかと考えていたとき、電話のベルに邪魔された。受話器を取った瞬間、恐怖に満ちた悲鳴に続いて、意味のわからない中国語でまくしたてる声が聞こえてきた。しばらく聞いているうちに、それはマーヴィン・ツイストが興奮してしゃべっているだけなのだとわかった。

「レディ・アプルビイ、今日の午後お会いできてとっても嬉しかった！　ところで、あの恐ろしい事件のことは、もう聞いた？」

「〈ダヴィンチ・ギャラリー〉から絵が盗まれたこと？」

「そのとおり。でも、あなたが知っているのも当然よね。あの事件が起きたとき、あなた、ちょうどあのギャラリーにいたんだから。考えただけでぞっとしちゃう」

「事件発生時に、わたしがギャラリーにいたことが？」

「いいえ。そうじゃないのよ、レディ・アプルビイ……いえ、ジュディス」ツイストの声はまた一段と高くなった。このまま上がり続けて、若者の耳にしか聞こえなくならないかしら、コウモリのキーキーという鳴き声みたいに。「わたし、すっかり気分が悪くて——それに、心底まいってる《エピュイゼ》の。恐怖のせいね。それに不安のせい。わたしに何かできることがあったんじゃないかと悔やまれるのよ」

「リンバートのこと？」

「ええ、そう。あなたに何もかも打ち明けられたらいいんだけど。ご主人は今いらっしゃるの？」

「いいえ。用ができて出かけたの」

「ねえジュディス、わたし、これからお邪魔してもかまわないかな？」

「それはだめ」ジュディスは、その先の社交的で合理的な言葉を何ひとつ準備することなく、交渉の余地のない返事をしてしまったことに気づいた。「犬の具合が悪くて」彼女は言った。「うつる病気だといけないわ。あなたを噛んでしまうかもしれない」

「それはたいへん！」ツイストが驚いて金切り声をあげた。「じゃ、どこか外で一杯飲むのはどう？〈トーマス・カーライル〉まで来られない？」

「ガス・ストリートの先にあるお店？」

「そう、そこよ。でも、ガス・ストリート側からは入れないの。入口は——」

「知ってるわ。ええ、行きます。ご心配なく」マーヴィン・ツイストは、本当に何か話したいことがあるのかもしれないとジュディスは思った。彼は日頃から、進歩的な画家たちのアトリエに足繁く顔を出していたのだから。それに〈トーマス・カーライル〉と言えば、直接リンバートの件との関係は何も出てきていないものの、少なくとも立地的には興味深いほど近い。「すぐに行くわ」ジュディスが言った。「あなた、そこの会員なの？」

「もちろんよ——おかしいでしょう？」ツイストは耳に突き刺さるような気取った笑い声をたてた。

「タクシーで迎えに行きましょうか？」

「お気遣いありがとう——でも、遠慮するわ」

「犬がいるから？」

「そう。口元から変な泡を吹いていて、やたらと興奮しているのよ。でも、あなたが犬に詳しくて、うちのタイガーを見てやってくれるのなら……」

「タイガーって、その犬のこと？」

「そうよ。あまりに獰猛なので、そう呼んでるの……それで、何の話だったかしら？」

「あら、ジュディス。あなた、これからタクシーに乗って、まっすぐ〈トーマス・カーライル〉まで来てくれるって言ってたところよ。入口でわたしを呼び出してくれれば、ぴゅって飛んでいくから」

ツイストはその陽気な表現に再び高笑いした。「きっと気持ちが楽になると思うの、あなたに打ち明けることができたら。ええ、本当に」

「聞き役になれて光栄だわ」ジュディスは電話を切り、ジョン宛てにメモを書き残して、タクシーを呼んだ。

＊

〈トーマス・カーライル〉の店内は、複雑に時代が入り混じっていた。明らかにその基本概念は、ヴィクトリア調内装《デコール》のナイトクラブだったはずだ。十九世紀後半にこのような施設が発案されていたなら——そしてその案が実現できていたとすれば——きっとこんな感じだっただろう。だがこの店は、曖昧な情報をもとにこんな感じを作ってしまったらしい。店内には、ミスター・グラッドストン（イギリスの首相を四度務めた）を、いや、ヴィクトリア女王ご本人さえも満足させたであろうカーテンや重厚な家具が飾られていた。ビュッフェ担当の若い女性店員たちは、かの有名なマネの「フォリー・ベルジェールのバー」を思わせる衣装を着ている。壁には絵が描かれていて、ランドシーア（馬や動物の写実画を多く描いたイギリスの画家）やアルマ＝タデマ（主に古代の歴史的場面の油彩画を描いたイギリスの画家）から、ビアズリー（独特の妖しさを含んだ白黒のペン画で有名なイギリスの画家）やロートレック（酒場や踊り子のポスター画が特に有名なフランスの画家）まで、実に多岐にわたる画家たちの作品が並んでいる。客のほとんどは小さなガラスのテーブル席に座っていたが、そのガラスの天板には、繊細な才能があるとはまるで思えない画家によって、ヴィクトリア朝の著名人の大きな風刺画がいくつも描いてある。客はテニスン（イギリスの男爵、桂冠詩人）

の鼻の上にグラスを置いたり、ブラウニング（十九世紀のイギリスの詩人）の耳の穴に煙草の灰を落としたりするのだ。だが、工夫を凝らしたこれら滑稽な演出そのものにも、時代がかった雰囲気が感じられた。きっと〈トーマス・カーライル〉は、心から一九二〇年代に憧れている年寄りによって最近作られた店か、でなければ、実際にあの底抜けにうわついた時代から残った施設かのどちらかにちがいない。

マーヴィン・ツイストは到着したジュディスを隅のテーブルに案内し、今は亡きミスター・ジョージ・ムーア（イギリスの哲学者）の面長な、やけに暗く塞ぎこんだ顔を挟んで座った。周りの同じようなテーブルを囲んでいる客たちは、カキやカニの身を食べ、シャンパンを飲み、陰気な目で相手を見つめたり、宙を見つめたりして、ほとんどの人が見るからにロンドンの熱狂的な夜の娯楽を体現している。フロアの真ん中では異常なまでに痩せた娘が一人、その上品さを巧妙に隠す黒いレースのカーテンのような布をまとい、客たちに見向きもされない、誰にも理解できないフランス語の歌を何曲か歌いながら力なく歩いていた。

「まったく、まったく馬鹿げているじゃないの」ツイストが言っている。「それに、見ててぞっとする――あなたもそう思わない？　きっと老いた牛みたいにひどい病気にかかってるのよ。おまけに、あのみぞおちを見て」ツイストが一貫性のない発言をするたびに、不安そうにこちらの反応を確かめるのを見て、きっと彼は軽く酔っているのだろうとジュディスは思った。歌手の娘が、まるで誰かが装置に一ペニー硬貨を入れたかのように、機械的にフランス語で歌い始めた。

パパの言ってること、ちっともわからないわ
ねえ、きみ、どうしたんだい？

「嘆かわしい」ツイストが言った。「大衆的《プーブル》でもなければ、悪党《カナイユ》ですらない。たぶんお行儀がいい《ビアン・エレヴェ》のね、かわいそうな小娘。きっとひどい暮らしをしてるんでしょう」

でもパパ、何が言いたいの？

きみが頬を赤らめると思ったのさ

娘は型どおりの身ぶりで誘惑や慎みや儚さを表現しながら、テーブルのあいだを回っていた。絵になるわ、とジュディスは考えていた。でもよほど上質な鉛筆でなければ、この虚無感や空虚さは描き留められないわね。彼女は視線をツイストに戻した。「こういうお店が、生を推奨しているとは思えないけど」

「そのとおりね」彼はうなずいたが、その仕草は強調を示すと同時に、感傷的でもあった。「ここに描かれている人のほとんどは、もうとっくに死んでるんだもの。どうしてわたしたち、こんなところに来たんだっけ」

「ギャビン・リンバートもこの店によく来ていたの？　すぐそこに住んでいたけど」

「見て――なんだか得体のしれないお酒が運ばれてきたじゃないの」ツイストは不必要なほど当惑した顔で、ジョージ・ムーアの垂れた口髭の上に置かれたボトルを見つめた。それからその中身を二つのグラスに注ぐと、自分の分を一気に飲み干した。「あら、たいへん、あらまあ、たいへん――きっと大黄《ルバーブ》から作ったお酒よ。ああ、人生って本当に苦いんだな」突然彼はひどく驚いたようにジュディスの顔を見た。「ねえ、知ってる？　今のはわたしが聞いた、ギャビンの最期の言葉だったのよ。ちょうどこんなふうに言ってたの。『ああ、人生って本当に苦いんだな』って。彼は知ってたのよ。素晴らしい天才だったんだもの。この世でわたしと彼の二人だけが理解していたのよ、つまり――あのことを――」ツイストは困惑したように顔をしかめた。「あなた、わかる？――何だったか、急に思い出せなくて。でも、何かとても大事なことだったはず」

「ひょっとすると、混合主義の原理に基づく現実の崩壊かしら？」

「そう、それよ。なのに、わたしは独りで残されてしまった。『ああ、人生って本当に苦いんだな』ギャビンはそう言ったの。ちょうどこの場所で。それから出ていって、自殺したの」

「この場所？」ジュディスは驚愕した。「リンバートは、死んだ夜にここへ来たの？」

「ええ、そうよ。わりと早い時間だった――あの馬鹿みたいな警察どもが突入してくる前よ。でも、わたしがずっと気にかかってるのは、追われていた男のほう。警察に知らせるべきかどうか悩んでるの。だって、警察なんて、本当にぞっとするんだもの」ツイストはそこではっとした。「いえ、もちろん、あなたのご主人は別よ――本当よ、ジュディス。わたし、ロバートのことは大好きだから」

「ジョンだけどね。でも、その追われていた男って誰なの？」

「どうやらギャビンの知人だったらしいの。どこかのパブリックスクールの同窓会ネクタイを締めていて、唇が歪んでて、自分はみすぼらしい落伍者だってしきりに繰り返してた」

「まさか。そんな話、まるで信じられないわ」

「あら、あなた、全部本当よ。ひょっとすると、この馬鹿げたクラブでグレアム・グリーン（イギリスの小説家）でも気取ってるのかと思ったの。店の入口で制止を振り切って入ってきたらしくてね。それに、ひどく追い詰められていたようだった。体が震えていたし、わずかな音にもびくっと怯えていたし、しきりに辺りを見回していたし。そうしているうちに、ギャビンがその男に気づいたの。昔同じ学校に通ってた男で、彼も少しばかり絵を描いていたからちょっと親しくしていたこともあったって。ギャビンが二杯ほどおごってやってた」

「その男の名は聞いた?」

「クラッブとか呼ばれてたかな。いや、クローだったか、クルーだったか。いずれにしても、なんだかとんでもなくおかしな名前だった」ツイストはシャンパンもどきをもう一杯飲んだ。「それでね、二人はしばらく話していたんだけど、そのうちギャビンは帰ってしまって。あの人、ここにはたまにしか来ないし、何かいいアイディアが転がっていないか探しに来るだけなのよ。いつもは全然飲まなかった、酒と呼べるようなものはね。それで、ギャビンが店を出ていくとき――まっすぐアトリエに帰るつもりだったと思うけど――ちょうどわたしが座っていたテーブルの横を通ったの。わたしは、そのクラッブだかクローだかクルーだかって男にとって、どうやら人生は苦いもののようねって言ったの。すると『ああ、人生って本当に苦いんだな』ってギャビンは言って、そして店を出ていった」

ジュディスはツイストがグラスにまた酒を注ぐのを見ていた。「その後、クラッブという男はどうしたの?」

「しばらく一人で残って座っていた。指先でテーブルを叩いたり、あちこちのドアをちらちらと見たり、ときどき腕時計を見たりして。待っている相手がなかなか来なかったのかもしれない。こういうひどい店では、女と待ち合わせをした男がときどき、ちょうどそんなふうになるのよ。その男も、それだけの事情だったのかもしれない。追われていたというのも、単にわたしが想像を膨らませすぎているのかもしれない。わたしの脳みそって、どうしても批判的で分析的に働いちゃうの。あなたも知ってるでしょう、ジュディス。でも、ものすごく想像力豊かでもあるのよ」

「素晴らしい組み合わせだわ」すっかり酔っている今夜のもてなし役を、ジュディスは疑い深く眺めた。彼以上に信用できない情報源は考えられない。でも、リンバートが死んだ夜に〈トーマス・カーライル〉に来ていて、かつての知り合いに偶然出くわしたことはまちがいないだろう。だからと言って、その事実には何の意味もないのかもしれない。それでも、ジョンならそう聞いた以上、きっと徹底的に調べるはずだ。このナイトクラブの全員を残らず尋問していただろう。代わりに自分が今尋ねて回るわけにはいかないが、ツイストからほかに何か引き出せないか訊いてみようと思った。「その後は？」彼女は話を促した。「クラップの待ち人は現れたの？」

「クラップ？」ツイストは睡魔に襲われているようだ。「素敵な詩を書いた人ね。素晴らしく退屈な詩」

「そのクラップ（イギリスの詩人および外科医のジョージ・クラップ）じゃないわよ。リンバートと再会した男のほう」

「クルーのことね――いや、クローだったかな？　あの後はわたし、その男のことはまったく見てなかったから。彼、気取ってて魅力的《セドゥイザン》ではあったけど、ちょっと退屈だったからね。でも、店に何人か入ってきたのは覚えてる。男ばかりよ。彼が顔を上げて険しい目つきでその男たちを見たから、もしかすると、彼が待っていた相手はこの人たちだったのかなと思ったの。でも次に見たときには、もう彼の姿はなかった。それから数分も経たないうちに、あのおぞましい警察の集団が到着したのよ。ねえ、踊らない？」

　ジュディスは振り向いて後ろを見た。痩せぎすの娘の姿はなく、彼女のいた場所には、いわゆる

〝ヴィクトリア朝の著名人《エミネント・ヴィクトリアンズ》〟（伝記作家ストレイチー著『ヴィクトリア朝偉人伝』に取り上げられた四人）の仮装をしたバンドがいた。フローレンス・ナイチンゲール（近代看護教育の貢献者）がピアノに向かい、マニング枢機卿（イギリスの聖職者）が説教のようなサキソフォンの調べを奏で、ドクター・アーノルド（イギリスの教育家）がバイオリンを弾き、ゴードン少将（イギリスの軍人）が隊列のように並んだドラムを叩いている。その演出がまったく面白くないと感じたジュディスは、きっぱりと踊らないと言おうとしたが、その必要がないことに気づいた。マーヴィン・ツイストは、すっかり眠りこけていたからだ。

＊

誘い出しておいて勝手に寝るなんて、とジュディスは見栄っ張りな女心を根底から侮辱された気がした。もはやツイストから新たに聞き出すことはなさそうだし、寝ている彼を起こす理由は何ひとつなかった。それでも、彼女は軽く怒りを覚えると同時に、かすかに途方に暮れてもいた。このまま黙って帰ってしまうのは、礼儀に欠ける気がした。身を乗り出してツイストを揺り起こすのは、威厳に欠ける。テーブルの下で彼のすねを蹴るのは、少々野蛮だ。彼女は化粧室に立って、ひとまずテーブルを離れることにした。もしも戻ってきても彼がまだ眠っているようなら、見捨てて帰ることにしよう。

そう決めて店の中を横切っている途中で、ジュディスは一人で来ていた女性客に目を留めた。奇妙な姿の女で、まったく見覚えはなかった。なぜなら、ジュディスには多くの年配女性の知り合いがいて、彼女たちの体格や貫禄のちがいは実にさまざまだったものの、目を見張るような赤毛のぶかぶかの鬘《かつら》をかぶり、夜出かけるには大きすぎる真っ黒いサングラスをかけるような人間は一人もいなかったからだ。それでもジュディスは、その女がよく知っている人物だと瞬時で気づき、近づいて名前を呼んだのだった。「こんばんは、レディ・クランカロン――」

「シー！」レディ・クランカロンはたくましい腕を伸ばし、ジュディスを自分の隣の席に座らせた。「わたくし、今は変装中なのよ。正体が知れたら命取りなの」

「なるほど。それは失礼いたしました。でも、誰にも聞かれていないと思います」

レディ・クランカロンが首を振る――注意深く。なにせ、頭に大きな鬘《かつら》を載せることには慣れていないのだから。「こういうところはね、壁に耳ありなのよ。噂話に千の舌があるとするならば――」

彼女は劇的な効果を増すために、そこで間を空けた「堕落には千の耳があるの」

ジュディスには、その見解に説得力を見出すことはできなかった。だが、思わず下品な返事をしそうになるのをかろうじて押しとどめた。「〈トーマス・カーライル〉が悪の巣窟だとお考えなのですか？　あなたのご指示で警察が捜査に入った結果、まったく問題はなかったと判明したんじゃありませんでしたか？」

「警察ですって！」レディ・クランカロンは馬鹿にするように鼻を鳴らした。「わたくしの考えでは、警察もグルになって〝巨益〟を得ているのよ」

「そうですか？　主人から仕事の話をよく聞きますが、そんなことは初耳ですわ」

「あなたのご主人は名誉ある例外の一人なの――ロンドン主教と同じように」

ジュディスは面食らった。「うちのジョンにロンドン主教と共通点があるとは思えませんけど」

「あるいは郵政公社の総裁ね。総裁は政府の中でも名誉ある例外なのよ、主教が聖職者の中の例外であるように。ほかの者たちはみな怪物に屈したの」

「怪物？」

「あるいは異教神《モレク》。〝蜘蛛の巣〟。〝大いなる陰謀〟。不道徳なミノタウロスが、若者たちをむさぼり食おうと覆いかぶさっているのよ」レディ・クランカロンはその大げさな修辞を途中でやめ、咎めるように身を乗り出した。「ところで、あなたはこんなところで、いったい何をしているの？」

「むさぼり食われるつもりで来たわけじゃありませんわ」ジュディスは、誰もが知るこの老婦人の道徳への狂信が、ついに彼女の正気を崩壊させるに至ったのだと気づいた。「それに、〈トーマス・カーライル〉がそれほど危険な場所だとも思いません」

「風呂場があるのよ」

「何ですって？」ジュディスは自分が聞きまちがえたのかと思った。

「この店には、浴室が二つもあることを突き止めたの。ダンスをしたり、酒を飲んだりするだけのたまり場に、どうしてそんなものがあるのかしらね？」

ジュディスは首を振った。「失礼を承知で申し上げますが、わたしはまったく知りませんでしたわ、お風呂がそれほど邪悪なものだったなんて」

「最も欲望の抑制が利かない道楽にとっては、不可欠な付随物なのよ、あなた。ユウェナリス（古代ローマの詩人）を読みなさい。ボッカッチョ（十四世紀のイタリアの詩人）をご覧なさい」

「強制捜査の際にも、警察はその浴室を調べたのですか？」

「調べていないわ。情けないことに、ことごとく捜査を誤ったのよ。わたくし、ずっと見ていたの——ちょうどこの席からね」

ジュディスは突然興味が湧いてきた。「でも、あなたはここにはいらっしゃらなかったでしょう、レディ・クランカロン？　捜査を主導していた捜査官と一緒に、エンバンクメントの車の中にいらっしゃったのだと、ジョンはそう報告を受けていましたわ」

一瞬、レディ・クランカロンは押し黙った。現実離れした黒い眼鏡の奥では、不安そうにあちこちに視線を走らせているようだった。それから身を乗り出し、こっそりと打ち明けるようにジュディスの耳元に何かをささやいた。「それも作戦だったのよ、あなた。車に乗っていたのは、うちのメイドだったの。愚かな警察官は、そのちがいすらわからなかったわ」

「なんてお見事な作戦でしょう」ジュディスはすっかり感銘を受けていた。

老婦人は歓喜の高笑いをひと声あげたはずみに、危うく鬘《かつら》が片耳の上にずり落ちそうなった。「わたくし、初めからずっとここにいたのよ。そしてどれほど情けない捜査が進められたか、全部見ていたの。それについての報告を、衝撃的な告発を内務大臣に送ろうと思って、今その準備中なの」

「でも、内務大臣は――」

「あの恥知らずなら、もう長くは職にとどまっていられないはずよ」終末を予言するように嬉しそうな声でレディ・クランカロンは語った。「数週間もしないうちに、首相は内閣改造することになるわ。そして内務大臣の椅子には、われらが郵政公社総裁が就くはずだと、確かな筋から聞いているの」老婦人は再びお得意の演出効果を上げる間を空けた。「これでようやくアウゲイアースの家畜小屋がぴかぴかになるわ（ギリシャ神話で、アウゲイアース王の汚物まみれの家畜小屋の汚れを、ヘラクレスが川の流れを引き込んで一日で洗い流したエピソードより〝大改革を断行する〟の意）」

「きれいになったら、もうそのたとえ話は使えなくなりますね」

「部分的にぴかぴかになるという意味よ。ご心配なく、志ある者には、やるべき仕事はいつだってたっぷりあるわ。〝大いなる公害〟か〝下水溜め〟あるいは〝排水管〟と闘う者には」唐突にレディ・クランカロンは椅子の背にもたれ、グラスに手を伸ばした。「あなた、ここのシャンパンの品質のひどさに気づいた?」

「もちろんです。まさに、下水溜めか排水管がお似合いです」

「質の悪いシャンパンほど確かな堕落の証拠はないわ」

「浴室を除けば、ですね、もちろん」

「そのとおり。やはりあなたは若いのにとても分別があるのね。わたくしたちの委員会に参加するといいわ」

「警察の捜査が入った夜のことですけど、レディ・クランカロン」ジュディスはいくぶん急いで話題を変えた。「追い詰められていた様子の男性を見かけませんでしたか?」

「誰もがみな追われているのよ、あなた。〝堕落という魔物〟に」

「そうでしょうとも。ですが、わたしが言っているのは、実際に追われているような、誰かに危害を、肉体的な暴行を加えられる不安を抱えていそうな男の人です」

「もちろん、見ましたよ」レディ・クランカロンは、シャンパンの差し迫った堕落の危険性に気を留めることなく、マーヴィン・ツイストに負けないほどの速さでグラスを空けていった。「でも、その男の人は、スパイだったのよ」

「スパイ?」ジュディスは困惑した。

「あるいは、泥棒だったのかもしれないわ。スパイも泥棒もこのナイトクラブを根城にしているという確かな情報を摑んでいるの。それに、ときには殺人犯もね。でもそういう連中は、わたくしたちとは関係ないから――いいえ、あるのかしら？　わたくしたちが問題にすべきは〝堕落という名の悪魔〟なのよ」レディ・クランカロンが命令を下すように手を上げた。「ウェイター」彼女は鋭い声で呼んだ。「もう一本」

ジュディスは頭がくらくらしてきた。この老婦人は頭がおかしい。だが狂人はしばしば、正常な人間が見過ごしがちな重要な点に気づくものだ。「ここが犯罪者の巣窟だとは、とても見えませんけど」彼女は慎重に伝えた。「わたしには、中産階級の構成分子が羽目を外して楽しんでいるように見えます」

「強制捜査の入ったあの夜、諜報部員が来ていたの」レディ・クランカロンは淡々とした口調になっていた。「彼らのことを犯罪者と呼ぶかどうかは、その人の感覚にまかせるしかないでしょう。ああいう人間は、敵味方関係なくどちらにも働く――それがプロの仕事とされているらしいのね。そして、当然ながら、そのせいで善悪の判断が難しくなるの。わたくし自身は、諜報部員という存在に異議を唱える気はないわ。よくよく話を聞いてみると、彼らは勤勉で、まず性的に堕落することのない人間だとわかったから」

「それはよかったです」ジュディスが部屋の奥を見渡すと、マーヴィン・ツイストはまだ眠っていた。「でも、女スパイもいるんじゃありませんか？　恐ろしくグラマラスで――」

レディ・クランカロンは、また馬鹿にしたように鼻を鳴らした。「そんなのはね、あなた、小説の中だけの話よ。それにそんな小説だって、すでにないも同然なのよ。わたくしたちの協議会が根絶やしにしたんですもの」

「いったいどうやって？」

「外国勢力を陥れようと男を誘惑する女を描いたロマンス小説のほとんどは、汚らわしい駄作をどれだけ書いても悲惨な貧乏暮らしから抜け出せない〝いかず後家〟の女たちが生み出していることを突き止めたの。だから慈善団体に連絡して、彼女たちにきちんとした居場所を見つけてやったのよ――かつて家庭教師をしていた女性専用の老人ホームとかね。その結果、スパイ小説から〝堕落の影〟を取り除くことができたというわけ。もちろん、あくまでも大西洋のこちら側だけの話よ」

「それはとても賢明でしたね」ジュディスは、この年老いた改革家の夢物語に興味を失い始めていた。ツイストにおやすみなさいと書き置きを残して家に帰ろう。

「それでもね、諜報部員というものは、〝堕落者〟や〝腐敗者〟と同じ地下世界に潜みがちなの。だからわたくしは自分の役割を果たすうちに、大勢の諜報部員の顔を覚え、ひと目でそういうタイプの人間を見分けられるようにもなったわ。あなたの言う、追い詰められた男というのは、初めて見る顔だったわよ。前に見たことがあれば、きっと覚えていたはずだもの。だってその男、唇が歪んでいたからね」

ジュディスはいきなり背筋を伸ばした。「誰かを待っているように見えましたか?」

「ええ、そう見えたわ。芸術家だと思われる若者としばらく話していたわね。でも落ち着きがなく、そわそわしていた。誰かが来るのを待ちながら、別の誰かにつかまるか、見つかることを恐れていたという感じで。最終的に、三人組の男が店に入ってきたわ」

「諜報部員ですか?」

「絶対にそうよ。わたくしが彼らを見まちがうなんてありえないもの。あなたの言っている男は、鋭い目つきで彼らを見ていた。自分の敵か味方かを見極めようとしていたのね」

「でも、レディ・クランカロン、そういう人間は常に敵味方の両方につくものだと、先ほどおっしゃいましたよね？」

「同時に両方につくとは言っていないわ。一方からもう一方へ、交互に入れ替わるのよ。そしてあなたの言う男は、新しく入ってきた男たちがその時点で自分の味方なのか否かを判断しようとしていたの。彼の出した結論は、否《いな》よ。その証拠に、さっと立ち上がって、別のドアから走って出ていったのだから」

「不安そうでしたか？」

「当然でしょう」レディ・クランカロンは驚いたような顔をした。「顔は死人のように真っ青だったし、すべてがそんな感じだったわよ。彼らはまちがいなく場所を移して、殺し合いを始めたのでしょう。諜報部員同士で暴力の末に相手を殺すのはよくあることなの。〝性の快楽〟から気を紛らわせる手段の一つなのよ」

「きっと気が紛れたことでしょうね、当然ながら。でも、そんなに頻繁《ひんぱん》に人が殺されるなんて、ぞっとしますね」

「少なくともあの夜は、殺し合いはなかったはずよ」

ジュディスはレディ・クランカロンをじっと見つめた。「その夜以降に、そのうちの誰かを見かけたことはありますか？」

「追われていた男を追っていた男たち——そんな呼び方が適当なら——その中の一人が、今夜ここに来ていたわ」黒い眼鏡の後ろから、レディ・クランカロンは部屋の中を見渡した。「あの男よ——ちょうど店から出ていこうとしている、あの人」

第八章

〈トーマス・カーライル〉がどういう店か説明するのは難しくない、と店を飛び出しながらジュディスは考えていた。何の変哲もない二流ナイトクラブで、さまざまな教養レベルと並程度の経済力の人々が、比較的安価で時おり夜の娯楽を楽しむ店である。不道徳であれ、違法であれ、道を外れるような行為はほぼ何もない。枢機卿の格好をしたサックス奏者に合わせて客にダンスをさせようとも、それは店の自由だ。あるいは、マニングと同様にヴィクトリア女王の時代に活躍し、彼よりも〝著名人《エミネント》〟と呼ぶにふさわしい別の枢機卿（イギリスの聖職者、ジョン・ヘンリー・ニューマンのこと）がかつて言っていたように、〝上品な不信心の粗野な模造品〟なのだ。レディ・クランカロンが取り憑かれている――少なくとも〈トーマス・カーライル〉についての――考えは、妄想にちがいない。彼女の言う〝堕落の魔物〟は幽霊のように掴みどころのないものに過ぎない。ということは、彼女の話に出てきた泥棒や殺人者、それにスパイや諜報部員も同じだ。彼女はあの黒い眼鏡を通して見たものに、勝手な解釈を加えているだけなのだ。

　だが、老婦人の空想話の中にも、一つだけ現実に証明できる要素がある。彼女は、マーヴィン・ツイストと同じ場面を目撃している。歪んだ唇の男。追い詰められたように見え、誰かと待ち合わせをしていたらしく、そしてほんの少しとは言え、ギャビン・リンバートと繋がりのあった男。〝追われていた男〟――ツイストもレディ・クランカロンも揃って彼をそう呼んでいた――は、数人の男たちが店に入ってくると、鋭い目で彼らを見た。話はそこでほぼ終わっていたはずだった。レディ・クランカロンが、その男たちの一人を指さすまでは。ジュディスは今、その男の後を追おうとしている。咄嗟の判断で、本格的な探偵に変身したのだ。これでわたしにも、狙いを定めた〝追われている男〟ができたわ。

今のところ、短く刈り込んだ頭と、ディナージャケットらしい黒服の下の広い肩、それにクラブを立ち去る際に羽織ったレインコートしか見えない。彼女の位置からは顔が見えず、五秒でも姿を見失えば、もうどの男かわからなくなってしまいそうだ。まずは男の顔をしっかりと見ることに目標を絞ったほうがいいのかもしれない。後で必要になったときに見分けられるように。ただ、それだけでは物足りない気がした。どうせなら男の正体を突き止めたほうがいい。もしジョンが聞いたら、この計画には絶対に賛同してくれないだろう。だが、そうそう夫の言いなりになってばかりはいられないわ。

預けていた外套を受け取っているうちに数秒の遅れが生じ、早々と獲物に逃げられたかと思った。だが、男はクラブの前の舗道で立ち止まり、どうしようかと迷っていた。約束の時間に現れない友人を待っていた人間が、もうあきらめて帰るべきか悩むときの行動だ、とジュディスは思った。男の顔を見ようと、のんびりタクシーを探しているふりをしながら前へ出て縁石で立ち止まる。男は、青白い丸顔の小さな目をした中年だった。その外見から邪悪そうなものが感じられた。もしかするとレディ・クランカロンを空想へと駆り立てた源は、こういったものなのかもしれない。

雨が降っていたので、外を歩いている人はほとんどいなかった。突然、男は何かを心に決めたようだ。通りの左右を確認する。ジュディスは男の視線がしばし、ほんの一瞬、自分の上に留まり、すぐに暗闇の奥へ移るのを感じた。本当に邪悪な人だわ。男は常に周りの様子を用心深く確認する習慣が身についている。いつもやっているとおりに、後々に備えて彼女のことを頭に刻みつけたのだ。彼に疑われることなく尾行するなら、長距離はとても無理だとジュディスは思った。男は彼女に背を向け、足早に遠ざかっていった。ジュディスは少し待ってから道を渡り、通りの反対側から後をついていった。男は振り返ることなく歩いている。

そろそろ潮時だ、とジュディスは思った。こんなことをする意味は何なのか、そもそも意味があるのかどうか、はっきりさせなければ。レディ・クランカロンからあれこれ聞かされた話は、おそらく馬鹿げたたわ言にちがいない。そして、たとえたわ言でなかったとしても、今自分が抱えている問題とは無関係だ。諜報部員は古い名画を盗んだりしない——少なくともこの社会では、彼ら以外に冒険に富んだ生き方をする輩と比べて、諜報部員だけが抜きん出て絵を盗む可能性が高いわけではない。だが、リンバートが死ぬ直前に会ったとされるかつての学友、それに困り果てていたその男と密かに関わっていた男たちは、やはり絵の窃盗犯なのかもしれない。頭のいかれた老女の空想に巻き込まれたからといって、彼らが犯人である可能性は濃くも薄くもならないのだ。

その男たちは、少なくともリンバートが殺された夜にここに来ていた——そして、そのうちの一人は彼と会っていた。フェルメールとスタッブスの絵がリンバートの殺人と関係があったと明らかになれば、今はかすかでしかない男たちと絵との繋がりも、より強くなるはずだ。死ぬ間際のリンバートについて突出して重要な事実は、当然ながら——彼が知っていたか否かは別として——盗まれた絵を二枚所持していたことであり、その一枚は非常に高価だったことだ。盗んだ犯人は、きっと絵がどこにあるかを知っていたのだろう。でなければ、リンバートが誰かと話をし、口論をしていたというグレース・ブルックスの証言の説明がつかない。リンバートは暴力をふるわれて殺され、アトリエを荒らされた。だがスタッブスも、「天地創造の第五日と第六日」として上描きされたフェルメールも、そのまま部屋に残されていた。窃盗犯がフェルメールを取り戻したのは、後日――正確には、今日の午後〈ダヴィンチ・ギャラリー〉を急襲したときだ。

問題をそこまで整理したところで、ジュディスは尾行していた男が横道に入って見えなくなったことに気づいた。ようやくまたその姿を捉えたとき、彼はさらに別の道を曲がるところだった。どうやら単にブロックを一周しているのではないかとジュディスは気づいた。そうだとすれば、彼はまだ待ち合わせをあきらめたわけではないのかもしれない。今歩いている道は薄暗く、人影はほとんどなかった。彼女は警戒を緩めずに歩き続けた。男が振り向いて彼女の顔を見れば、すぐに尾行に気づくだろう。

きっと、自分はひどくばかばかしいことをしているのだ。「水槽」が本当にモー・ステップトーのところに舞い戻ったのだとすれば、今頃は警察が無事に押収しているだろう。ジョンなら、きっとうまく取り戻したはずだ。彼女の獲物がまた道を曲がった。直角に。これで三度めだ。ただ時間をつぶしているだけかもしれない。わたしは単に、純粋な恋愛か下品な逢引きの現場をつけ回しているだけのようだわ。そう思うとジュディスはひどく不快になり、曲がり角で足を止めて追うのをやめようかと思った。目の前にあるのは、またしても静かで人気《ひとけ》のない通りで、男に気づかれることなく尾行を続けることなどできそうになかった。遠ざかる男を目で追いながら通りの奥を見やると、どうも袋小路のようだ。何かがぼんやりと頭によみがえる。再び曲がり角に視線を戻し、通りの名前が書かれた標識を見つけた。全身が硬直する。ガス・ストリート。ギャビン・リンバートのアトリエがあるのもガス・ストリートだったはず。そしてこのガス・ストリートで、彼は殺されたのだ。

＊

やはりそこは袋小路だった——それは聞いて知っていた。右手には、ずらりと間口の狭い家が並んでいる。左手の統一性のない、かつては馬小屋だった低い建物は、今は車庫として道を挟んだ家々の、当時よりも裕福な住人たちの自動車を保管するのに使われている。道の先にあるのはレンガの壁だけだ。〈トーマス・カーライル〉はその壁のすぐ奥にあるはずだが、ガス・ストリートに面した裏口はない。ジュディスはこうした情報を素早く理解したが、観察を終えないうちに目の前から男が消えた。彼は突き当たりまで歩いた後、そのまま道の脇の最後の建物に入っていったのだ。ジュディスは大きく息を吸った。やはり、リンバートとこの男には繋がりがあったのか。もはや疑いの余地はない。

ジョンに電話で知らせたいと思った。キャドーヴァーに連絡するべきだろうか。男が出てくるのを待ってから——もう一度出てくるとしたらだが——明朝警察が彼を逮捕しに行けるように、次の行き先まで尾行したほうがいいのかもしれない。だが、そうしたくても自分の追跡能力では無理なことはわかりきっている。あともう少しだけ調査を続けてみよう。

ガス・ストリートには誰もいなかった。袋小路の奥には、漠然と人を寄せつけない雰囲気が漂っている。ジュディスは警戒しすぎる性格でないとは言え、これ以上深入りすれば、危険をはらんだ予測不能な事態に遭遇することはわかっていた。そして彼女は、うかつに危険なものに手を出すわけにはいかなかった。だが、だからと言って、ただびくびくしていてもしかたない。そう決めてジュディスは進み続けた。ガス・ストリートの、少なくとも入口付近は、とても健全そうに見えた。危機感が充分に伝わるような悲鳴をたったひと声あげさえすれば、イギリス中の紳士たちが一団となって彼女を助けに駆けつけてくれるはずだ。

その喜ばしい見通しに後押しされて、ジュディスは今――彼女自身はまったく知る由もなかったが――ほぼ時を同じくして夫が飛び込もうとしているのと同じぐらいに、向こう見ずな行動を起こそうとしていた。ガス・ストリートの最奥の建物の前まで来て、普段から誰も閉めたことのなさそうな玄関ドアが開いていることに気づくと、ずんずんと中に入っていった。少し中の様子を探ってみよう。もし誰かに咎められたら、ミス・アロウを探しに来たと言えばいい。ミス・アロウなる女性は、ギャビン・リンバートが死んだ朝に姿を消しているのだから、怪しまれることはないだろう。たしかに、もしも今尾行してきた男と顔を合わせ、彼がジュディスを見て〈トーマス・カーライル〉の前で見かけたことを思い出したら、かなり気まずいことになるだろう。だがいざとなったら、紳士たちを呼び寄せる悲鳴をあげればいい。

狭い廊下と、ぼんやりとガス灯に照らされた階段があった。のぼり階段の三角形の壁に壁画が描かれていた。あり合わせの料理、テレピン油（松脂から作る油絵具の薄め液）、湿った大きな粘土の塊の匂いが空気に混じっている。ジュディスにとってなじみ深いこれらの匂いに背中を押され、新たな自信を得て奥へ進んだ。左手の開いたドアの隙間から声が漏れていた。彼女が追ってきた男は、この建物に残された二人の下宿人、画家のボクサーか彫刻家のジトコフのどちらかではないかという考えが、ふと頭に浮かんだ。それがはっきりとわかれば、今夜の任務は完了だ。大した発見ではないかもしれないが、何かの役には立つだろう。彼女は開いたドアに近づき、すぐにでもメアリー・アロウについて尋ねる心づもりをして、部屋の中を覗いた。彼女が追ってきた男がそこにいた。短く刈り込んだ後頭部と広い肩が、奥の部屋に対して前景に描かれた人物《ルプソアール》を成していた。思っていたとおり、そこはアトリエだった。中央には、裸体のラフスケッチの画板がイーゼルに架かっており、そこに描かれた体はまるでコンサーティナ（アコーディオンに似た楽器）のように、二対一対一の直方体状に圧縮されていた。ダブル・キューブの可能性を探求している画家が描いたのね。部屋の奥の小さな暖炉の前に巨体の娘が座り、派手な黄色い毛糸で赤い靴下をぼんやりと繕っている。ジュディスが尾行してきた男は、部屋の住人に何かを尋ねている来訪者という立場らしい。姿の見えない別の男がいらいらしながらその質問に答えている。

「だから、おれは何も知らないって言ってるだろう。そもそも、あんたは誰だ？　あいつに何の用事があるんだ？　哀れなあいつに金でも貸してるのか？」

「わたしの名はチェリーです」ジュディスの追っていた男が、不自然なほど弱々しい声で答えた。その声から、相手をなだめたい気持ちが極端に強いか、あるいは著しい精神病質患者であることが推察された。「あいつの——ジトコフの友人なんですよ」

「あんたのいかれた頭《バンプ》を診せてみろよ」姿の見えない男が、自分の野蛮な言い回しに馬鹿笑いした。

「わたしの乳房《バンプ》を見せる？」ミスター・チェリーは、性別をまちがわれたと思っているかのような口ぶりだ。どうやら彼は外国人らしく、英語はそれほど得意でないようだ。

「あんたの言うことは、まったく信じられないね。ジトコフは生まれてこのかた、友人なんていたことがないんだ。うさんくさい、うじ虫みたいな顔をした〝クソッタレ・チェリー様〟なんて男もだ。たった今からそいつを逆さにして外へ放り出してやるところなんだがな」懸命に野蛮な言葉を重ねる声の主が姿を現した。ゆったりとした青い上着を着た無精ひげの男がジュディスにも見えた。空っぽの取っ手つきビール容器を、できるだけ戦闘的に見えるように掲げている。ジュディスには、かなり酔っぱらっているように思えた。「最初に、立方体のはずのグレースの体がはち切れちまった。お次に死体《コープス》捜査官が、山高帽をかぶった守衛《コミッショネア》を連れてやってきた。そして今度はあんただ。たとえあんたの本名だとしても、チェリーなんてどんな売春婦《タルト》も目もくれないよ」

「放っときなさいよ、ボクサー」暖炉のそばにいる巨体の娘が、麻痺したような状態のままで言った。

「その人、ごく普通の質問をしただけじゃないの」

「ええ、用はそれだけなんです」チェリーの声はますます弱々しくなったが、今度はそこに悪意を秘めているのがジュディスにはわかった。「ミスター・ジトコフと会う約束をしていたのですが、待ち合わせに来なくて。それで会いに来たわけです。わたしはただ、彼がいつ頃帰ってくるかご存じないかと訊いただけなのです」

「勝手にジトコフの部屋に入って、帰りを待ってればいいわよ」娘が言った。「あの人、鍵を閉めたことなんてないんだから」

「そのとおりだ――あいつの部屋で帰ってくるのを待つといいよ」ボクサーと呼ばれた男は、それまでの敵意を急に忘れたかのようだった。暗い面持ちで自分の描いたスケッチを見つめている。「膝から胸、踵から尻」苦々しく言う。「どこも曲線にしかならない。猥褻で雑誌にぴったりだ。哀れなもんだな」客のほうを向き、両腕を振った――猫を追い出すように、優しく。「そら、行きなよ」彼は言った。「チェリーに二度も嚙みつくつもりはないさ。なにもラズベリーをくれてやる（〝あざける〟の意）必要はないんだからな」だが、その優しい言葉は見せかけにすぎなかったようだ。チェリーが慌てて部屋を逃げ出しているか、あるいは急き立てるように追い出されているらしいのがジュディスに伝わった。自分もすぐに立ち去らなければと思ったものの、きわめてまずい行動をとってしまった。

実のところ、ジュディスは小走りで駆けだした——それも、まちがった方向に向かって。目の前の扉が開いていたのだが、それは家の外へ出るドアではなかった。ドアの向こうに炎がちらつくのが見え、ジュディスは誰もいない部屋だと思った。と同時に、よろけるように廊下に出てきたチェリーが体勢を立て直している音が、すぐ後ろで聞こえた。突然、何が何でも姿を見られてはならないという思いに襲われた。理性を失い、不意をつかれたジュディスは、咄嗟に目の前の部屋に飛び込んだ。そこは別のアトリエだった——ジトコフの部屋にちがいない。その真ん中にぼんやりと輪郭が見えているのは、製作中の彫像の大きな塊だ。ジュディスは、ヴィーナス像の話を思い出した。作家の憤慨を買ったのは、ヴィーナスの上に垂れたギャビン・リンバートの血だと言っていた。今彼女が立っているほんの数フィート上で、リンバートは殺されたのだ。そしてそのさらに数フィート上の部屋から、メアリー・アロウが姿を消した。メアリー・アロウは今、追い詰められているのだろうか？——クローだかクラッブだかクルーだかという男が追い詰められていたのと同じように。ジュディスはそのとき、忘れていたことを思い出した。彼女自身も今、まさに追い詰められている身なのだと。

ここは危険だ。十日前にここを襲った謎の力は今も効力を失っておらず、自分も襲われるかもしれない。チェリーと名乗った男を見ていると、そんな気がした。そしてそのチェリーが彼女のすぐそばまで迫っている。ジトコフの帰りを待つために、今にもこの部屋にやって来るかもしれない。もしも彼女が、この薄暗い部屋で、彼と同じようにジトコフの帰りを待っているのだと説明したら、いったいどうなるだろう？ 廊下に足音がした。どこもかもが狭苦しいこの建物では、物事があっという間に進んでしまうようだ。ジュディスは、見知らぬ部屋の暗闇の中に目を凝らした。突然彼女の目に、ほんの二歩ほど先にある扉が浮かび上がった。寝室へ繋がっているのかもしれない。彼女は手を伸ばし、扉を開けて中に入った。後ろ手に静かに扉を閉めたとたん、出口のない、圧迫するような暗闇と、異様な匂いに気づいた。どうやら大きめの戸棚の中に閉じこもってしまったらしい。今彼女にあるのは、とんでもなく馬鹿げたことをやってしまったという憂鬱な思いだけだった。

足音がアトリエを進んでくる。マッチを擦る音が聞こえた。彼女の姿を隠してくれている扉の輪郭が、かすかに黄色く縁どられた。チェリーがジトコフの部屋で勝手にガス灯を点けたのだ。しばらくすると、暖炉の火を掻き起こし、そのそばに椅子を引き寄せる音が聞こえた。どうやら長時間待つ覚悟なのだと気づき、ジュディスは意気消沈した。もしかするとジトコフはしばしば夜間に出かける習慣があって、何時間も戻ってこないのかもしれない。それなら自分もまた、この忌々しい空間に何時間も閉じこもらなければならないのか。それどころか、ひょっとすると――ジュディスはそこで考えるのをやめた。理性的に考えれば、そこまで心配する必要はないはずだ。〈トーマス・カーライル〉へ向かうと、ジョン宛てにメモを残してきた。適当な時間に戻らなければ、夫はじきに自分を探し始めるだろう。ひょっとすると妻は、気まぐれにリンバート事件の現場まで足を伸ばしたのではないかということも、すぐに思いつくだろう。暗闇の中で、ジュディスは歪んだ笑顔を浮かべた。夫に行動をすっかり読まれていることにも利点はあるものだ。もしも自分が本当に窮地に陥ったときには、必ずジョンが救い出してくれるにちがいない。

だが今は、身動きすることさえ恐ろしかった。彼女を取り囲む空間は、まったく光を通さず真っ黒だ。どうやら狭い空間らしいと彼女は感じ取った。体を動かせば、何かを倒してしまうかもしれない――道具か、石膏模型か、ジトコフの鍋や釜か。息を殺してじっとしていることに、少しのあいだは楽しさを感じた。子どもの頃のかくれんぼのような張りつめた、身震いする感覚を思い起こさせた。だがすぐに、それは耐え難い緊張感に変わった。

ジュディスは待った。何も起きない。しばらく馬鹿げた恐怖にとらわれた——またしても子どもに戻った気分だ。身を隠しているチェストの閂が外からかかってしまったのではないか、使用人が戸棚の鍵をかけてしまったのではないか、家の中——ついさっきまでは安全で馴染み深かった我が家——に誰もいなくなり、二度と戻ってきてくれないんじゃないか。やがてその恐怖心は遠ざかったが、おかげで大人である今の自分の愚かさが、より強調された。すると突然、これ以上みっともない真似はやめるべきだと悟った。そのためには、この馬鹿みたいな隠れ場所から出て、チェリーと冷静かつ大胆に対峙しよう。それと同時に——これもまた突然はっきりと——自分にはそれができるはずだと実感した。イギリス紳士たちは通りのすぐ近くにいて、いつでも助けに来てくれる。だがイギリス淑女たる自分には、誰の助けも借りずに窮地を抜け出すことは充分できるはずだ。

この新しい誇らしい見解に鼓舞されて、ジュディスは目の前の扉を手で押した。いや、まさに押そうと力を込めたとき、自分の意思とは無関係に一連の考えが頭の中に流れて、行動に移すのを阻んだ。イギリスの淑女は戸棚の中で暮らしたりしない。でもスウェーデンではちがう……ジュディスが思い出したのは、ストリンドベリ（スウェーデンの戯曲家）の作品（戯曲『幽霊ソナタ』）に出てくる、自分をオウムだと思い込んで、戸棚に閉じこもって生きる魅力的な女性だ。こんな状況に置かれているジュディスだったが、それを思い出すと可笑しくてたまらなくなった。もう少しで大声をあげて笑いだしそうになったとき——もし笑っていたら、何も知らないチェリーへの何よりの不意打ちになっただろうが——アトリエのドアを開く音が聞こえてきた。聞き覚えのない声が無感情に言った。「ああ——おまえか」

第九章

突然ジュディスから笑いがすっかり消え失せた。淡々とした声が、重ねてこう言ったからだ。「どんな気分だね――クラッブを殺した感想は？」

「大きな声で言うな、馬鹿野郎！　向かいの部屋のやつらが――」

「ボクサーか？」聞き覚えのない声からは、相変わらず何の感情も感じ取れない。ただ、どうやら外国人らしく、教養の高いきちんとした人物像を思わせる。「あいつは酔っぱらいだ。それに、荷箱のようなモデルの女は人数に入らないほど愚鈍だ。とは言え、ドアを閉めてこよう。そら、閉めたぞ。さて、もう一度訊こうか、チェリー。クラッブを殺した感想は？」

「悪くないよ」チェリーのやわらかい声は、優しささえ感じられた。「あのときと同じぐらい爽快だね、ジトコフ。あんたを殴ったときとさ」

ジトコフはがさつな笑い声をたてた。「あんなのは殴ったうちに入るもんか、このくそったれ。それなのに、今度はおれと取り引きをしようって言うのか、え？　まあ、その度胸だけは買ってやろう」

「じゃあ、なんで約束どおりにクラブに来なかったんだ？」

「教えてやろうか。おれが待ち合わせ場所を指定したわけじゃないからだ。おれのほうが立場は上なんだ、しっかり覚えておけ」

「おれの見たところ、どうやらおれたちの上にも、さらに誰かいるようだがな。だからこそ、あんたとおれとで力を合わせたほうがいいと思うんだ」

ジトコフがまた笑った。「チェリー、おまえは本当に馬鹿だ。そして、実に目障りだ、金をやって引っ込んでいてもらいたいぐらいにな。だが、だからと言って、おまえとおれが同等だなんて思うなよ。あと少しというところで、馬鹿みたいに手ぶらで戻るしかなかったのは、おれもおまえも同じだ。だが、おれは情報を摑んでる、おまえは何も知らない。そして間もなく、おれにはさらに新しい情報が入ることになっている。わかるか？」

短い沈黙が流れた――チェリーの〝わかる〟という無言の返事なのかもしれない。ジュディスの鼓動が激しくなった。その音が自分の耳にあまりにも大きく鳴り響いたので、戸棚の中で何かおかしなエンジンが音をたて始めたのかと、二人の男が今にも確認にきそうで恐くなったほどだ。やはり、クラッブという名の男は存在したのだ。そして、やはり彼は追われていた――死の淵まで追い込まれ、睨み合う二人の悪党の交わす非情な会話に名前がのぼっている。ジトコフとチェリーは、まさにそういう印象だった。今彼女が聞いている会話は和平交渉――警戒しながらも、休戦が可能かを探り合っているところなのだ。だが力を合わせるとは、どんな力なのだろう？　スカムナム・コートからフェルメールとスタッブスを盗んだ窃盗団と彼らは、どういう関係なのだろう？　もしもチェリーが本当にリンバートの学友だったクラッブを殺したのだとすれば、それはリンバートの殺害とどんな関係があるのだろうか？　そして、ジトコフだけが摑んでいるという、チェリーの知らない情報とは何だろう？　ほかにも新たに湧いてきた十以上もの疑問が、身を屈めているこの狭い空間によって圧縮され、ジュディスの体に重くのしかかってくるようだった。

「クラッブは頭がよかった」

「頭がよかった？　クラッブが？」

「おまえはクラッブを殺した。だが、クラッブは頭がよかった。最後まで頭を使った――それがクラッブって男だ」

　ジュディスは、自分がヒステリーに陥りかけているのではないかと思った。姿の見えない二人の声が、どんどん速くなる自分の鼓動のリズムに共鳴しだしたからだ。理性を保つには好奇心を保ち続けるしかない。今自分を見失ってしまったら、永遠に真相がわからないままになる。反対に、ここで正気を保ちさえすれば、これからジトコフとチェリーが交わす半ダースほどの会話の中から、すべての謎を解く鍵が手に入るかもしれない。

「クラッブが、そんなに頭がよかったとは思わないがな」

「クラッブは何も手に入れられなかった、あんたはそう思ってるんだろう？」

「手に入れられなかった？　何も持ってなかったんだ。おれが言いたいのは、クラッブが何も持っていなかったってことだよ。計画は水の泡だ」

「水の泡？　チェリー、おまえなら水の泡だと思うだろう。どぶ水の匂いが好きらしいからな」

「なあ、ジトコフ、こんな調子じゃ折り合いがつかないだろう。二人で取り決めを交わさなきゃならないってのに」

「取り決めを交わさなきゃならない？　こいつはいいね――取り決めを交わさなきゃならない、か！」

ジュディスは頭がひどくくらくらしてきた。それは惑わされるような男たちの会話——姿の見えない二人のうち、どちらが今しゃべっているのかがよくわからない、素早い丁々発止への戸惑いのせいではなかった。暗闇のせいでもなかった。聴覚と視覚はまったく関係ない。それは、嗅覚が原因だった。戸棚の中には奇妙な甘ったるい香り——芸術家のアトリエにあるもののどれとも結びつかない匂い——が漂っていた。それに気づくと同時に、ジュディスは自分が気を失いそうになっていることにも気づいた。少なくとも、立ったまま体が大きく揺らいでいた。倒れないためには、どうしても暗闇の中に手を伸ばして何かにつかまらなければ。そのせいで何かにぶつかろうと、音をたてようとしかたがない……

一つ言えるのは、この状態を続けていても意味がないということだ。五感が悲鳴を上げているせいで、男たちの会話がまるで頭に入ってこない。彼女にわかるのは、今二人が話しているのが、あの夜——すべての恐怖の原因となった夜——の〈トーマス・カーライル〉での話であり、そこで起きたか、起きるべきだった出来事についてということだけだ……慎重に、肩を動かさずに、右手を体の後ろへ伸ばしてみる。指先が何かに触れるとそれを摑み、もう少し先へ進めてはまた何かを摑む。彼女の指は彫像家の指であり、今までその指先を通して世界と繋がりながら生きてきたのだ……一瞬、思考が停止した。真っ先に頭に浮かんだのは、とにかく何かがとんでもなくまちがっているということだった。第一に、彼女はいつの間にか膝をついていた。こんな動きをしたのなら、きっと大きな音をたてたにちがいない。男たちは彼女に気づいていながら様子を見ているだけなのか、熱を帯びた舌戦に神経を集中させるあまり、自分たち以外の世界に耳を閉ざしているかのどちらかだ。だが、そんなことはどれも重要ではない……彼女の指は探索を再開していた。自分の意思では指を止めることができなかった。そしてまたしても同じ発見をした。彼女が膝をついているのは――今彼女の周りにあるのは――。

もしかすると何もかもが、突然の精神錯乱による恐ろしい妄想だったのかもしれない。ジュディスは再び、アトリエで繰り広げられている会話に注意を払おうとした。だが、そこもまた狂乱の場と化していた。チェリーは、風呂場《バス》がどうとか言っている。ジュディスの目の前に、片方の目の上に鬘《かつら》がずれ落ちたレディ・クランカロンの姿が浮かび上がった。何かと何かを繋げて考えなければならないという思いに頭が混乱した。ひざまずいている戸棚の中は、完全な暗闇ではなくなっていた。奇妙な花火が燃えていた。そう見えるのは、この奇妙な匂いのせいだと、彼女は自分に言い聞かせた。そしてこの匂いの元というのは……ジトコフが、あるいはひょっとするとレディ・クランカロンなのかもしれないが、風呂《バス》に赤ん坊を入れたままでお湯《ウォーター》を捨てるなと大声で注意している。そうだ、わたしはほんの数時間前、自分の赤ん坊をお風呂に入れていた。完璧に安全な正気の世界にいた。そこへ帰らなければ。

まるで難攻不落の防壁に、最後に決死の一撃を食らわせる思いで、ジュディスは持てるすべての力を神経に集中させた。とは言え、実際に使うのは指先だけだ。計り知れない意思の力で、彼女はもう一度手で周りを探ってみた。髪のあいだに何か冷たい風のようなものが吹き込む。頭皮の上を流れて、背骨を下りていく。それが全身をすっぽりと包み込んだ。その感覚に――今はまだ肉体的な感覚だけだが――ジュディスは名前をつけた。〝認識〟だ。あまりにもグロテスクで、大声で笑いだしてしまいそうなものの認識。だが本能に負けて笑うことはしなかった。脈拍は正常に戻りつつあり、頭はすっきりと冴えていたからだ。今自分の置かれている立場は、非常に危険で異常なものだ。現状を掌握しているとはとても言えない。だが少なくとも自分自身のことだけは、再びしっかりと掌握できていた。

＊

「あんたが、おれの知らない情報を握っているって？　それが本当かどうか、おれにはわからないじゃないか」

チェリーの声だ。不機嫌そうに、少し前に出た話題に話を戻している。二人の話し合いは、どうやら膠着《こうちゃく》状態に陥っているらしい。でも、もう一度同じやり取りを繰り返してくれるのなら、ありがたい話だ。再度チャンスが巡ってくる。しかも、今度は自分もしっかりと受け止められる。

「よく聞けよ、チェリー。おれはおまえに何も漏らすつもりはない。おまえが今把握している情報は、こういうことだ。クラップがおれにブツを届けるのを、おまえは邪魔した――あいつを殺すことで。だがおまえは、そのブツをおれが持っているはずだと思っている。当然だ、ほかには考えられないからな。そう思っているんだろう？　そう、そのとおりだ。だが同時に、まちがってもいる」ジトコフは不可解な謎かけを提起し、例のがさつな笑い声をたてた。「クラップはおれにブツを届けるには届けた――が、その後で別のやつらに介入されたんだよ」

「介入するやつなんて、いるもんか。おれを騙そうとしてるんだろう、ジトコフ。ほかにあの件を知ってた人間はいないんだから。まず、あんたの一味がブツを手に入れた。次に、おれたち一味がそれを聞きつけて、このおれが横取りした。たしかにおれはうまく嗅ぎつけたが、あくまでもおれたちとあんたらのふた組だけの競り合いだ。ほかに誰かが知ってたはずはないんだ」チェリーは再びやわらかな声で、執拗に同じことを繰り返す口調に戻っていた。

「おまえの言うとおりだ。ほかに誰も知ってたはずがない。それでも、介入してきたやつがいるんだ」

「誰が介入《ステップ・イン》したんだ?」

「ステップトーがステップ・インしたんだ——少なくとも、おれはそう睨んでる」

「何だって? 訳のわからないことを言いやがって。時間を無駄にするつもりだろう」

「そのとおりだよ、チェリー——おれは時間を無駄にしてるんだ」ジトコフは例の耳障りな笑い声をあげ、ジュディスは耳から入る会話の意味を理解しようとして、また頭がくらくらしてきた。

「クラッブはどうやってブツを、あんたの言葉を借りれば〝届けるには届けた〟んだ?」またしてもチェリーは頑固に話を戻した。

「電話だよ、わかるだろう? チェリー、おまえは馬鹿だ。おれはかねがねそう思っていた。チェリーは馬鹿だってな」

「電話だよ、だって? 電話がどうしたんだ? クラッブは電話線を通してあれを届けたわけじゃないだろう?」

「電話でクラッブからいろいろと聞けたんだ——知るべき情報はすべて。だが、クラッブ自身の知らないことまでは聞き出せるはずがない。ステップトーによる介入《ステップ・イン》——それが、この一件における未知の要素なんだよ」

「そら、電話だよ」

アトリエのどこかで鋭いベルの音がする。不釣合いだとジュディスは思った——こんなアトリエに電話があるとは。だがジトコフという男は、明らかに芸術家とは別の顔を持っている。少なくともそれだけは探り出せたわ……しばらくのあいだ、ベルは執拗に呼び出しを続けた。ジトコフはきっと、チェリーの前で電話に出るつもりはないのだとジュディスは推測した。

「出ろよ、ジトコフ——クラッブからかもしれないぞ」チェリーがやわらかな口調でからかった。「きっとクラッブだ、あんたにいろいろ聞かせてくれるぜ。地獄についての情報をな」

「おまえこそ地獄へ落ちろ」

ベルの音が止んだ。ジトコフが受話器を取ったにちがいない。次の瞬間、彼の鋭い声が聞こえた。「もっと小さな声で話せ」しばらく沈黙が流れた。やがて、興奮と怒りでひときわ高くなったジトコフの声が聞こえた。「手に入らなかった……あれが手に入らなかったって言ったか？ あいつらが持って行ったって……いったいどういうことだ？ 乱闘だと——あの店で乱闘があったのか？ やはりおれの推測が正しかったわけか。だが、おまえたちが手に入れるはずだったじゃないか……説明してくれ……きっとチェリーの手下にちがいない——チェリーなら、今ここにいる……確かなんだな？ スピードは？……だから、スピードは？ そういう車ならスピードは出ないだろう？ 辺りの暗さはどうだ？ 暗闇に乗じて逃げられちまうからな。クラッブのときもそうだったじゃないか……だから、クラッブのときもそうだったって言ったんだ……見失うなよ。あいつらに、絶対に見失わせるな」

受話器をガチャリと置く音がした。再び沈黙が流れた。ジュディスはその沈黙が、それまでとはちがった性質のものだと気づいていた。

「このずる賢い悪魔め」ジトコフの声だ。さっきまでとは声質が変わっている。「おまえ、知ってたんだな。ステップトーという男と、やつの一味について知ってたのは、おまえだったんだな」

「ああ——ステップトーか。あんたさっき、何やらステップトーの話をしていたな」チェリーはこれまで以上にやわらかい口調で言った——曖昧で、謎を秘めた話し方だ。「しかも、おれたちがステップトーのことを知らないと思っていたようだ」

「ずいぶん手回しがいいじゃないか」ジトコフは、渋々ながら相手を称えている口調だった。「おれでさえ、今日になってようやく真実に気づいたって言うのに。このおれがステップトーにたどり着いたのも、今日になってからだ。それで暗くなるのを待ってたんだ。絵を取り戻すなら、暗くなってから——」

「そうだとも！」チェリーは、反射的に言葉を挟んだようだ。「暗くなってからだ」

「乱闘があったらしい——ステップトーがめちゃくちゃに殴られた。それにステップトーの店もめちゃくちゃにされた。店からトラックが走り去ったそうだ。ちょうどおれの仲間がそのトラックに追いついた。今も後を追っている。これはおまえの仕業だな」

「おれじゃない。それに乱闘もおれたちじゃない」チェリーは非常に重要な場面を迎えていることを認識して、これまでにないほど早口になった。

「おまえじゃないって？　じゃあ、ステップトーの部下か——」

「そうらしい。だが、誰であれ、あんたの部下が追ってるんだな？」

「そうだ」

「あの緑色のハンバーで？」

「緑色のハンバーのことを知っているのか？」またしてもジトコフの声が険しく、大きくなった。

「あんたらの動きを追う目印だったんだよ、馬鹿だな、ジトコフ。つまり、車を追ってるあんたらを、おれたちが追っているわけだ」

「ハンバーを追ってるのか？」

「おれたちはいつだってハンバーを追ってるのさ。さあ、話し合いはどうする？」

「話し合いはするべきだ」誰かが動く音がして、ジュディスは二人が立ち上がったのだと推測した。「だが話をするなら、場所は——あんたならわかるだろう。行こう」

「行こう」

どういうわけか、ジトコフとチェリーの力関係は形を変えたらしい。そして、同じく事情はよくわからないが、その変化によって、これ以上和平交渉を進めるには場所を変える必要が生じたらしい。何が起きたかジュディスが理解するより早く、二人はアトリエを出ていき、彼女は一人残された。

＊

ジュディスは戸棚の外に出て初めて、中の匂いがどれほど強烈だったかに気づいた。あれではおかしな妄想が誘発されても無理はない。ジトコフは部屋を出る際にガス灯を弱めていったらしい。ジュディスはその火を再び強めてから、閉じ込められていた牢屋をじっくり見に戻った。そこには、あの息詰まる暗闇の中で彼女が想像していたとおりの空間があった。つまり、腐敗しつつある肉体を収めた遺体安置所だ。彼女が恐怖におののきながら指で撫でていたものは、やはり散乱したバラバラの四肢だったのだ。そして匂いはそこから発生していた。魅入られたように、ジュディスはもう一度近づいて手で触れてみた。このゴムのような硬さ、生身の肉とは感触がちがうわ、でも明らかによく似て――そこまで考えたところで、突然ジュディスは笑いと身震いに同時に襲われた。こうして振り返ってみれば、何もかも馬鹿みたいに思えるが、あのときは本気にしてしまうだけの現実味があった。結局ジトコフは見せかけではなく、本物の彫像家だった。ひどい匂いのする妙な新素材で人型の像を作り――見たところ、どうやらファッション用のマネキンらしい――この戸棚をゴミ置き場か倉庫に使っていたのだ。

だが、ジトコフは彫像家とは別の顔も持っている。主たる職業は、むしろそちらだ。ジトコフの仕事は、チェリーと同じく大規模な組織犯罪で――チェリーのほうがさらに規模が大きいようだが――一時的な金儲けというわけではないらしい。ジュディスは〈国際芸術品拡散協会〉のことを思い出した。戦後ヨーロッパから消えた芸術品の取り引きを目的に設立され、世界中に広がった組織。それと同じほど驚愕するような極悪組織について、以前ジョンが話してくれたのを思い出した。〈尊敬すべきベーダの友〉という団体だ。それから、ワインという名の忌むべき悪党について。彼が正当な所有者から盗み出したのは、単に絵画や彫刻にとどまらず、ブルームズベリーに建つ一軒家、ハロゲートの馬車馬、それに典型的な多重人格者である十七歳の少女まで、実に多岐にわたっていた（アプルビイ・シリーズの第八作『The Daffodil Affair』に出てくる一連の事件のこと）。今彼女が直面しているのも、同じような規模の――とは言え、まったく目的のちがう――犯罪だと思われた。そしてジョンもこの事件を調べている……ジュディスはなんとなく不安になって顔をしかめた。

今頃ジョンは家に帰っているはずだ。夫は、盗まれたフェルメールを、ほぼ確実に再度手に入れたはずのモー・ステップトーと話をするために出かけた。どういう手順を踏むつもりだったのかは、彼女も聞いていない。ホートン公爵がそろそろホテルに引き上げると言いだすまで、ジュディス一人にもてなし役を任せ、ジョンは黙って帽子とコートを手に取って家を出たのだった。だが、あれから何があったとしても、今頃は確実に家に帰っているはずだ。ジュディスは急いでアトリエを出ようとして振り向いた。ガス・ストリートの入口でタクシーを捕まえよう。混乱して切れ切れでしかないが、一応役に立ちそうな情報も仕入れた。何よりも、これ以上一秒たりともジトコフのアトリエにいたくなかった。この部屋には、この先思い出すたびに体が震えるような、嫌な思い出を植えつけられてしまった。それに――それは別にしても、ジトコフはいつ戻ってくるかわからないのだ。一人でか、またチェリーと一緒か、あるいは悪党仲間と連れだってか。

だがジュディスは急にひどい焦りを感じ、無意味な恐怖に取り憑かれた。今からどれだけタクシーを飛ばしたとしても、家まで時間がかかりすぎるように思えてならない。視線がジトコフの電話機を捉える。危険を冒してでも、あれを使うのはどうかしら？　ジョンに自分の居場所さえ伝えられれば、もう安心だ。

彼女は大急ぎで電話機に駆け寄り、受話器を上げて自宅の番号をダイヤルした。誰も出ず、徐々に何かがおかしいという思いが膨らんでいく。もしジョンが家にいるのなら、たとえすでにベッドに入って眠っていたとしても、これだけ鳴らせば電話に出るはずだ……ようやく電話に出たのは、女性の声だった。唯一の住み込み女中だ。サー・ジョンはお帰りになっていません、と言う。

ジュディスは電話を切った。何秒間か、ロンドン市内の分厚い電話帳をぼんやりと見つめていた。今の言葉に、これほど訳もなく不安を掻きたてられるのはなぜかしら？　個人的に捜査に夢中になったジョンが、フェルメールの一件を解決しようと、嬉々として夜通し働いていたとしても、まったくおかしくない……だが、ジトコフがおそらく前線からの状況報告を電話で受けているのを聞いたのは、まだほんの十分前だ。ステップトーの店が今夜遅く、何やら対立関係にある犯罪組織同士の対決の場になったらしい。あの店で乱闘が起きていた。警察に店を封鎖されたとか、一度でも警察が関与したり呼ばれたりしたとは、ひと言も言っていなかった……ジュディスは、突然何かに駆りたてられたように、大慌てで電話帳のページを繰り始めた。

モージいさんの店に電話をかけたが、誰も出なかった。そもそも、呼び出し音すら鳴らなかった。聞こえてきたのは、その番号にはかけられないことを知らせる、耳障りな低い信号音だけだ。だが、無意識のうちにちがう番号を回してしまったことも考えられる。もう一度かけてみたが、結果は同じだった。二度めに受話器を戻そうとしたとき、奇妙な雑音が聞こえた。一度めには聞こえなかった音だ。かすかに小さくなった後、ずっと鳴り続けている。何か機械的な故障かと思った——やがて、どうにかようやく回線が繋がったのだと推測した。誰かが電話に出るのを待ったが、何も聞こえない。「もしもし」彼女が言った。「もしもし、ミスター・ステップトーですか?」今度は返事があった——もっとも、それは聞きまちがいかと思うような小さな雑音に過ぎなかった。「もしもし、ミスター・ステップトーですか?」もう一度言ってみる。また同じ音が聞こえた。聞きまちがいではない。低いうめき声だ。それに続いて、力の抜けた手から受話器が滑り落ちて床に当たったような、カタンという音。それきり電話は切れた。

ジュディスはすでに、このひと晩で嫌というほどの恐怖を味わっていた。電話機のフックを一旦押してから、別の番号をダイヤルした。今度は、ホワイトホール局の一二一二番（ロンドン警視庁の緊急通報番号）だった。

＊

雨の降る音がする。そしてほんのかすかだが、ジュディスは〝ヴィクトリア朝の著名人《エミネント・ヴィクトリアンズ》〟が静かな夜をぶち壊すように、スイングやジャイヴを奏でているのが聞こえる気がした。あるいは、ガス・ストリートのどこかでラジオが鳴っているだけかもしれない。方向感覚がはっきりしない。もっと重要な多くの事柄についても、はっきり説明できない。彼女の証言は支離滅裂なものになるだろう。しかもその報告を聞いてくれる相手はジョンではないのだ……。

ジュディスは腰を下ろした。気が滅入っていた。警察に何かを訴えた後には、こういう気分になるものだ――安心感と引き換えの、ひどく落ち込んだ気分だ。警察からは、このまま待機するよう指示されていた。ボクサーの部屋に駆け込むとか、地下室に隠れるとか、火かき棒で武装するとか、そういった提案は何ひとつされなかった。対応がいい加減なわけではない。単に彼女が助けを乞うた強大な機械的組織の、完璧な効率と自信の表れなのだ。わかりました、マダム、すぐに誰か向かわせます。お名前はレディ・アプルビイですね。ご連絡ありがとうございました、マダム、マダム……声の主は、特に何も感じていないようだった。

そういうわけで自分は今、未完成の下手な彫像が床に置かれ、戸棚の中にマネキンの手足がいっぱい詰まった、どこにでもあるみすぼらしいアトリエにいる。廊下の向かい側には、眠っているのか、酔いを醒ましているのか、あるいは前にも増して酔っぱらっているのかわからないが、ボクサーがいる。上の階には、主《あるじ》のいない部屋がある。そしてもう一つ上の階にもまた、誰もいない部屋。どこも謎の部屋、問題のある部屋ばかり。部屋《フラット》のことを考えているうちに、落ち込んだ《フラットな》気分が吹きとんだ。かわいそうなレディ・クランカロンとはちがって、これは妄想ではないのだと実感できた。リンバートにまつわる謎はたしかに存在しており、わたしはその真相を探っている。それに、メアリー・アロウにまつわる謎も存在しているわね。きっと内気な娘なのだろう。舞台袖から出てきたくないのだ。もしかすると、彼女は舞台装置に乗って登場する救いの女神になるのかもしれない――大きな音をたてるロープや滑車を使って、最終幕ですべてを収束させるために舞台に降り立つ存在に。

だが警察は、そんな型にはまったような文学的な仄めかしには興味ないだろう。間もなく駆けつけてくれるはずだから、今のうちに自分自身の考えを少しまとめておこう。この部屋で聞いた話の中で、事件の捜査に役立つ新情報と呼べるのは何だろう？　今自分が知っていることで、ジョンに知らせたいのは何だろう？

ステップトーが介入《ステップ・イン》した。ジトコフが最初にそう言ったのは、その語呂合わせを面白がって、少しばかりチェリーをからかうのも悪くないと思ったからだ。よし、まずはそこから始めよう。もしもステップトーが介入したのだとすれば、それはつまりステップトー、そして彼に従う仲間が、最初に絵を盗み出した犯人ではないということだ。それを後押しする出来事はほかにもある。がらくたを店で売ったり、盗品を手に入れたり、日常的に警察と揉めていたモージいさんは、どう考えても大規模な犯罪を取り仕切るような人物ではない。ホートン公爵夫人にスペインのチェストを届けるという、複雑な下準備を整えられるだけの人材と知識が備わっていたとは思えない。それらはすべて誰か別の人間によるものだ。モージいさんが介入したのは、あくまでも盗難後だ。そしてさらにその後に――あまりに複雑な経緯に、ジュディスは頭の中がどうしようもなく混乱し、本職の刑事でなければ解けない謎だとあきらめそうになって顔をしかめた。そう、そしてさらにその後に、また別の悪党どもが介入したのだ。少なくとも、それが事件の謎を解くのに必要な大まかな真相だ。あっちにもこっちにも悪党がいる。互いに嚙みつき合う悪党たちが。この件には、ライバル関係にある三つの組織が登場する。彼らは話し合いで決着をつける心づもりがある。さっき聞いた限りでは、そういう話だった。だが同時に、殴り合い――ジトコフは殴られたらしい――をする心づもり、あるいは殺し合いをする心づもりもある。クラッブは殺されたようだし、リンバートもまた殺された。

クラッブはジトコフの手下で、頭がよかった。なぜ頭がよいかと言うと、電話を通してジトコフに何かを伝えたからだ。そのぐらいの理由では、大して頭がよいようには思えないが。ジュディス自身もついさっき、電話を通じてロンドン警視庁に何かを伝えたばかりじゃないか。ひょっとするとクラッブは何か暗号を使って、敵に聞かれてもわからないように情報を伝えることができたのかもしれない。そう、たぶんそういった類《たぐい》のことだ……。

だからと言って、特に何かがわかったわけではない。クラッブは何も持っていなかったと、チェリーは思っていた。そしてクラッブはジトコフに、何かを届けるには届けた――が、別のやつらに介入された。それはきっとステップトーと仲間のことだ。チェリーとジトコフから見れば、彼らこそはこの一件における未知の要素なのだ。いや、果たしてそうだろうか？　ジュディスは自分がただ推測を重ねているだけだと気づいた。

とは言え、彼女には推測するしかないのだ。納得できるように理論を組み立てることなど自分には無理だ。情報があまりに断片的で支離滅裂なのだから。だが、ある状況に関してだけは、はっきりとした光景が見えた――現在進行中の状況だ。ステップトーの店からトラックが走り去った。そして、トラックには何かが積まれていた。おそらく、フェルメールの絵だろう。総合的に見て、きっとステップトーのトラックだろうと推理した。ステップトーの仲間が今も戦利品を握っている。ジトコフの仲間は、絵を奪い返そうと店に行ったものの、ひと足遅く、緑色のハンバーでトラックを追っている。そしてそのハンバーを、今度はチェリーが手下に追跡させている。この最後の点に、ジトコフは感心したようだった。ライバルの能力と執念を見直していた。その結果、チェリーとの和解をうかがわせる言動をし、何かしら通じ合うものを見つけたらしく、二人そろって部屋を出ていった……以上がジュディスの知っているすべてだ。この暗い夜のどこかで、奇妙な多重追跡が今も進行中なのだ。

この中には、触れていない点が一つある。そこに触れなかったのは、漠然とだが、そのことを考えたくなかったからだ。ステップトーの店で乱闘があった。それはきっとジョンだわ。ひどい出来の彫刻をぼんやりと見つめながら、直感的だが絶対的なその事実を悟った。見せかけの彫刻家であるジトコフを感情的なまでに憤怒させた、滴り落ちるギャビン・リンバートの生き血で汚された彫像だ。

足元でむき出しの床板が奇妙にうごめきだし、まるで川の流れのようだ。ちがう、自分が無意識のうちに立ち上がり、ドアに向かって駆けだしていたのだ。どうして警察は来てくれないの。とっくにあの黒く大きく目立たない車が、ガス・ストリートの入口の角を曲がって、例のイギリス紳士のみなさんが住む裕福で洒落た家々の前を通り、このみすぼらしい、悲惨な、謎に満ちた建物の玄関に到着してもいい頃でしょうに。

彼女は小さな玄関ホールの暗闇の中に立っていた。ボクサーの部屋のドアから光がまったく漏れていないところを見ると、きっともう眠っているのだろう。降りしきる雨音と、雨粒が何かに叩きつける小さな音を除けば、建物の中も表の通りも静かだ。もう〈トーマス・カーライル〉からダンスミュージックが流れてきているとは思わなかった。だが、神経を張りつめて車のエンジン音が聞こえないかと耳を澄ませているうちに突然、彼女の耳が何かを捉えた。鍵の音だ——上の階で、鍵を回す音がする。

第十章

そのかすかな音はジュディスの心に引っかかった。なぜ引っかかったかと言えば、恐ろしい音だからだ。そしてなぜ恐ろしいかと言えば、かすかな音だったからだ。後で振り返っても、ジュディスは自分がこのときにとった行動について、それ以上の理屈を見つけることはできなかった。拳銃の銃声、悲鳴、何かがドスンと落ちるような音。そういうものが聞こえたのなら震えあがり、なかなか来ない警察車両を探しに、ガス・ストリートへ一目散に駆けだしていただろう。だがそんなものよりも、実際に耳に届いた音――かろうじて聞き分けられるほどかすかに、それもたった一度きり、錠にぴったり合う鍵が回されるカチリというその音のほうが、どういう神秘的な仕業なのか、彼女にはずっと恐怖に感じられた。そして彼女はまた、まるで繊細な音響機器の針のように、すぐに音のしたほうを向いた。そちらに向かって、暗闇に包まれた階段をのぼっていく。不敬な姿のロンドン市警の警察官が描かれているはずの、今は見えない壁画の前を通り過ぎる。想像の中でしか足を踏み入れたことのない上の階へ、リンバートのアトリエへとのぼっていく。

あの鍵を回す音は、象徴的な役割を果たしたのだと彼女は気づいた。誰かが家に帰ってきたという証拠にほかならないからだ。何かを引っ掻く音、引きずる音、探し回る音であれば、まったく別の印象を与えただろう。この独特の、痛いほどの恐怖心を引き起こす力はなかったはずだ。だがあの音は、いつもどおりの動きで手際よく鍵をひねって、まるでただいまと――。

ジュディスは猛然と、真っ暗な階段をのぼっていった。ちょっとした何か――猫か、牛乳瓶か、階段の思いがけないカーブにでもぶつかれば、大きな音をたてて転げ落ちただろう。痛みと、みっともないあざを残して。だが彼女には、初めての階段を上がるときには、本来は光という助けが必要だという考えなど浮かばなかった。自分の筋力を考慮することもなく、まるでエスカレーターに乗っているかのようにのぼり続ける。二階まで行けば四角い光があり、その奥には、自分の部屋の中をふらふらと歩く死んだ男の姿が見えるのではないか……。

だが、実際にはそんな馬鹿げたことはなく、同じ暗がりが広がるばかりだった。ジュディスは用心しながら周りを手で探ってみた。壁が立ちふさがっている。ジュディスはその壁をひととおり手探りで確かめた。ドアが一つあるだけだが、鍵はかかっている。何よりも、どこにも人の気配がない。指先からは、リンバートの死後に積もり始めた埃が感じられた。鍵が回る音だなんて、馬鹿げた空想にすぎなかったんだわ。

突然、頭上で何かが動くのを感じた。動いているのは光だけだ――徐々に開くドアの隙間から広がる光の帯。もう一つ部屋があったのをすっかり忘れていた。メアリー・アロウの部屋だ。ジュディスは狭い階段のさらに上方に顔を向けて仰ぎ見た。光は弱々しかった。だがその光に照らされて、ズボンを穿いた脚が上の階に立っているのがはっきりわかった。すると、低い声が聞こえた。「上がっておいでよ」

ジュディスは階段をさらにのぼった。上の階に着くと、さっき見えていた脚は消えていた。だがドアが開いている。その奥から、ガス灯の小さなシューという音と、同じような、だがもう少し大きなガスコンロの音が聞こえる。迷うことなく戸口をまたぎ、がらんとした部屋の中に入る。黒いコーデュロイのズボンとグレーのジャージを着た、自分と同じ年頃の女が、空っぽの暖炉の前に立っている。目の下にくまができ、顔はげっそりとやつれ、男っぽい服装をした体は頼りなく、弱々しそうだ。病気なのか、疲れているのか、あるいは消すことのできない絶望感に神経をすり減らしてしまったのか。女性はジュディスをちらりと見て、低い声で言った。「誰だか知らないけど、あなた、病気か、ひどい心配事があるか、疲れきっているように見えるよ」

＊

ジュディスは思わず笑っていた——弱々しく、だが相手を不快にさせることなく。と言うのも、ズボンの女性が小さなキッチンに姿を消したからだ。

「わたしもちょうど帰ってきたところなのよ」女の声が聞こえた。「ズボンを穿き替えて、やかんを火にかけたばかりなの。もう夜も遅いわよね。でも、紅茶を飲むには遅すぎないでしょう?」

「帰ってきた?　あなた、ミス・アロウなの?」

「そうよ」少しの間を置いて、やかんの熱湯をティーポットに注ぐ音が聞こえた。「あなたはギャビンを探しに来たの?」

ジュディスは背筋にチクチクとした奇妙な痛みを感じた。「いいえ」彼女は言った。「ミスター・リンバートを探しに来たんじゃないわ。あの事件の——」

「今は留守みたいよ」メアリー・アロウがトレイを持って、再び姿を見せた。ジュディスの訪問を、ごく当たり前のように受け入れている。「上がってくるときに彼の部屋のドアを叩いてみたの。返事はなかったわ」

ジュディスは部屋の真ん中に立ち尽くしていたが、今はどこかに腰を下ろしたくてたまらなかった。辺りを見回し、一番手近にあったピアノの椅子に座った。「ねえ、あなた――」ジュディスはためらった。〝長く家を空けていたの?〟と訊くつもりだった。が、その遠回しな質問さえ、目の前の奇妙な状況には不用意な気がした。「本当にわたしの分まで紅茶を淹れてくれたの? 優しいのね」

メアリー・アロウは、トレイを部屋にある唯一のテーブルに置いてから、まるで今初めて目に入ったかのようにそれを見下ろした。「紅茶」彼女は言った。「ええ、そう――紅茶ね」

「おいしそうだわ」あまりにも馬鹿げたその発言に――なにせ、まだティーポットと空っぽのカップ二個しか見えていないのだ――ジュディスは自分がいかに落ち着きを失っているかに気づかされた。「夜に紅茶を飲むのは、大好きよ」どことなく正気ではなさそうな女を前にして、ジュディスにはせいぜいくだらないおしゃべりを重ねて、その場を盛り上げることしかできなかった。メアリー・アロウのほうがずっと堂々としている。〝あなたが誰だか知らないけど、どこか病気じゃないの〟と口に出せるぐらいに。

「ギャビンにも声をかけたら上がってくるかな? ああ、忘れてた――出かけてるんだった」ティーポットを手に持ったまま女が立ち尽くす。「ギャビン、出かけてるのよね」彼女は繰り返した。低い声から感情が消えたのは、自分が抱えている困惑や絶望に、彼女自身が気づくまいと懸命に押し隠しているためだと思えた。

「ギャビン・リンバートのことは、よく知ってるの?」ジュディスは直接的な質問をしながら、メアリー・アロウの目をじっと見つめた。見たくないものがそこにあった。恐怖なのか、痛ましい感情がさっと走ったのだ。だが徐々に、何事もなかったかのように気持ちを持ち直していった。

「わたしたち、付き合ってるの——ほとんど誰も知らないけどね」女はジュディスにティーカップを渡しながら、その瞬間、当惑したように疲れきった眉をぎゅっと寄せた。「どうしてあなたに話したのかな。こういうのって好きじゃないから、めったにしないのに——大っぴらにひけらかすような話は」

「そんなふうには聞こえなかったわよ」

「言っちゃったものはしかたないわね。ご覧のとおりよ。部屋は別々にあって、非常階段で繋がってるの。ギャビンが二人のことは秘密にしたいって言うから。何でも、頭の古い親戚の手前、そうしなきゃいけないんだって。でも実のところ、彼自身の性格なのよね。と言っても、本人は気づいてないんだろうけど」女はまた眉をひそめると、気持ちを紛らせるために額を押さえようとして、上げかけた手を止め、代わりに髪を撫でつけた。「おかしいな、今夜はやっぱりしゃべりすぎるわね……このところ具合が悪かったような気がするの」彼女は訳がわからないという表情でジュディスを見つめた。

「失礼なことを言うようだけど、わたし、あなたとは知り合いなのかしら?」

「いいえ、実は初対面なの。ジュディス・アプルビイよ」

メアリー・アロウは首を振った。「初対面にちがいないわね。ジュディスという知り合いはいないはずだもの。ジュディスって呼んでもいい？　この辺りじゃファースト・ネームで呼び合うの」

「是非そう呼んでちょうだい」ジュディスは口を閉じた。「今どこから帰ってきたの、メアリー?」

メアリー・アロウは答えようとして静止し、背を向けて部屋を横切った。開いた缶詰を持って戻ってきた。「ジンジャー・クッキーが少し残ってたわ」そう言うと、ジュディスの頭越しにまっすぐ遠くを見つめた。よくわからない世界へ引きこもってしまったようだ。

だがジュディスは再度試みた。「今日は一日、何をしていたの？」

「そうね、あれやこれや」メアリーは、退屈か無関心を装うように悲しげな声で言った。「あなたは何を？」

「ショッピングをしてたわ。それから主人と昼食に出かけたの」ジュディスは、淡々と事実を話すのが有効だと考えた。「その後、二人で内覧会《プライベート・ビュー》に行ったのよ」

効果てきめんだ。メアリー・アロウの顔は紅潮し——まるで少女のように頬を染めている——全身が震えだした。彼女は腰を下ろし、今度はジュディスの顔を正面から見つめた。「ギャビンとわたしだけの合言葉と同じね——〝秘密の覗きごっこ《プライベート・ビュー》〟」

ジュディスは黙り込んだ。だが、これはなまめかしい個人的な打ち明け話ではない。きっと彼女が置かれている奇妙な精神状態にとって、何かとても重要な点にちがいないのだ。

「わたしが非常階段から、彼のアトリエをこっそり覗くの。あそこの鎧戸は穴だらけだから。わかる？」訊くまでもない質問を、彼女はすがるように尋ねた。

「ええ、わかるわ」

「ギャビンを好きになったばかりの、まだギャビンがわたしの存在にすら気づいていなかった頃、よくそうやって覗いていたの。恥ずべき行為かもしれないわね。不適切で下品なことだけど——どうしてかしらね、ただ彼が作業しているところが見たかったのよ、ときには夜遅くまで。付き合うようになってから、もちろん彼に打ち明けたわ。それで、二人のあいだでは、それを〝プライベート・ビュー〟って呼ぶことにしたの。その後もときどき続けてたのよ――遊びでね」ジュディスの目の前にいる錯乱状態の女は、今や制御できない動揺の波に襲われ、ひどく苦しんでいた。「今もわたしたち、そう呼ぶのよ……今も二人で――」

ジュディスは、深く静かなメアリー・アロウの慟哭に耳を貸しながら、警察はもう着いただろうかと考えていた。できればあと五分か十分の猶予がほしいと願っている自分に気づいた。医者と、それに看護師も呼んでもらう必要があるだろう。それはまちがいない。だがせめて今だけは、堅苦しい取り調べや耳障りな足音に、この部屋を侵されたくなかった。運命のいたずらがこの瞬間に自分を彼女と引き合わせた以上、ここはわたしが責任をもって彼女に真実と向き合わさせなければ。ちょうどさつき始めた探偵の真似事と同じだ。専門知識はまったくないし、大失敗に終わるかもしれない。だが、急《せ》かすべきかゆっくり待つべきか、同情的になるべきか無関心でいるべきか、優しく尋ねるべきか鋭く切り込むべきか、それらの正しい答えを知らなくても、やらなければならないのだ。ジュディスは立ち上がり、テーブルを回り込んで、メアリー・アロウの肩に手を置いた。「メアリー。自分をごまかすのはよくないわ。あなたもわかっているんでしょう、このままじゃだめだって。忘れていたことがすべてよみがえろうとしているの、よみがえらせないといけないの。記憶が戻ろうとしているのは、あなたがもうそれに耐えられるほど強くなった証拠だわ。考えてみて。あなたが直面しなければならない事実が一つあるでしょう。それは何？」

「ギャビンは死んだ」

そう認めることで、果てしない深みから引き上げられるような効果があった。あるいは、生命の誕生のようだった。メアリー・アロウは椅子に深くもたれ、全身が震えてはいたが力は抜け、額に汗を浮かべているものの、何かしらの平穏を見つけたようだ。ごく当たり前のように、まるで老練の産婆のように、ジュディスはカップに紅茶を注ぎ足した。

「それしか覚えてないの――ギャビンが死んだってことだけ。彼は今、下の階にはいないのよね。彼のドアをノックするなんて、馬鹿げたことをしたわ。お墓をノックするのと変わりない……彼が死んだことを、あなたは知ってたの？」

「知ってたわ」

「昨日？」

「彼が――亡くなったのは、十日前よ」

「覚えてないわ。何も覚えてない。きっと記憶をなくしてたのね」しばらくのあいだ、まるで悲惨な喜劇の一場面のように、ぼんやりと悲しげにしていたメアリー・アロウの顔を、大げさな驚きの表情が取って代わった。「こういうことって、現実には起きないものだと思ってたわ」

「いいえ、起きるのよ――そんな予兆が表れたことのない人間の身にも起こり得ることなの。記憶喪失については、驚くほどさまざまなケースが報告されているわ。主人から聞いて知っているのよ」ジュディスはどういうわけか、しゃべることこそが力となり、メアリーに普段どおりの環境を取り戻させる役に立つと信じていた。「主人は仕事の関係で、そういう人ともかかわることがあったの」

「あなた、結婚してるのね、ジュディス？　お医者さんと？」

「主人は医者じゃなくて、警官なのよ」

「まさか、信じられない」メアリーの声に焦りが聞こえ、非難するような視線をジュディスにさっと向けた。「病気――頭の病気になると、こういう目に遭うから嫌なの。みんな、でたらめを言うんだから」

「ごめんなさい、メアリー。言い方が悪かったわ。主人はロンドン警視庁《スコットランドヤード》で犯罪捜査局の責任者をしているのよ」

「へえ、なかなかやるじゃない」メアリー・アロウの頭の中で、ごく小さなユーモアの泡が浮かんで弾けた。「あなたはそういう人間とお似合いって感じがするもの、ジュディス。そしてわたしには、お似合いの人間なんかいない。厳しいね」メアリーの顔から血の気が引いていく。「それに、あたしには受け止めきれなかったってことね――ギャビンが死んだことを。馬鹿よね、考えてみれば。これまでに恋人を失った女性なんていくらでもいるけど、みんなが取り調べを受けたり、警官のくだらないおしゃべりの種にされたり、そんなぶざまな真似はしないじゃない」声がかすれ、再び泣き始めた。ジュディスは黙っていた。ここは余計なことを言うべきではないだろう。やがてメアリーが顔を上げた。「ごめんね、くだらないおしゃべり警官とか言っちゃって。きっとあなたの旦那さんは大丈夫だと思うわ、ジュディス」

「そうね――あの人は大丈夫よ。ただ――」

突然ジュディスは、たった今ジョンは大丈夫じゃないかもしれないという強烈な感覚に襲われた。メアリー・アロウの恋人は残酷な殺され方をした。ジョン自身が飛び込んでいった意味のわからない戦いの中の、ただの一手として。一瞬、メアリー・アロウのことも、彼女の抱えている悲しみのこともジュディスの頭からすっかり消え、パニックのあまり凍りついたようにじっと座っていた。時間の感覚を失っている。警察は何時間も遅れているのかもしれない。自分はこの打ちひしがれた女性と、もう何時間も話し込んでいるのかもしれない。ジュディスは向かいに座るメアリーの顔を見ると、自分がすっかり別の心配事に焦って不安にとらわれていたことに、良心の呵責を覚えた。かすかな炎のように浮かんだメアリーの生気が、再び消えてしまったからだ。正面から向き合おうとしていた現実から、もう一度逃げ出そうとしているように見える。今度こそ修復できないほど壊れてしまった小さな機械のようだ。でも、また元気を吹き込むことはできるはず。それはまちがいない。それには誰かが力を貸さなくては――それも、かなりの力を。

ジュディスが顔を上げた。下のほうから声がして、足音と、どこかのドアを大きくノックする音が聞こえる。そのノックを聞いたとたん、彼女の全身を勢いよく血が巡り始めた。秩序、安全、そして迅速かつ効率的な行動が、ノックの音とともに彼女に戻ってきた。足音が中階段から響き、彼女のすぐそばでまたノックが響いたかと思うと、制服の警察官たちが部屋に入ってきた。その後ろから、どこか郊外の寮で大慌てで着がえてきたらしい私服姿の男が現れた。キャドーヴァー刑事が、あからさまなまでの安堵とともに、同じぐらいにあからさまな非難を込めた表情で彼女を見ていた。この場で今すぐわたしを叱り飛ばすつもりか、でなければ今は怒りを温存して、後でジョンに八つ当たりするのか――敬意は表しつつも、執拗に。

ジュディスは跳び上がるように立った。メアリー・アロウが彼女を見上げる――怖がっているようだが、同時にぼんやりと、けだるそうにもしている。「ジュディス」彼女は尋ねた。「この人たちは誰？　いったいどうしたの？」

ジュディスは優しく彼女の腕を引いた。「世界がまた動きだすのよ、メアリー。動きださなきゃならないの」

第十一章

「緑色のハンバーですか？」キャドーヴァーが、ジュディスの話を聞きながら何か走り書きしては、そのメモを受け取った巡査たちが部屋を出ていく。

「ええ、そうよ。ジトコフが部下たちにトラックを追わせていると言ったら、それが緑色のハンバーなのはわかっているとチェリーが言って、上手《うわて》を取った形になったの」

「あまり台数の多くない色ですから、多少は絞れますね。夜明けまでには見つかるはずですが、運がよければもっと早く捕まえられるでしょう。それで、チェリーと名乗っていた男ですが、レディ・アプルビイ。彼はそのハンバーを、逆に追跡していると仄めかしていたのですね？」

「そうなの」

「でも、自分たちはどういう車に乗っているか、あるいは別の移動手段で追っているのかは言わなかった」

「ええ、そういった情報はまったく漏らさなかったわ。そこにジトコフは感心していたの――まさかチェリーの仲間が、自分の部下にずっと貼りついていたとは知らなかったから。それで、チェリーとは話し合いで折り合いをつけるべきだと判断したみたいよ。その直後に二人そろって部屋を出ていったの」

キャドーヴァーは腕時計を確かめた。「あれから一時間近く経っています。今頃はまた殴り合っているかもしれませんね。二人の貴重な折り合いとやらは、わたしは信用しません」また何かをメモに書きつけた。「泥棒同士で交わした紳士協定など、一時間もあれば魔法の効力は切れますからね」

ジュディスは、がらんとした部屋の奥にいるメアリーに目をやった。「彼らを単なる泥棒だと思っているの？　わたしには理解できないわ。あの人たちは、何と言うか——ともかくずいぶん大勢いるみたいなのよ」

「それだけ大規模な窃盗事件なのです、レディ・アプルビイ。ライバル関係のギャング同士で、戦利品を巡って互いの喉を切り裂き合う事案を、わたしはいくらでも見てきましたよ。それも、今回のような世界的に価値のある絵画に比べれば、はるかに値打ちの低いものを巡って。さて、そろそろ行きましょうか」

ジュディスはそれまでキャドーヴァー刑事のことを、腰の重い、どちらかと言えば熟考型だと思っていたが、今はその考えを捨てようとしていた。手帳にメモを取りながら、別の紙に次々と指令を書いては部下に届けに走らせ、質問をし、返ってきた答えを吟味し、その合間に時おりでたらめな道徳的格言を差し挟む精神的な余裕まである。彼もジョンのことが気がかりなのだろうか、とジュディスは思った。当然ながら、そんな様子はまったく見せないのだが。立ち上がったキャドーヴァーは今——倫理的観点からか、美学的観点からか——メアリー・アロウの黒いズボンを咎めるように一瞥するのに、しばし時間を割いていた。ジュディスも立ち上がった。「ミス・アロウはどうするの？　とても一人きりにしておけないわ」

「それはそうですね」キャドーヴァーは、まるで初めてその問題に気づいたかのような口ぶりで言った。自分の冗談を楽しむために、少しばかりエネルギーを割く余裕があるらしい。「もちろんです——ここに置いていくわけにはいきません」

「よかったら、わたしのうちに連れて帰ろうと思うんだけど」

「それは素晴らしい提案ですね、レディ・アプルビイ」キャドーヴァーは新たなメモを書いて、隣にいた巡査に手渡した。まるでサインをせがまれる有名人のようだわ、とジュディスは思った。「まだかなり錯乱しているようです。下の車まで彼女と一緒に降りてあげてくれませんか」そう言って後ろを向き、ドア口に立っていた男に矢継ぎ早に指示を伝える。「女性特有の心遣いですよ」彼は話を継いだ。「このような悲しい出来事においては、それで実に癒されるものです。彼女にコートを着せられますか? それにバッグも、レディ・アプルビイ、もし見つかれば持たせてください。白粉、口紅——そういう細々《こまごま》した身の回り品も。そうしたものが少しでも手近にあると、みんな結構しゃべるものです……おい、そこのきみ。馬鹿みたいに突っ立ってるんじゃない」

「しゃべるですって?」ジュディスは驚愕した。「彼女、とても話ができる状態じゃないわ。ともかく、お医者さんを呼ばなくちゃ」

「フィッシュガードだ」キャドーヴァーが、また別の部下に言った。「フィッシュガードを忘れるなよ。ホリヘッドやリバプールやヘイシャムと同じぐらい重要な町だ……医者を呼ぶのはとてもいい考えですね、レディ・アプルビイ。さて、下へ行きましょう。車が待っています」

彼らは下に降りていった。ジュディスは今度も肉体的な疲労をまったく感じることなく、メアリー・アロウの部屋から続く階段を降りた。ただし、前回はエスカレーターのようだったのが、今回はベルトコンベヤーに乗せられた気分だった。そしてキャドーヴァーは今、イングランド南部のすべてに、同じようなベルトコンベヤーを張り巡らせているのだわ……ガス・ストリートは相変わらず薄暗く、静かだった。〈トーマス・カーライル〉から音楽は聞こえてこず、きっと今夜——あるいは今朝——はもう店じまいしたのだろう。再び強制捜査に踏み込まれることを恐れているのかもしれない。なにせ、警察官が大勢来ていることは一目瞭然なのだから。大型車が二台、Uターンをして通りの入口に向け、エンジンをかけたまま待機している。ガス・ストリートに並ぶ、より上品な家々では、たくさんのドアや窓が開いていて、いったい何事かと中から覗かれているようにジュディスには思えた。近くの暗闇からまた手際のいい、だが余裕のある話し声が聞こえたと思う間もなく、彼女は暗くて広い車の中でキャドーヴァーの隣に座っていた。車が走りだす。「待って、メアリーは？」彼女が言った。「一緒に乗らないと」

「ミス・アロウですか？　彼女ならもう一台の車に乗せましたよ、レディ・アプルビイ。よくよく考えてみたら、まっすぐ〝ロンドン警視庁《ヤード》〟に連れていったほうがいい」

ジュディスは腹を立てた。「でも、うちに連れて帰ってもいいって——」

「医者に診せようとおっしゃったのはあなたですよ、奥さん」キャドーヴァーがその呼び方をするのは、頑として言い分を譲らないときだということを、ジュディスはよく心得ていた。「実に賢明な提案です。そしてヤードなら、すぐに医者が駆けつけてくれます。こういう悲惨なケースについて幅広い経験を積んだ医者です」

「でも、わたしも一緒に——」

暗闇の中でキャドーヴァーは身を乗り出し、手に取った機器に向かって話しだした。無線の一種だろうとジュディスは思った。もう一台の車に話しかけているのかもしれない——あるいは大都市リバプールに向かって、重要度はフィッシュガードの町と同程度にしか思っていないと伝えているのかもしれない。彼女は失望しながら座席にもたれた。だが、キャドーヴァーがまた彼女に話しかけてきた。

「もちろん、あなたも一緒にヤードへいらしてください。お望みなら、ミス・アロウに付き添っていただいてかまいませんよ。三十分以内に着きますから。その前に、少しだけ寄り道をしますが」

「ありがとう。もちろん、わたしも一緒に行くわ……主人もいるのかしら、警部？」

「サー・ジョンはヤードにはいらっしゃいませんでしたよ、レディ・アプルビイ。それに、今夜はどこの警察署にも連絡しておられません。ですが、もしも彼から連絡が入れば、それがイギリス中のどこであっても、十分以内にわたしに知らせがくることになっています」

「なるほど」暗闇の中で、ジュディスはその情報を直視した。「ジョンは相変わらず、一人で突っ走るのが好きなのね」

「そのとおりです、レディ・アプルビイ。でも無理もありませんよ」キャドーヴァーは、まるで子どもに甘い父親のような口調で言った。「退屈な仕事《ワーク》ですからね、ずっとデスクに座っているのは」彼はその発言の重みを強調しようとするように、間を空けた。「〝遊びもせずに勉強《ワーク》ばかりしていては、つまらない子に育つ〟と言うでしょう？……いえ、もちろん――」彼は自分の感想が誤って解釈されないよう、ひどく気にしているようだ。「決してサー・ジョンがつまらない、などとは思いませんよ。むしろ、それとはほど遠い……ああ、着きました。十分ほど、ここでお待ちいただけ――」

「ここはどこ？」

「ステップトーのがらくた店の前です、レディ・アプルビイ」

「わたしも行くわ」

「だめです、奥さん――」

だがジュディスは、今度は一歩も譲らないと決めていた。「モーとは昔からの知り合いなのよ、警部。お役に立てるかもしれないでしょう。わたしも一緒に行くわ」

*

モーじいさんは、とても来客を受け入れるような状態ではなかった。馬毛を詰めたかなり古い、三本しか脚のないソファに横たわっていた。ジュディスはその様子を見て、まるで最近の流行に走った画家が〝わざと汚いものを描く写実主義〟のスケッチをした一枚の絵のようだと思った。さらに本物の馬の毛がソファのあちこちの裂け目から飛び出しているせいで、モーが人間外生物、曲線を描く奇妙な突起物のついた珍しい生き物のように見える。キャドーヴァーのベルトコンベヤーがすでにここまで伸びていたのは確かで、困惑しきっているモーの頭と足元のそれぞれに、巡査部長と巡査が見下ろすように立っていた。彼らを含めた絵面全体が、不気味な紋章を思い浮かべさせた。紋章なら下にラテン語のモットーが必要ね、とジュディスは場ちがいなことを考えていた。モーの名前をラテン語風にもじったような、そういう言葉が。「彼、怪我をしてるの?」彼女は尋ねた。

「ひどいもんです」巡査部長が厳しい顔つきで首を振った。「残忍で乱暴な手口ですよ」そう言うとキャドーヴァーに顔を向けた。「まだロンドンにこんなことをするギャングがいたとは思いませんでしたよ。それに店の中も――まあ、今しがたご覧になったとおりです。思い出しますよ、ひと昔前の〝ドゥードゥルバグ（第二次世界大戦時のドイツ空軍の飛行爆弾の呼称）〟をね。あいつらときたら、悪意をもってさんざんに建物を破壊しましたからね。例えるなら、陶器店の中で牡牛が暴れ回ったみたいでしたよ。さっきこの店に一歩入ったときも、この巡査にそう言ったんです。こいつは陶器店で牡牛が暴れたなって」

キャドーヴァーは、あからさまな低い唸り声を返した。「ここはがらくた屋だぞ、きみ。陶器店じゃない。そもそも破壊と言うが、ここにあるものは、ほとんどが五十年前からすでに壊れていたんだ。だが、そうは言うものの」キャドーヴァーは明らかに、公正なところを強調しようとしていた。「たしかに信じられない惨状だな。わたしもそこは同感するよ……ところで、そいつはどこが悪いんだ？」ひとかけらの同情もにじませることなく、ステップトーを指さす。「撃たれたのか？」

「いいえ。打撲です。頭部に複数カ所の打撲傷があります。電話機のそばで倒れているのを発見しました。凶悪犯どもに総がかりで殴られたにちがいありません。すでに医者を呼びに行かせました」

「よくやった。だが、医者を待たずとも取り調べは充分できる。その男、意識はあるぞ、巡査部長。きみたちは一杯食わされていたのだ。さてと」そう言ってキャドーヴァーはステップトーを乱暴に揺すった。「おい、今わの際《きわ》ってわけじゃないんだろう、それはあんたがよくわかっているはずだ。さっさと起き上がって、自供しろ」

ステップトーは目を覚ましかけたのか、かすかなうめき声をあげた。

「つまらない芝居に付き合っている暇はない。誰か、バケツに水を汲んできてそいつにぶっかけろ。そうすれば意識が戻るだろう」

ステップトーがまたうめき声をあげた――だが今度ははるかに大きく。「用意できたか、巡査部長。そう、頭のてっぺんからだ」

滑稽なほど唐突に、ステップトーががばっと起き上がった。「暴行だ」彼は言った。「わしの弁護士はどこだ？　乱暴されそうだ」

「たしかに、弁護士の世話にはなるだろう。それも、とびきり頭の切れる弁護士でないとな」キャドーヴァーは険しい目つきで、息を吹き返した骨董品商を見た。「さてさて、ここで何が起きたんだ？誰に襲われた？」

「あのときも警察にやられたんだ。真っ当な商人に、乱暴で理不尽な襲撃をかけてきたんだ。貴重な在庫品にも損害が出た。おまけに、高級な老舗としての評判と信用を貶《おとし》められた」

「これは実に深刻な申し立てだね。だが、そんなことを言っても、山積みになったあんたの問題は軽減しないだろう。もし差し支えなければ、あんたを襲ったという警察官が誰なのか、教えてもらえないだろうか？」キャドーヴァーは息を荒らげていた。「その男の身元を明らかにできるのか？」

「もちろん、できるとも。あいつの顔写真なら、十回以上見たことがある。あんたの上司――あいつがやったんだよ。名前はアプルビイ。サー・クソッタレ・何とかアプルビイだ」

ステップトーは現在直面しているあまりに失望的な状況に、何でもいいから気分が晴れるような衝撃発言をすることに喜びを見出したのだろうか。彼を取り囲む数人の警察官たちは、各々に怒りと驚きを表していた。キャドーヴァーは一歩後ずさり、目を細めてじっとステップトーを見つめた。ジュディス・アプルビイが大声を上げた。「ジョン――主人ですって？　どういう意味なの？」

「言ったとおりの意味だ――わかるだろう？　アプルビイはわしを殺そうとした。それは深刻な事実だ。それも、何の理由もなくだぞ。少なくとも、説明するほどの理由はなかった」ステップトーは急に不機嫌で用心深い顔つきになった。「ほかの誰かがが正当でない手段で入手した品物が、そうとは知らないわしの手元に回ってきた可能性は否めない。この稼業をやってる以上、その心配は常について回る。警察もよくご存じのはずだ、わしがもう何年もそれを心配してたって、ひどく心配してたってことを。この何年もな」

「警察はそれ以上のことも、よく存じあげているよ」キャドーヴァーの視線には、今ははっきりと敵意が込められていた。「そして仮にサー・ジョンが、おまえの悪さをしばらく止めようとした結果、おまえを気絶させたのだとしたら、必ず正当な理由があったはずだ。おまえのほうからサー・ジョンに襲いかかったのだろう？」

「断じてそんなことはない」

「しかも、おまえはきっと銃を使ったはずだ。武器を持っていなければ、おまえに勝ち目などないからな。わたしに言わせれば、それは立派な殺人未遂だ。それにこの一連の事件では、本物の殺人も起きている。それはおまえもよく知っているだろう。おまえは身の丈を越えた深みに踏み込んだんだよ、モー。何万ポンドという価値ある絵画の窃盗に関わった。だが、今はもっと重い罪に問われようとしている。さあ、真実を聞かせてもらおうか。今さら話したところで、大して有利になることはないだろうが、少しは刑が軽くなるかもしれない」

いつの間にか背筋をピンと伸ばしてソファに座っていたステップトーは、ばつが悪そうにもぞもぞと動いた。「あんたの言ってることに、多少は思い当たるふしもある。だが、わしは単に利用されただけだ。商売がうまくいってなくてね、サー、全然うまくいってなかった。それに、わしは誘惑されたんだ。たったの五十ポンドでだ、サー。考えただけで惨めな話だろう。きちんとした商売人が、たった五十ポンドの報酬と引き換えに名誉を捨てたんだから。このことは、あんたの上司にも全部説明した。自分の過ちに気づき、正義がなされることを願って、何もかも彼に白状したんだ、本当さ。なのに急に」——モージいさんの声は、哀れを乞うようにひどく感傷的になった。「理不尽にも乱暴に襲いかかって——」

「もう結構だ。ようやく真実に近づいてきたんだ、くだらない話に戻る暇はない。その盗まれた絵を、おまえが持っていると認めるんだな？　デルフトのヤン・フェルメールという画家の絵を、今持っているんだな？」

短い沈黙が流れた。モージいさんは哀れっぽい目をジュディスに向け、自分のために何か劇的なとりなしをしてくれないかと、女性特有の情けに訴えかけた。「ああ——持っている」

「その絵がホートン公爵の所持品だと知りながら？」

「そうだ」

「おまえはその絵と、同じルートで入手したもう一枚の絵を、ギャビン・リンバートという画家に渡したのだな？」

「あいつが誰かは知らなかったんだ。ときどき店に来る客という以外は」

「そのときはそうだったのかもしれないがね、ミスター・ステップトー。その後おまえか仲間の誰かがリンバートのアトリエを割り出し、おまえはあらためて絵を取り戻そうと彼に話を持ちかけた」

「わしは弱みにつけ込まれたってあいつに抗議したんだ、あのときはガウとフォックスが店を調べに来ていたからな。詐欺師がよく使う汚い手なんだ。だが、そのリンバートってやつは詐欺師じゃなかった。紳士だったよ」ステップトーは本心から悲しんでいるようだった。「あんたがこんなひどいことをするなんて驚きだ、とわしは言った。刑事さん、きっとあんたでも同じ気持ちになったはずだ。特に贅沢品の売買に携わるわしらにとって、今は商売が厳しいときだっていうのに」

「今日の午後」キャドーヴァーは腕時計を見て言った。「いや、昨日の午後、おまえはミスター・ブラウンのギャラリーからまんまとフェルメールを盗み出したな？」

「それがわしだという証拠はない」

「そうかもしれない。いずれにしろ、フェルメールはこの店に再び持ち込まれ、夜遅くなってからサー・ジョン・アプルビイがその件について調べに来たのだな？」

ステップトーはためらっていた。どうやらまずい点にさしかかったらしく、筋の通る話をでっちあげて押し通すつもりのようだ。「サー・ジョンはたしかに調べにきた。侵入したと言ったほうがいいな、実のところ。きっと壁をのぼって裏庭に忍び込んだんだ。合法的じゃない、ああいうやり方は。少なくともこの国では違法だ。あれが合法だったのはゲシュタポぐらいで――」

「くだらない話はもう聞かないと言っただろう。サー・ジョンが訪ねてきたとき、おまえの仲間はこの店か事務室にいたのか？」

「もちろん、いなかった。わしは一人きりだった、夜はいつも一人だ」

「そのときここにあの絵があったかどうか、まだ聞いていないぞ」

「あった」

「今もあるのか？」

「あるはずだ」ステップトーは神経質そうに唇を舐めた。「もしないとすれば、それが誰の仕業かは言わなくてもわかるだろう」

「今の言葉の意味を説明してくれないか」

「あんたのところのサー・ジョン・アプルビイが持っていったに決まってるじゃないか、わしを殺そうとした後で。あの絵にどれほどの価値があるか、あんたもさっき言ってただろう。何千ポンドもするって。いくらロンドン警視庁《スコットランドヤード》のお偉いさんとは言え、きっと――」

思いがけないことに、キャドーヴァーがくすっと笑った。「おいおい、ステップトー。なかなか面白い筋書きだが、誰もそんな話を信用しないことは、おまえだって承知のはずだ。フェルメールが持ち去られたことは信じよう。つまり、サー・ジョンがここにいるあいだに、おまえの仲間が来たわけか？」

「どんなわけだろうと、わしの知ったことか、くそったれ――」

「レディ・アプルビイの前で、汚い言葉を使うんじゃない！」またしても思いがけないことに、キャドーヴァーが突然怒鳴った。「おまえが呼び寄せたのかどうかはともかく、共犯者がここへ来て絵を持ち去ったのか？」

「たしかに来たとも。わしが電話で伝言したからな。きっとトラックで乗りつけて、絵を積んで逃げたんだ。たぶんな」

「どういう意味だ、たぶんというのは？」

「はっきりわからないからだよ――そうだろう？」ステップトーは、すっかり激昂していた。「あんたの上司は、下におれの仲間が来たことに気づいたとたん、おれに襲いかかって気絶させたんだ」

「すぐ気絶したのか？　ほかに何もわからないのか？」

「意識を失ってしまう間際に」――モーじいさんはその表現に精いっぱいの哀れっぽさを込めようとした。「あいつがわしの店をめちゃめちゃに壊している音が聞こえた気がする」

「とてもじゃないが、考えにくい話だと思わないか？　むしろ、おまえの仲間がサー・ジョンに襲いかかっている音だったんじゃないのか？」

「そうだとしたら、わしは一切関係ない」

「そうだろうか」キャドーヴァーは、恐ろしいほど慇懃な口調になっていた。「たしかに弁護士を頼んだほうがよさそうだ、ステップトー。あんたの置かれている状況がいかに厳しいものか、真っ先に説明してもらうといい。だが今は、この質問に答えてくれ。もしもあんたの仲間がそのトラックで――トラックの特徴もすぐに聞かせてもらうが――フェルメールを持ち去ったのだとしたら、いったいどこへ向かったのだろうね？」

「さっきも言ったじゃないか、わしは利用されただけだって。わしの役目は、最終的に国外へ密輸できるように、絵に地塗りをすることだったんだ。あのフェルメールにもう一度地塗りをするはずだった――フェルメールじゃなくて、リンバートの作品に変身していたがね。でも、その後の計画については何も知らされていなかったんだ」

「今そのトラックがどこにいるか、おまえにはまったく見当がつかないと言うのか？」

「まったく」

「では、サー・ジョン・アプルビイがどこにいるかも知らないわけか？」

「知らないね」ステップトーは、再びいらいらと腹を立てていた。「わしにはどうだっていいことだ」

ジュディスの心は一気に深く沈んだ。モーの話のうち、少なくとも今の部分は充分筋が通っているように思えた。彼女はキャドーヴァーを目で追っていた。一時的とは言え、行き止まりにぶつかってしまったと認めるかのように、キャドーヴァーは背を向け、物が散乱した狭く汚い店の奥へ歩いて行った。

＊

キャドーヴァーは身を屈め、床に落ちていた何かを拾った。開いた手を伸ばしながらステップトーの元へ戻ってくる。「どうもかすかに火薬の匂いがすると思ったよ、ステップトー。ほら、弾があったぞ。見てみろ」

ステップトーはむっつりとした表情で、その平たくつぶれた小さな鉛の塊に目をやった。巡査部長も覗き込んだ。「われわれが入ってきたときには、電球が粉々に割れていたんです。下の階から替えの電球を持ってこなきゃならなくて。その弾が当たったんですね、きっと」

キャドーヴァーがうなずく。「きっとな……ぞっとする眺めじゃないか、ステップトー。いずれおまえを待ち受けている運命を予感させるよ」

すでにひどく歪んでいたステップトーの顔が、さらに不気味なまだら模様になった。「上に向かって暴発しただけだ」彼はつぶやいた。「撃つつもりじゃなかった――わしはただ自分の身を守るために、銃を見せて脅かすつもりだったんだ。なのに、アプルビイが銃を叩き落としたんだ」

「リンバートもおまえの手から銃を叩き落とそうとしたのか？――サー・ジョンとちがって、動きが遅すぎたのか？」

「わしは、あの殺しとは関係ない」ステップトーの体がぶるぶると震えている。「わしも仲間もだ。どうやって絵を取り戻そうかとずいぶん話し合ったが、そんな手段は誰も考えていなかった。これまで暴力に訴えたことなどない。誓って、一度もない」

キャドーヴァーがこれに飛びついた。「それなら、おまえは単に利用されただけだというさっきのくだらない話は嘘だったんだな？　おまえは初めからこの件に関わっていた――実のところ、窃盗団の重要なメンバーの一人だった、そうだな？」

ステップトーは黙り込んだ。まだ落ち着かない様子で弾丸を見つめている。

「確認しておくが、リンバートが死んだ当日に彼に会いに行ったのを除けば、昨日の午後の〈ダヴィンチ・ギャラリー〉での一件まで、彼のアトリエからフェルメールを取り戻そうと行動を起こしたことはないと言うんだな？」

ステップトーは強調するように大きくうなずき、と同時に思いきり鼻をすすりだした。いかにもこれから泣く準備をしているようだ。「神にかけてそれが真実だ、誓うよ。そもそもリンバートの居場所を突き止めるのに時間がかかったんだ。なのに翌朝には、もうやつは死んでいて、あの建物中《じゅう》が警官だらけだった。その後、やつのアトリエはすっかり封鎖されちまったんで、しばらく待つしかないと判断した。問題はスタッブスのほうだ。あのスタッブスを盗んだのはまちがいの元だって、わしはかねがね言ってたんだ。リンバートの所持品の中にスタッブスがあると誰かに気づかれて、あれこれ調べられたら、スカムナムの一件まで嗅ぎつけられて、警察はリンバートの持っていたすべてのキャンバスを細かく調べるかもしれない。それさえなければ、すべてはうまくいくはずだった。フェルメールは姿を変えていて、わしが地塗りした真っ白なままか、リンバートが死ぬ前にその上から何かを描いたのか、どっちにしろ大して価値があるとも、詳しく調べる必要があるとも思うはずがない。リンバートの作品が売りに出されたら買い取ろうと思っていた――盗み出すことができなかった場合だが」

「ようやくおまえも正直に話す気になってくれたじゃないか」キャドーヴァーの口調に、情けとも呼べそうなものが混じっていた。「結果的には別の絵が描かれていたんだろう？　どうやって目指すべき絵を見分けられたんだ？」

「絵の大きさだよ、サー——フェルメールの絵の寸法を知っていたんだ。手下の一人が〈ダヴィンチ・ギャラリー〉に入り込んで展覧会の設営作業を手伝っていたのでね」

「なるほど。ミスター・ブラウンとやらがリンバートの絵を大々的に宣伝して遺作展を開いたうえ、高価な値札をつけたことには、さぞ苦々しい思いをしただろうね。だが、どうして昨日の午後、絵をもう一度盗み出すことにした？　堂々と買えば、それ以上のリスクを負わずに済んだじゃないか」

「そんな金はなかった」

「それは嘘だわ、警部」口を挟んだのはジュディスだ。「〈ダヴィンチ・ギャラリー〉ではたぶん二、三百ポンドの値をつけていたけど、五十ポンドまで値切れることぐらい、この人たちなら知っていたはずよ。それぐらいの資金がなかったとは思えないわ」

キャドーヴァーはうなずき、ステップトーのほうを向いた。「さて、今の発言に反論は？」

「何もない」

「あの絵を買うのではなく、盗もうとしたのには、何か理由があったはずだ。それは何だ？」

「どんな理由かは、あんたもよく知ってるはずだし、とやかく言われる筋合いはない」ステップトーはこの点について、明らかに不当な扱いを受けていると思っているようだった。「あんたら、あのときにはもう嗅ぎつけてたんだろう？」

ほんの一瞬、キャドーヴァーがその言葉の意味を考えているようにジュディスには思われた。「つまり、警察がすでにフェルメールの行方を突き止めていたと、おまえはそう思っていたのか？」

「〈ダヴィンチ・ギャラリー〉に潜り込ませた部下から聞いたんだ――昨日の朝、展示会が始まる直前のことだ。誰かがギャラリーの近辺を嗅ぎ回って、あちこちで妙なことを訊いてるらしいってな。カメラまで持っていて、ブラウンコフ――あんたの言うブラウンだな――にも展覧会の写真を撮ってもいいかと尋ねていたらしい」ステップトーは怒ったようにそこで間を空けた。「本当は指紋の採取もしたかったんだろうよ。あれは刑事《ボギー》だったんだろう？　わしらがぐずぐずしているうちに、そいつがあんたの上司に何もかも報告したら、あの絵は押収されて運び出され、数日もすれば地塗りを剝がされてスカムナム・コートに戻されちまう。どうしても昨日の午後のうちに盗み出さなきゃならなかったんだ。でなきゃ、あんたやボギーたちに先を越されちまう」ステップトーがまた間を空けて続けた。「なんたって、そのアプルビイとかいう上司までもが現場に足を運んで、成り行きを見守っていたんだからな。それで、わしらはそいつのくそ――いや、目の前から絵をかっさらってやったのさ。トラックは、ギャラリーのすぐ外でスタンバイしていた。今にもあいつにすべてを暴かれそうになったからこそ、わしらは急きょ行動を起こしたわけだ」

キャドーヴァーは、能面のような表情のまま話を聞いていた。だが、ジュディスは抑えきれずに息を呑んだ。「じゃあ、こういうことなのね」彼女が問い詰める。「もしもわたしが――もしも主人が昨日の午後〈ダヴィンチ・ギャラリー〉に出向きさえしなければ、今もフェルメールはあそこにあったのね？」

「あったかもな。リスクを冒しても、一日か二日はあのまま様子を見ながら、ブラウンコフを丸め込む方策を考えてたかもしれない。だが、そんなリスクは冒せなかった。ボギーが何人も嗅ぎ回ってるんじゃな」

キャドーヴァーが腕時計を見た。「おまえが言う〝ボギー〟とやらが警察官を指しているのなら、それはとんだ見当ちがいだ」ステップトーを険しい目で見つめる。「まさかおまえは、フェルメールを狙っていた別のギャングがいることを、まったく知らなかったと言うのか？」

「いったい何の話だ？」

「たぶん、二組《ふた》いるんだがね」

一瞬、ただでさえ印象の悪いモージいさんの顔に、信じられない、何がなんだかさっぱりわからないという表情が浮かんだ。それから安堵したように息を呑んだ。「みんな、今の話を聞いたな？」そう言って、みすぼらしい事務室にいる全員の注目を集めるように、ぐるりと見回した。「この人の言ったとおりだ、そしてあんたたちみんなが証人だ。警察は、フェルメールを狙っているのが犯罪組織だという合理的な疑いを抱いている。つまりわしと仲間は、リンバートの身に起きたすべてとは無縁ということになる。この事件には、名のある犯罪者たちが執念を燃やしていた——われわれのように絵の取引市場におとなしく携わっている売買人とはまったくの別口だ。いや、待て待て、今ギャングが二組いると言わなかったか？　それだ。ギャング同士の抗争だ。そのせいで死人が出たんだ。警察がそんな暴力沙汰を止められずにいるとは、実に驚きじゃないか。イギリス人の仕業じゃないな。血の湧きたつ連中だ」見事に体調を回復したモージいさんは、キャドーヴァーと警官たちに向かって、虐げられた納税者として非難に満ちた視線を投げかけていた。

「やつらが実にしつこい連中だというのは、おまえの言うとおりだよ、ステップトー。どのみち、おまえの仲間にとっては手ごわい相手だったんだ」

「たしかにそのとおりかもしれないな、サー——まさしくそのとおりだ」モージいさんの頭の中で、明らかに悪知恵が目ざとく動きだしていた。「わしは暴力とは無縁の人間だからな、絶対に——わしの仲間もだ」

「彼らを仲間と呼べるのかね？　おまえは見捨てられたんじゃないのか？」

「わしは批判的な人間ではない」モージいさんは、その教養ある表現を誇らしげに披露した。「彼らは出来得る限りの力を尽くしてくれた、責めることなどできない。わしも決して彼らを裏切らない。ただし」——モージいさんは同じ速さでまくしたてるようにつけ足した——「彼らの行き先に心当たりがあるとしたら、あんたに教えないわけではない。自分の犯した過ちに気づき、そのような好ましい態度を示せば、刑が軽減されると信じているからな」

キャドーヴァーが軽蔑するように唸った。「おまえはよっぽど刑を軽減してほしいらしいな。例の頭の切れる弁護士に、主張どおりに、自分は単に利用されていただけだと押し通してほしい。大事なお仲間がフェルメールを持って、無事に逃げきってほしい。どこかに隠してある報酬の五十ポンドが——たぶん本当は五千ポンドなのだろうがな——刑務所を出るまで誰にも取られずに残っていてほしい。そんなことを望んでいるんだろう？　だがな、ライバルの存在を計算に入れ忘れているぞ、ステップトー。やつらがあの絵を見失ったと思っているのなら大まちがいだ。一組《ひと》であれ二組《ふた》であれ、ギャングはたった今あの絵を追跡中だ。教えてやろう、そのうちの一組《ひと》はこの瞬間も、おまえたちのトラックのすぐ後ろにくっついて、緑色のハンバーで追っているんだ」

「あの緑色のハンバーか！」モージいさんは驚いた。

「何か知ってるんだな？」

「店を閉めるとき、緑のハンバーが、この周りをゆっくり走ってるのを見たんだ。こんな界隈に、少し妙だなと思ったんだが」

「その妙とやらが正解だったのだ。その連中は、フェルメールがおまえの手元に戻ってきていると推測したんだよ、ステップトー。そして、夜になって近所が寝静まるのを待ってここへ侵入し、おまえの喉を掻っ切り、絵を持ち去るつもりだった。ところが実際には出遅れて、おまえの仲間のトラックが先にここへ来ていた。だが、走りだしたトラックを追いかけるときは出遅れなかった。この先、車の通らないおあつらえ向きの道にさしかかったら、きっとすぐに行動を起こすつもりだろう。いや、すでに行動を起こして、今頃は焼け焦げたトラックの中で、おまえの仲間の死体が炭になっているかもな……そんなに怯えた顔をするなよ。おまえはこれからわれわれの庇護のもと、ずっと長く安全に生き延びられるんだから」

　モーじいさんは、たしかに怯えきっていた。おそらく溺れた人間が浮かべるであろう恐怖の表情が、彼の顔に浮かんでいた。今度こそ、身の丈を越えた深みにはまっているのは明らかだった。「そんな馬鹿な」彼はあえいだ。「安全でいられるものか……警察は――」

「警察は情報を求めている。おまえも充分知っているだろうが、今この場で証言すればいい。隠し立てしたところで、少しもおまえのためにならない。どの道おまえの仲間はあの絵を手放すことになるのだから。だが、もし自分から進んで話せば、いつの日か判事がおまえに有利なように考慮してくれるかもしれない。必ず有利になるとは言ってないぞ――ただ、そんなことがおまえの身に起こらないとも限らないと言っているだけだ」

「何が訊きたい？」

「何が訊きたいか、おまえがよく知ってるはずだ。まず、サー・ジョン・アプルビイはどうした？」

「言っただろう、まったく見当もつかないんだ。たぶんわしを殴った後、裏の物置小屋から絵を持ち出そうとしていたわしの仲間を捕まえに行ったんだと思う。彼らに殺されたんでなければ。言っておくが、たぶん殺してないはずだぞ、わしらはみな暴力には反対だからな。もし生きてるんなら、今もわしの仲間を追っているんじゃないのか。緑色《グリーン》のハンバーを護送車《ブラック・マリア》で追いかけてるんだろう」

「そこを聞かせてもらわなきゃな。さあ、ステップトー、白状するんだ。おまえの仲間は、どこへ向かってる？」

　しばらくモージじいさんは黙っていた。「ギャングがいるってのは、嘘じゃないんだな？」あまりにも素朴なその質問は、滑稽に聞こえた。

「嘘じゃない。おまえも緑色のハンバーを見たんだろう」

　モージいさんはうなずくと、緊張が解けて急にしょんぼりと肩を落とした。「幹線道路Ａ４号線だ」彼は言った。「レディングまで行って、バークシャーダウンズの丘陵地帯を越えた先、フォーリーの北に目的地がある。緊急事態が起きた際には、すぐに飛行機で絵を国外に運び出す話になっていた。そこに行けば、おんぼろ飛行機乗りの男が引き受けてくれるはずなんだ」

　キャドーヴァーは例のメモ帳を取り出した。「道順を詳しく聞かせてもらおうか」彼は言った。「それが済んだら、おまえがゆっくりできるところへご案内しよう。これからはしばらく静かに過ごせるさ」

第十二章

キャドーヴァーたちは再び大きな警察車両に乗り込み、ほかに車の走っていないロンドンの道を疾走していた。ジュディスは腕時計を見るまいと思いながら、すでに深夜だということだけはわかっていた。不安に駆られてキャドーヴァーを質問責めにするまいとも決めていた。モーじいさんと対面したキャドーヴァーは見事だった。彼が尋問の手順について、厳しいほど職務に忠実なことはジュディスもよく知っていた。必要不可欠な情報を訊き出すためにと、きっと彼なりに脅迫寸前のところまであの悪党を攻め続けたのだろう。それは彼がジョンの無事を案じているという何よりの証拠だ。だからこそ、ジュディスはキャドーヴァーに何も訊けなかった。

やがて、キャドーヴァーが口を開いた。「ご主人は、後先考えずに乗り込んだのでしょうね、レディ・アプルビイ」

「きっとそうだわ」

「いかにもサー・ジョンらしいです。そしてわたしの知る限り、彼が無事に戻ってこなかったことは一度もありません」

「ずいぶん幸運に恵まれてきたようね」

「そう考えていただいてもかまいません。ですが実際は、いつも敵が予測していない最後の一撃を用意しておられるのです。今もそうなのだと、わたしは思っていますよ」

それはまさしくジュディスが訊きたかったことだ。だが、不安を打ち消してくれる言葉欲しさの、しらじらしい質問はしたくなかった。車はエンバンクメントに差しかかり、スピードを上げていた。チェルシー・リーチの船上にいくつか灯りが見え、ヴィクトリア駅方面からガタガタとテムズ川を渡る、長い貨物列車の金属音が前方から重く響いている。ミルバンクで曲がり、車やタクシーがいくらか走っているパーラメント・スクエアでスピードを落とした。「みんな遅くまで働いてるのね」ジュディスは機械的に言った。

キャドーヴァーがうなずく。「議会が閉会すると、クロック・タワーのてっぺんの灯りが消えるんですよ」まるで子どもに教えるような口調で言うのを聞いて、ジュディスはキャドーヴァーが懸命に考えを未来に向けているのだと感じた。次に口を開く前に、車がスピードを落として止まった。「すでに必要な指示を出してあることは、言うまでもなくご存じですね。ですが、より効果的な追跡作戦を練るために、ここで十五分間費やす価値はあると考えています。それが終わったら、わたしもあのトラックが走った道順をたどりながら、無線で指揮を執る予定です、レディ・アプルビイ。この車でご自宅までお送りするよう指示してあります。何か摑んだら、たとえ小さなことでもすぐにご連絡します」彼はドアを開けて急いで降りた。「ご心配は要りませんよ」

「メアリー・アロウを忘れてるわよ」ジュディスも続いて車を降りた。彼女の両側にそびえ建つ、安っぽい外見のロンドン警視庁《スコットランドヤード》の二つの庁舎は、まるで渓谷の岩壁のようだった。

「忘れ物には気をつけているつもりでしたが」キャドーヴァーには、軽い皮肉を言う暇はあるようだ。

「ごめんなさい。いえ、つまり、メアリー・アロウに会わせてくれる約束を忘れてるんじゃないの、という意味よ。わたしも〝ヤード〟にお邪魔してもいいかしら?」

「ええ、一緒に彼女を探しましょう、今すぐに。こちらのドアからお入りください」

キャドーヴァーが戸口をまたぐのを待たずに、制服の警察官たちが次々と彼に伝言メモを手渡しに来た。いくつかは無言で受け取り、いくつかには手短かに指示を出す。そのあいだも立ち止まることなく、キャドーヴァーは長い廊下を大股で進んでいった。ジュディスもその後を追った。こんな時間帯に訪れてみると、見慣れた景色とはどこかちがう気がした。石鹸の匂いがする。脇の廊下を覗くと、バケツとモップを使って作業をする男たちの一団が目に入った。なるほど、ああやって掃除をするのね。家でもできそうだわ。音がうるさいけど……胃が揺らぐような感覚に驚くと、いつの間にかエレベーターに乗って上昇していた。

キャドーヴァーのオフィスに入るのは初めてではなく、以前に一度か二度、公式に訪問したことがあった。だが今は、何もかもが変わって見えた。色味のないわびしい蛍光灯の光を受けて、部屋にいる人々の姿がまるで歩く死体のように見える。一番大きな壁には、いつもは「遺失物」や「殺人容疑で手配中」や「一〇〇ポンドの褒賞金」といった最新の署内掲示物が、歴代の内務大臣のサイン入り顔写真に迫るように乱雑に貼りつけられているのだが、今はすべてが大きな地図の裏に隠れている。地図の前には、電話機をずらりと並べた長いデスクがあった。そのうちの一台、また一台と赤いランプが光りだす。三人の巡査が電話に応え、メモを取っている。それらのメモは別のデスクにいる、いかにもパブリックスクール出身者らしい、緊張してこわばった表情の若者の元に届けられ、彼はそれを読みながら、マイクに向かってひっきりなしに話している。見栄えのいい光景ではないものの、ジュディスはこの効率の良さは完璧だと思った。戦闘の現場の陰には、必ずこういう部署がある。そして必ずああいう若者がいる、とジュディスは思った。かつてのジョンも、きっとあそこから始めたのね……。彼女は空いた椅子を見つけて腰を下ろした。船のサイレンが、川のどこか遠くから聞こえてきた。すぐ外の廊下を、誰かがバケツとモップをカチャカチャ鳴らしながら通り過ぎていった。

キャドーヴァーは、十分間ほど大きな地図に目を留めていた。どうやら彼の立てた作戦のあらましを、隣で時おりメモを取りながら聞いている刑事に説明しているようだ。今の自分には説明を聞いたところで理解できるはずがないことは、ジュディスにもわかっていた。気分が高ぶって、とても落ち着いていられない。と同時に疲れきっていて、このまま一人で座って待っているうちに眠ってしまいそうだった。もし本当に居眠りをしたら、きっと椅子から転げ落ちるだろう。それではあまりにみっともない……彼女ははっと顔を上げ、キャドーヴァーが近づいてくるのに気づいた。勢いよく立ち上がる。決して質問責めにしないと決心したはずだったにもかかわらず、思わず言葉がこぼれ出た。

「何かわかった?」

彼は首を振った。「いいえ、今のところは」

「そうだろうとは思ったのよ――今のところは」

「少しばかり手を打つことはできました。と言っても、消極的な手ですが。とにかく、この時点で断言できることは一つだけです」

「何について?」

「フェルメールです、レディ・アプルビイ――あのフェルメールの絵についてです。今夜は本島のどこからも、あの絵を乗せた飛行機が飛び発つことはありません」彼は突然腹立たしく言った。「そんなことができると考えたのなら、ステップトーの仲間は大馬鹿者だ」

「ほかのギャングたちは？――彼らも大馬鹿者なの？」

キャドーヴァーはジュディスに鋭い視線を向けた。「やつらは例を見ないほど馬鹿げた仕事を引き受けてしまった。きっとそのせいでこの件にはこうも理屈に合わない要素がたくさんあるんでしょう」

「そうかしら？」ジュディスは、このお堅い専門家に向かって意見を述べるのに、いくぶん気おくれを感じていた。「わたしにはいろんなことが、だんだん一つに見えてきた気がするんだけど、多かれ少なかれ」

「多かれ少なかれではなく、すべてが一つ《イン・トート》の答えを示さなければいけないのですよ、レディ・アプルビイ。そうでなければ、安心して成り行きを見守るわけにはいきません。あなたが盗み聞きした男――ジトコフでしたか――の計画にとって、ステップトーは未知の要素なのだと……そんなふうに言っていたのではありませんでしたか？」

「そうよ、ほぼその言葉どおりだったと思うわ」

「そうですね。一方、ステップトーの計画にとっては、ジトコフとチェリーが未知の要素だったでしょう？　ステップトーは二人のことはまったく知らなかった、そう思いませんでしたか？」

「そんなふうに見えたわ」

「それなら、われわれが立てようとしている計画にも、未知の要素があってもおかしくない」

「でも、今頃はジョンがその〝未知〟の正体を突き止めてくれているかもしれないわ」

キャドーヴァーは彼女をじっと見つめていた。それから――部屋の誰もが驚くことに――大声で笑いだした。「素晴らしい」彼は言った。「今夜聞いたすべての中で、一番思慮深い考えです。では、ミス・アロウに会いに行きましょう。この廊下のすぐ先にいますから。医者によればずいぶん具合が落ち着いたそうですよ」

ジュディスは狼狽した。「あの可哀想な女性から、無理に話を訊き出すんじゃないでしょうね？」

「彼女のほうが話したがっているのではないでしょうか。そうだといいのですがね」

「重要な話かしら？」

「わたしが思うには――普段のわたしからすれば合理的な考えではありませんが、レディ・アプルビイ――すべてを解く鍵は、彼女が握っているはずです」

＊

警察医はかなり若かった。デスクでマイクに向かって話し続けていた男とほとんど変わらない。キャドーヴァーが褒めていたような豊富な経験を積んできた可能性を、ジュディスは強く疑った。だが医者は、メアリー・アロウの症状については自信があるようだった。「正真正銘の一過性全健忘にまちがいありません、捜査官」そう言うとジュディスのほうを向いた。「ひと言で言いますと、記憶を失っているのです」

ジュディスは、おそらくは親切心から教えてくれようとした彼の気遣いを、冷ややかな思いで受け止めた。ずいぶん冷たい仕打ちじゃないの、と内心で思う。病気の女性を張りぼての警察署に連行するなんて。救急車で大きな病院に搬送するべきだったのよ。でも、どんな局面にも冷静に接し、その冷静さを失わない人間が一人ぐらいいなければならないのでしょうね。特にこんな夜には……。「彼女、今どこにいるの?」

「隣の部屋です。この時点でわかっていることを捜査官にご報告したら、お連れしましょう。あなたは彼女のご親族ですか?」

「こちらはレディ・アプルビイだぞ」キャドーヴァーがあきれて言った。「現在のミス・アロウの様子は?」

「健忘状態が回復し始めたのは、ほんの数時間前からでしょう。誰かが彼女を発見したとき──」

ジュディスが割って入った。「わたしが発見したんです、ドクター」

「なるほど。それでしたらきっと、彼女が非常に混乱した状態にあることはおわかりになったでしょうね。多くのケースでは、その状態が長く続きます。ですがこの女性の場合、きわめて順調に頭の中の整理が進んでいます。最初に記憶が戻り始めた場所と時間について、はっきりと覚えているそうです。真夜中のヴィクトリア駅だったと。頭はぼんやりしていたものの、いきなり真夜中になっていてびっくりしたことを除けば、特に驚きは感じなかったそうです。それから自宅に帰り、紅茶を入れて、誰かとしゃべったのだと。それがあなただったのですね、レディ・アプルビイ?」

「そうよ」

「彼女を診察してからまだ一時間も経っていませんが、彼女は当初から、ジュディスという名の人間には心当たりがないと、ひどく不安がっていました。彼女はある意味、その作り上げた不安の陰に隠れていたのでしょう、真の問題を避けるために。彼女にとって、問題から逃れる最後の悪あがきでした。だがもう逃げ隠れはしていませんよ。会いに行きますか、捜査官?」

「ちょっと待ってくれ」キャドーヴァーが隣のドアの前で立ち止まった。「ミス・アロウは、ほかのものからも逃げていた。われわれは一週間以上彼女の行方を捜していたが、何ひとつ痕跡が見つからなかった。一過性全健忘はよくある症状かもしれないが、そこまで完璧に姿を消すことはそうそうあるものじゃない。この点の説明がつく話は聞けたのか？」

「彼女はヴィクトリア駅で、一つ不思議に思うことがあったと言っていました。財布にほとんど現金が入っていなかったのです。それから、なぜそんなことを不思議に思うかを、不思議に思ったそうです。というのも、いつも大して現金は持ち歩かなかったからです。緊急時に備えて、十ポンドほどの現金を常に部屋に置いていたと。だから何かが起きたのなら、きっと反射的にその金を持って家を出たはずだと言っていました」

キャドーヴァーがうなずいた。「そのとおりだ。わたしの情報と一致する。ところで、彼女は歯ブラシを持っていなかったかい？」

若い医師はじっとキャドーヴァーを見つめた。「ええ、バッグの中に歯ブラシが入っていましたよ。彼女が白粉のコンパクトを取り出したときに気づきました。ついでに言えば、彼女は非常に清潔でした。何度か入浴していたんじゃないでしょうか」

ジュディスは唇を嚙みしめた。人間は誰であれ、いつバスに撥ねられるかわからない。だがその瞬間から人間ではなく、物体として扱われてしまう……意思に反して質問が口からこぼれ出た。「お風呂に入って何がいけないの？」

「重要なのはですね、レディ・アプルビイ、ミス・アロウが日常的な習慣を怠らなかったということなのです。それはつまり、彼女がただちに、明らかに、自分で身の回りの始末ができない状態ではなかったということです。そうなると、彼女は知人あるいは警察による発見を意図的に避けようと計画し、実行できた可能性が出てきます。いろんな意味で、自ら身を隠していたのです。言うまでもありませんが、どんなヒステリー性遁走《とんそう》のケースでも、患者の目的はまさしくそれなのです」警察医はドアを開けた。「ほとんどの場合は失敗に終わります、あっという間に。実際にどこかへ逃げることは、とても無理です。混乱して突飛な行動を取れば、すぐに見つかって入院させられますからね……やあ、ミス・アロウ」若い医者の声は急に、きびきびとした仕事上の陽気さと自信を帯びていた。「お友だちが来てくれたよ……コーヒーを全部飲んだんだね？　素晴らしい」

「ここのコーヒー、とてもおいしいんだもの。飲まない人なんていないと思うわ、ドクター」

礼儀正しい軽口をたたける余裕が、精神的にバランスがとれている証拠だと言うならば、メアリー・アロウはまちがいなく正気を取り戻している、とジュディスは思った。だが肉体的には、まだ疲れきって見えた。彼女の顔色は、着ているグレーのジャージに負けないほど色味に欠けており、目の下のくまは、穿いているズボンと同じく黒いままだ。やわらかな肘掛け椅子に横たわったまま、彼女は訪問者の顔を順に眺めた。それからかすかな笑みを浮かべた。「わたしが知らないはずのジュディスね」

ジュディスがそばに寄った。「ここの居心地は悪くない、メアリー？」

「悪いなんて言ったら、失礼ってものだわ。あなたのご主人もここで働いてるって言わなかった？　会うのを楽しみにしていたんだけど」

「ジョンは――今はここにいないの」

「残念ね」メアリーは興味を失ったようだ。床がどの程度の重みに耐えられるかを試すように、両方の足の裏をそっと床につけた。「そろそろ家に帰るわ」

ジュディスは、隣にいるキャドーヴァーの体がこわばるのを感じた。彼が一歩踏み出した。「車を用意してありますよ、ミス・アロウ。いつでもお好きな場所まで送ります。ただし――」

「それを聞いて安心したわ。もしかしたらわたし、拘束されてるんじゃないかと思い始めていたの――こういうの、拘束って言うんでしょう?」

「誰も拘束なんてしませんよ、ジャーナリストの想像の中の話です」キャドーヴァーの職務に忠実な面が頭をもたげた。「いつでもお帰りいただいてかまいませんよ。ただし、ミスター・リンバートの死の真相を明らかにするのに役立ちそうなことがあれば、いずれお話を聞かせていただかなければなりません。それがどれほど苦しいことかは承知していますが――」

「任務のためだけの優しさはやめてよ、捜査官――勘弁してちょうだい。ドクターからも、さんざんそんな扱いを受けたんだから」メアリー・アロウが顔をしかめる。「わたし、まだ言動がおかしいのかしらね? こんな失礼なことを言うつもりはなかったのに。ええ、もちろん、話せることは全部話すわ。でも、できたら今夜じゃないほうがありがたいな。真正面から向き合うのは辛いのよ。だって、わたしとわたしの正気があんなふうにぶっ飛んじゃったのも、それが原因なんだもの。それと――頭を殴られたせいだわ」

「頭を殴られた!」キャドーヴァーが医者のほうを向いた。「そんな痕跡が?――」

「転んだか、ぶつけたような痕ならありました」若い男は慎重に言葉を選んだ。「もしもミス・アロウが精神的なトラウマと身体的な損傷の両方を受けたのであれば、何もかも説明がつく――」

「そうだろうな」キャドーヴァーはメアリー・アロウに、偽りのない心配の目を向けていた――彼の顔にそんな表情をはっきりと見るのは初めてだわ、とジュディスは思った。

メアリーはふらふらと立ち上がった。「明日なら」彼女が言った。「明日ならいいわ――そちらがよければ」

「無理なお願いはしたくありません。ですが、今の捜査状況を考えると、今すぐこの場でお話を聞かせていただくことが、非常に重要なのです」

「ギャビンは死んだの。悪いけど、わたしにとって非常に重要な状況っていうのは、それしかないわ。でも、明日会いに来てよ。わたしがここへ来てもいいし」彼女はジュディスのほうを向いた。「そのときにはご主人もいらっしゃるかしら？　話をするなら、あなたのご主人が一番ふさわしいような気がするのよ」

ジュディスは首を振った――そして一切の不安を悟られないように注意しながら口を開いた。「残念ながら、主人が来られるかどうかは――」

だがキャドーヴァーはジュディスほどの心配りをしていられなかった。「ミス・アロウ、どうか聞いてください。本来あなたの話を聞く役目は、レディ・アプルビイの夫だったはずです、もしも今この場にいたのなら。だが、ここにはいない。そしてわれわれの誰にも彼の居場所はわかりません。ですが、彼がギャビン・リンバートの死の真相を調べていたために戻ってこられなくなったのはまちがいありません。レディ・アプルビイ、正直に申し上げますが、見通しはいよいよご主人の身に危険が及んでいることを示し始めています。われわれの仕事は、ときには危険に直面することもありますが、なにしろサー・ジョンは誰よりもこの仕事がお好きですからね。とにかく彼を助けるには、できる限り全体図を摑む必要があるのです」

メアリーがまた腰を下ろした。目を丸くしてキャドーヴァーを見つめている。「それで、わたしが何か思い出したら、それが役に立つの？」

「そのとおりです。今この瞬間、混乱した連中がどこかで執拗な悪事を続けており、われわれにはまだ理解できなくとも、それはリンバートの死と何らかの関連があるはずなのです。サー・ジョンは、その真っ只中にいるのかもしれません」

　メアリーは顔をしかめた。自分を取り囲む現実世界から伝わる情報を整理するのに、まだ苦戦しているようだった。やがて片手を伸ばしてジュディスの手に触れた。「わたし、わかってなかったの」彼女は言った。「わたしのこと、冷たい人間だと思うでしょうね、見下げた人間だって。でも、何もかも現実のものだとは感じられなかったのよ。法律も、刑罰も、保護制度も。全然知らなかったの……ご主人のこと」再びキャドーヴァーに顔を向ける。「何をしてるの、さっさと何でも訊いてよ」

*

　若い医者は部屋を出ていった。代わりに現れた巡査部長が速記録を取る準備をしている。父親らしい雰囲気と思慮深さを合わせ持った年配の男だ。そして彼と似たような性質を常に変わることなく漂わせているキャドーヴァーの顔に、聡明で博愛に満ちた新たな深いしわが刻みつけられているようにジュディスには思えた。ここでは誰もが仕事に没頭しているのだと思った。そして誰よりも仕事にのめり込んでいたのは、まちがいなくジョンだ。でも、彼が今回の事件に関わったのは、わたしのせいだ。わたしがジョンを無理に〈ダヴィンチ・ギャラリー〉の内覧会《プライベート・ビュー》に連れて行きさえしなければ――。

ジュディスは、自分がしばらく空想に浸っていたことに気づいた。〝二十二日の月曜日の夜に起きた一連の事柄について〟そう口火を切って取り調べを始めたのが、キャドーヴァーなのか、もう一人の巡査部長なのか、どうにもはっきりしない。〝プライベート・ビューが……〟そう、メアリーは秘密の覗きごっこ《プライベート・ビュー》の説明もしなければならないわね。〝二十二日の月曜日の夜に起きた一連の事柄は、プライベート・ビューに端を発したのです〟〝それはどのようなプライベート・ビューですか、マダム？〟〝赤ん坊が入ったままの浴槽のお湯を、レディ・クランカロンが捨ててしまったのです〟〝その破壊的場面の写真はお持ちですか？〟〝いいえ――でも、「天地創造の第五日と第六日」がはっきり写ったスナップ写真なら持っています〟……。

ジュディスははっと目を覚ました。彼女が座っているそばにあるカーテンのない窓から、冷たい夜風が吹き込んでいた。今は単なる長方形の暗闇でしかないが、昼間はテムズ川の向こうにロンドン市庁舎と、その後ろのウォータールーの煙まで見渡せる。突然彼女は、あまりにも巨大なロンドンの広さを実感した。黒く蛇行する川に切り裂かれ、どこまでも続く網目状の街が、彼女を取り囲むように広がっている。足元のずっと深くには、地下鉄の空洞が続いている。頭上には、さらに殺風景で機能的な部屋がいくつもあり、夜遅くまで残っている犯罪捜査局の捜査官たちが、この件とは別の殺人や行方不明、強盗、反逆、窃盗などの事件を捜査している。静止した街の外側には、イギリス全体を覆うさらに黒い夜の闇が広がっている。その暗闇を、眠りをむさぼる村々のぼんやりとした灯りがにじませ、鋳物工場のまぶしい炎が貫き、レンガや自動車の車体やセメントや、新しい勤務先へ引っ越す事務員、職人、教師たちの家財道具を積んで夜通し走っている大型トラックなど、無数の車両のヘッドライトが射していく。そしてその無数の車のどこかに――まるで幻想のように――フェルメールの「水槽」を運ぶトラックが走っている。イギリスの夜暗を疾走するその黒い小型トラックの中には、また別の不気味な暗闇に満ちた海底世界がある。大小さまざまな、一ダースほどの奇怪な空想上の怪物たちが、宝石のようにきらめく色とりどりの光を放ちながら、彼らだけの異世界を奇跡的に作り上げている。静かな町や細い路地、洒落たドレスを着た娘、それに糸巻きを操っているレース編み職人を描いた、かの画家が、近代的な潜水球を使わなければその存在を証明できないかけ離れた海底の世界を、いったいどうして想像できたのだろうか？　それは誰にもわからない。誰も、二度とその絵を目にすることはできないのかもしれない。そしてジョン・アプルビイの姿を目にすることも……。

ジュディスは自分の気持ちを抑えるように、目の前の話に耳を傾けた。〝二十二日の月曜日の夜に起きた一連の事柄について〟メアリーが話している。理路整然と、そして時おりキャドーヴァーの質問に促されるように。

「あの日ギャビンは〈トーマス・カーライル〉へ出かけたの。会員でもなかったんだけどね。彼にとってあの店は、馬鹿げていてくだらなくて、関わりたくない場所だった。ただあそこに行くと、ときどきアイディアが湧いてくると言ってたわ。抽象画家って言ったって、やっぱりほかの人間と同じで、自分の周りの人や物を観察することが不可欠なのね。ギャビンは近所のよしみだからときどき顔を出してやってるだけだ、なんて言ってた。そして、入店を断わられたこともなかった。彼って、たいてい自分の思ったとおりにしちゃう人だったの、わかるかしら。強引で――でも同時に、人を惹きつける魅力というのかな、そういうものに満ちていたわ……わたしはいつも、それがいつかトラブルの元になるんじゃないかと思ってた。いつか彼が、自分の中に満ちているものはそれしかないのだと――つまり、彼が望み、夢見たものは何も持っていないのだと気づいたら、さぞや激しい無力感に襲われるだろうと思ってね。もしも自分に才能がないとわかれば、わたしなんてあっさり捨ててしまうことは、わたしも自覚していたわ。

彼はあのクラブへ行った——ちょっと覗くだけのつもりで、早めの時間に。戻ってきたのは、真夜中より前だったはずよ。そして話をしにわたしの部屋へ上がってきた。彼は——」

「そのときは、非常階段をのぼってきたのですか、ミス・アロウ?」

「ちがうわ——普通に、中の階段を使って。彼はけっこう長いあいだしゃべり続けていた。ときどきそうやって、作業に向かう気持ちを高めていたみたいなの。そうやって……そうやってひとしきりしゃべって、それからまっすぐ部屋に戻って絵を描き始めるの。彼はあのとき、同じように絵に興味を持っていた学生時代の友人に会ったって言ってたわ。クラッブという男で、ギャビンによれば、かなり落ち込んで疲れて見えたって。そのうちクラッブをおまえに会わせてやるかもしれない、アトリエに遊びに来いって誘ったからって言ってた。ほかにもいろんな話をしていたわ。全部聞きたい?」

「ステップトーという男の話は出ませんでしたか?」

「話してたわ」メアリーは驚いたように言った。「それまでステップトーなんて名前は聞いたことがなかったんだけど、ギャビンの口ぶりから、とても面白そうな人だと思ったの。ステップトーから中古のキャンバスと一緒に、がらくた店にあった古い絵を買ったけど、あれはジョージ・スタッブスの作品にちがいないって興奮してたわ。実はね、その日その男の人が訪ねてきて、絵を買い戻したいって言ってきたんですって。ギャビンはそれで疑いを持ったの。もしかすると、あの絵は本物のスタッブスで、どこかから盗まれたものじゃないか、だから警察に届けたほうがいいんじゃないかって言ってた。ステップトーについては、それ以上何も言ってなかったと思うわ」

「そのときに、あるいはほかの機会にでも、チェリーという男の話をしたことはありましたか?」

「ないわね」

「ジトコフはご存じですね、ミス・アロウ——一階に住んでいる彫刻家の。ミスター・リンバートは彼と特に近い関係にありましたか? どんな形であれ、二人は一緒に仕事をしたことがありましたか?」

「なかったと思うけど。挨拶を交わす程度で、それ以上親しくなかったと思うわ」

「そして今回の件に関しても、ジトコフの名前を出したことはなかったのですね?」

「何も言ってないと思うわね。でも——ちょっと待って——そう、言ってたわ。そのクラップって人が、ジトコフについて何か言ってたって。その夜ジトコフを見かけなかったかとか、ジトコフは来ていないかとか——クラップからそう訊かれたって。ちらっと言ってただけよ。ギャビンは特に気にしてたわけじゃなかったみたい」

「ありがとうございます。それから——」ノックの音がして、キャドーヴァーは言葉を切った。部屋に入ってきた巡査が伝言メモを手渡した。キャドーヴァーはそれをちらりと見て巡査を帰し、もう一度じっくり読み返して何か言いかけたものの、気が変わったのかメモについては何も語らなかった。

「これで話はあの日の真夜中まで来たわけですね、ミス・アロウ?」

「もっと深夜になってたわよ。ギャビンと話をしていると、いつも時間を忘れてしまうの。馬鹿みたいって思うだろうけど、ギャビンがわたしの部屋にいつ頃までいたのか、本当にわからないのよ。ようやく帰ると言って、屋内の階段を降りようとした。でも、うちのドアを出てすぐにまた戻ってきたの。『うろついてるやつらがいる』とか——そんなようなことを言って」

「おかしいと思いませんでしたか？　そんな遅い時間に」

「それはそうだけど、あそこでは変な時間に入ってくる人もときどきいるのよ。酔っぱらいが踊り場で寝ていたり、階段で愛し合ってるカップルがいたり。アトリエに住んでるような連中は、そういうことには寛容だから。わたしもそのとき、別におかしいと思わなかった。実はね、ギャビンは秘密の非常階段を使って行き来するのが好きだったから、てっきりそっちから降りたいがために、ふざけて頭に浮かんだ適当な言い訳を口にしたんじゃないかって思ったぐらいだった。とにかく、彼は非常階段から降りて、わたしは彼が出た後に窓を閉めた。そろそろ寝なきゃいけないと思って、服を脱ぎかけたときに、バーンという音が聞こえたの。ギャビンはいつも夜には鎧戸を閉めるから、その音かなって。何かあって、いつもより勢いよく閉めたのかなって思った。でも、頭のどこかでは、そんな音じゃなかったことはわかっていたと思う。不安で落ち着かなくなっていたわ。でも、馬鹿な考えだと自分に言い聞かせたの。その日ギャビンと寝なかったから、気持ちが落ち着かないだけだって」

巡査部長の鉛筆が手帳の上を滑らかに進んでいく。キャドーヴァーは靴の爪先をじっと見つめている。ジュディスには耐え難いほどに緊張感が高まり、メアリーの顔から片時も目が離せなかった。

「わたしは、誰かがうろついてるってギャビンが言っていたことを思い出した。でもそれまでに、ずいぶん時間が経っていたと思うの。本を読もうとしていたから。ようやくギャビンの言葉を思い出して、部屋のドアを開けて用心しながら階段の下を覗いてみた。ギャビンの階に、二、三人の人影がぼんやりと見えた。ひそひそ話をしていた――わざと声を落としている話し方よ、ふつうのひそひそ声じゃなくて。何を言っているのか、少し聞き取れたわ。一人が『あのナイトクラブの騒ぎはガサ入れだ――大したことじゃない。やつら、じきに引き上げるさ』って言ってた。もう一人が『それでも、鍵があったほうが音をたてずに仕事ができる。下の階の、もう一人の部屋に鍵があるんじゃないのか』って。はっきりとは聞こえなかったけど、もう恐ろしくなってしまって。それで部屋に戻って、ドアを閉めたの」

メアリーが口をつぐんだ。キャドーヴァーも今はすっかり話に引き込まれている。沈黙の中で彼の荒い息遣いが聞こえる。空のミルク缶を積んだ大型トラックとおぼしき車が、ウェストミンスター・ブリッジをガタガタと渡っていく音がした。

「それからわたし、非常階段を降りていったの。ギャビンの鎧戸は閉まっていて、閂までかかっていた。それは今までにもよくあったの。いつもはノックをして入れてもらってたわ。中の灯りは点いていた。部屋の中が覗けるのよ、鎧戸の二ヵ所にひし形の穴が空いているから。それを使った二人だけの遊びがあったのは、先にレディ・アプルビイにお話ししたわね。わたしの——わたしの秘密の覗き《プライベート・ビュー》ごっこのこと」

また沈黙が流れた。ここまで話してきて初めて、メアリーは先を続けるのが辛そうだった。キャドーヴァーが顔を上げる。「それで、あなたは何を目撃なさったのですか、ミス・アロウ、この聞き取り調査の対象となる時刻に」その公式な表現は、計算された重みと非人間性を伴って部屋の底へ沈んでいった。

「ギャビンは絵を描いているように見えた。わたしの予想どおりだったから、一瞬ほっとしたわ。一晩中《じゅう》描いていることもよくあったしね。それに、早く新しいキャンバスの輪郭取りを始めたいって言っていたから」

キャドーヴァーは素早く顔を上げた。「ステップトーの店から持ってきたキャンバスのことですか？　その絵の作業を始めたいと？　その時点まで手をつけていなかったのですか？」

「少なくとも、その朝はまだ真っ白だったわ。それに、部屋の中で何をしているのか、わたしにはよく見えなかった。イーゼルの位置がいつもとちがっていたから。でも、やがて何かが目に入って、ぎょっとしたの。イーゼルに向かってる男は絵を描いてるんじゃない、油剤を塗っていたの。そしてその瞬間にわかったわ……まるで殴られたような衝撃に、わたし、きっと声を上げてしまったのね。イーゼルの前の男がパレットを放り投げて、窓のほうを振り向いたの。もちろん、ギャビンじゃなかった。今までに見たこともない男だった――唇の歪んだ男よ」

*

　今度の沈黙は、永遠に続くようだった。キャドーヴァーは座ったまま、考えにふけっていた。メアリー・アロウの目は不自然なほど大きく見開いている。きっと幻覚を通してあの瞬間を追体験しているんだわ、とジュディスは思った。ようやくメアリーが再び口を開いたときには、その声はとても静かだった。

「そして、わたしのあげた悲鳴が、その男にとって致命傷となった。彼は不意打ちを食らったの。部屋のドアのほうからカチッと音がしたかと思うと、男たちがなだれ込んできた。男が何かを――何かはわからないわ――拾おうとしたその瞬間、さっきと同じバーンという音が響いた。それが何の音か、今度はわたしにもわかった。熱心に絵を描く画家のふりをしていた男が、わたしの視界から消えた。でも確信したわ、彼は死んだんだって。たぶん、男たちは三人だったと思う。視界は狭かったし、はっきりした人数はわかりにくかったけど。彼らは狂ったように部屋中の何もかもを壊し始めた」

「アトリエの中で何かを探していた、そうですね？」

「そうだったんでしょうね。わたし、鎧戸を叩こうとしたの。その瞬間、あることが起きた――あのときのわたしにとどめを刺す出来事が。二人の男が、邪魔になっていたソファを脇へ放り投げた。ソファはわたしの視界を横切って消えた。それから、別の何かを放り投げた。でもそれは、ちょうどわたしからはっきり見える床の真ん中に落ちた。頭を吹き飛ばされたギャビンだったわ」

「ミス・アロウ、もうそれ以上は話さなくて結構です」キャドーヴァーが立ち上がり、何やらぎこちなく同情的なしぐさをしている。明らかにひどく動揺しているらしい。「今回の件では本当に――」

「続けさせて、もうほとんどおしまいだから。もしかすると、時間が経てばもっと記憶が戻ってくるのかもしれないわね。でも今はその後の――その続きは何も覚えてないの。気絶しているうちに空白ができてしまった――そんな感じ。とにかく、わたしは自分の部屋に戻って、内階段へ出てみた。男たちがちょうどギャビンの部屋から出てきて、オートロックのドアを閉めた。下のジトコフの部屋のドアが開いて、そこで何か動きがあったようだった。誰かのうめき声が聞こえた気がした。そのときわたし、男たちが死体をかついで降りているんだって気づいた――まるでずた袋に詰めた荷物を運ぶみたいに、乱暴にかついでたのよ。それがギャビンの死体だと思ったら、わたし、あいつらに飛びかかってたの。誰かが振り向いて驚いた顔をしていた。きっとわたし、その男に殴られたのね。その後のことは何も覚えてない。ただ、自分が必死に階段を這い上がっていく場面が目に浮かんでくるわ。何かを取りに――訳のわからないものを追いかけるために、どうしても必要な何かを取りに上がる自分の姿が」

「現金ですよ、ミス・アロウ——それと、歯ブラシも」

「現金です」キャドーヴァーがとても優しい声で語りかけた。

第十三章

「スラウ、メイデンヘッド、トゥイフォード」大きな自動車は弾丸のように走っているというのに、暗闇の中のキャドーヴァーはなおも、はるか後方に遠ざかるオフィスの壁の地図を睨み続けているかのように言った。「やつらはそんなに速くは移動できないはずです。今にもレディング署から、すべてが解決したと連絡が入るかもしれません。レディングにいるのは、実に優秀な連中ですから」

ジュディスは速度計を覗こうと身を乗り出した。ダッシュボードには大小さまざまな円形の表示器が光っている。最新の博物館に展示された、惑星とそれぞれの衛星の模型のようだ。あるいは、航空機に乗って成層圏を飛んでいるところが思い浮かぶ。それほど車は滑らかに走り続けた。よく整備された道路だった。

ジュディスがお目当ての機器を見つけたとき、緑色だった表示器の照明が赤に変わった。それはつまり、このスピードで夜の街を疾走するには、少しばかり危険がつきまとうという意味かもしれない。針は触れもせず、時速八十マイルを指したままだ。まっすぐ前方に伸びる敷石の帯が、車の下へと異常な正確さで吸い込まれていく。まるでボタンを押すだけで勝手に容器の中へ戻る巻き尺のようだ……人間の頭って緊張すると、実にばかばかしいことを考えるものね、とジュディスは思った。まるで疲れ果てた小説家のように、つい比喩ばかり使ってしまう。声に出して話せれば気が紛れるのに。だが、車内ではさまざまな声が飛び交っていた。ほの明るい機器類が織り成す太陽系のすぐ下の暗闇から、声が次々と順序よく聞こえてくる。キャドーヴァーはほとんど黙って聞いていたが、時おりその声と会話を交わした。まるで順番を守るようによく訓練された霊たちが寄り集まる、奇妙な降霊術《セアンス》の会のよう……ああ、またやってしまったわ。

「まるで葬式のようですよ」いつの間にか声がしなくなっていることにジュディスは気づいた。そしてキャドーヴァーが自分に話しかけていることと、彼もまた比喩を使っていることに。

「お葬式のようって、どういうこと？」

「ほんのたとえです」キャドーヴァーは例に使った発想が、少しばかり縁起が悪かったことに気づいた。「なんとも奇妙な車列が、連なってゆっくりと走っているそうです。それがスロウ郊外で巡査の目に留まり、われわれに第一報が入ったのです」

「トラックの情報なの？　ごめんなさい、ちょっと頭が混乱しているみたい」

「その巡査が初めに気づいたのは、古い〝ベビー・オースチン（一九二〇年代に流行したオースチン社の小型車の愛称）〟でした。その巡査も以前からベビー・オースチンの愛好者なのかもしれませんね。オースチンの前にはオートバイ、そしてその前には緑色のハンバー社製のセダンが走っていました」

「トラックは？」

「走っていましたとも。彼は初め、トラックがあまりにゆっくりと走っているせいで、後続車の渋滞を引き起こしているのかと思ったそうです。ですが道は空いており、彼は突然、これは何らかの車列を組んだ一団なのだと気づいたのです。大当たりですよ――われわれのよく知るとおり、彼らは縦一列に連なって走っているのですから。なかなか頭の切れる男のようですよ。彼が目にしたのはまったくよくある光景だったのに、何かがちょっとおかしいと思った。そこで、オースチンのナンバーを控えておいたのです。そのとき見えていたのはオースチンだけですからね。署に戻ってみると、わたしが出していた手配書に思い当たることはなかったかと尋ねられ、すぐにその車のことを思い出したわけです」

「でも、オースチン——」ジュディスは口をつぐんだ。また例の声が聞こえてきたからだ。ジュディスがようやく口を開いたのは、何分も経ってからだった。「でも、オースチンまで入れると、一台多いわ」

「もちろん、それが車列のしんがりを走っているのは、単なる偶然かもしれません。ですが、メイデンヘッドを通過するときにもまだ最後尾についていましたので、当然ながら、万全を期すつもりです。今、そのオースチンを追わせています」

「追わせる?」ジュディスは暗闇の中で顔をしかめた。「車列全体を追っているんでしょう?」

「オースチンそのものではなく、車両の登録情報を追わせているのです」キャドーヴァーはどこまでも辛抱強かった。「所有者の名前とか。意外な事実が出てこないとも限りませんからね」

「そういうことね」ジュディスは、自分がいかにも愚かで疲れ果てているのを実感した。「それ以上わたしへの説明に労力を割いてくれなくてもいいわよ。足手まといにはなりたくないもの」

キャドーヴァーは彼女の手をとり、強く握った。彼らしくない行動だ。「今のあなたに一番必要なのは、レディ・アプルビイ、常に事件のことを考えることなんですよ、すべてをしっかり把握した上で。実は今夜、陸軍が何台もの軍用車両を移動させているそうで、メイデンヘッド近辺であのトラックを発見できたのはそのおかげなのです。われわれが追っている例の車列が、陸軍のキャリアに積んだ戦車の列に紛れ込んでしまったらしく、軍のオートバイ警ら隊員が、列の外へ誘導したのだそうです。戦車隊から離脱したときには、順番が入れ替わっていましたがね。先頭がトラック、次にオースチン、それからハンバー、そして最後がオートバイ」

「その情報を全部、無線で集めたの？」

「そのとおりです。もちろん、少しばかり運が味方してくれました。ほんの十分前に、警察がその警ら隊員を見つけて話を聞いたばかりなのです。それに、トゥイフォードから入った情報も幸運でした。王立自動車クラブ《RAC》（自動車事故や故障の処理サービス機関）の巡回員が、深夜の故障の呼び出しに応対して戻るところだったのです。目の前を例の車列が通った、それも十分ほど前に対向車線をすれちがったばかりの彼に、話を聞くことができました。その頃には、トラック、ハンバー、オートバイの順になっていたそうです。オースチンは目に入らなかったのか、もう一緒に走っていなかったのか。たしかにオースチンは数に入れなくていいのかもしれませんね。そして、そろそろレディングからの報告が入る頃です。これほど範囲を絞り込んで網が張れるとは思いもしませんでしたよ」

「レディングが最後のチャンスというわけではないの？」

「一気にすべてを解決するには、たしかに最後のチャンスです。ステップトーは、フォーリーの北側のダウンズにある隠れ家について話していましたが、トラックに乗っている連中がわれわれの追跡に気づけば、もうそこへ行くとは思えないのです。目的地で何かが待ち構えていると考えるでしょう。第一あの連中には、どのみちモーじいさんは捕まるにちがいないとわかっていたはずで、モーが秘密を洩らさないとは思っちゃいないでしょう。ですから、トラックの連中の考えを想像するとこうなります。やつらは互いに口論し、あれこれ考えを巡らせている——すでに、あのハンバーはいったい何なのかと、かなり不安になっているにちがいありません。その状態が続いているあいだは、浮き足立ちながらも、飛行機で待機している男と予定どおりに落ち合うつもりで、計画しておいた道順から離れないと思われます。ですが、遅かれ早かれ不安に負けて、どこでもいいから身を潜められそうな田舎へと走り去ることでしょう。そうなる前に捕まえたいのです……ああ、きっとレディングからの連絡ですよ」

キャドーヴァーが身を屈めて何かのスイッチを押す。短波通信の声に慣れていないジュディスの耳には、ひと言かふた言しか聞き取れなかった。キャドーヴァーが再びスイッチを押すと、沈黙が流れた。「レディングからじゃなかったの？」彼女が尋ねる。

「レディングではありませんでした。ロンドン警視庁《ヤード》からです。登録情報によれば、あのオースチンの所有者の名前はヒルデバート・ブラウンコフ、別名ブラウンでした」

＊

その情報には困惑した。そして続けて入ってきたレディングからの連絡は、悪い知らせだった。内容は簡単なものだ。今は三台になった車列——トラック、ハンバー、そしてオートバイ——がまるごと、レディングを走り抜けて消えたというのだ。いったいどうしてそんなことになったのか、ジュディスはすぐには想像すらできなかった。彼女の頭にあったのは、さし迫った衝撃的なたった一つの事実だ。つまりその報告が、ジョンの身の安全にかかわるということだ。夫の無事について、それは悪い知らせとしか思えない。

トラックは——ジュディスは後から知らされたのだが——町に近づいてくるところを目撃され、警察が待ち構えていた。車列の行く先で道の両端が堅い壁に挟まれる地点を選び、道路を封鎖する準備が整えられた。トラックが接近したら、すかさず脇の空き地から警察のトラックが飛び出してきて道の前方を遮断する。これで車列全体は止まらざるを得なくなる。そこへ周囲の建物と車列の背後から大勢の警官隊が飛び出してきて、一斉に取り囲むというのだ。だが、この計画が失敗した原因は、〝不安〟だった。遅かれ早かれトラックの連中が不安に襲われるとキャドーヴァーが予測したとおりになった。もしかすると、彼らは警察の存在に気づいていたのかもしれない。それよりも、追跡を続けるハンバーに気をそがれたのかもしれない。町に近づいたところで、トラックは急に猛然とスピードを上げたのだ。見晴らしのいい平原では、トラックがハンバーから逃げきることは不可能だっただろう。ハンバーに比べれば、スピードでずいぶんと劣るからだ。そのときになってトラックの運転手が思いきりアクセルを踏んだのは、まず一時的にハンバーを引き離してから、町の中の横道を曲がって追跡者をまこうという作戦だったはずだ。だが結果は予想外に劇的なものになった。突然行く手を阻まれたトラックの運転手は、急ブレーキを踏んで車体を横滑りさせ、完全に車のコントロールを失って再びアクセルを踏み、脇のレンガの壁に突っ込んだのだ。と言うより、レンガの壁を突き抜けて裏庭を走り、腐った木の柵を乗り越えて、路地裏の小道に出た。そしてトラックが偶然切り開いた道を、続くハンバーも見事な運転技術で走り抜けた——呆然とする警察を残し、二台そろって影も形も見えなくなったわけだ。一方、オートバイの運転手は二台よりもずいぶん遅れをとっていたために、後方から取り囲むはずだった警官隊に捕まる前にUターンをして、こちらも逃亡に成功したのだった。

　しかし、こうして今回の作戦が失敗したとしても、どうやらその努力を高く評価する人物が一人いたらしい。走り去る車列の後を果敢にも走って追いかけていた巡査が、小道の先で小さく丸めた木毛のかたまりが燃えているのを見つけた。この独創的な目印から二本繋ぎ合わせた靴紐が伸びていて、紐の先に警察手帳のページの切れ端がついていた。そこにはこんな走り書きがあった。

よくやった、レディング署。あきらめるな。
J・アプルビイ
警視監

「もう安心ですよ」ジュディスに話しかけているのはキャドーヴァーだ。向かい合う二人のあいだのニス塗りされていない木製テーブルの上に、その走り書きのメモが置いてある。キャドーヴァーは急速に、根拠に基づいた自信を取り戻したように見えた。本物の自信なのかしら、とジュディスは思った。周りを安心させようとして、彼が自信のあるふりをするのは何度も見てきた。今度もまたわたしを励まそうと芝居を打っているようにも見える。

「安心ですって?」ジュディスは周りを見回した。追跡劇は明らかに終わっていた。彼らは疾走する車中から、どこだかわからない殺風景で小さな警察署に拠点を移していた。開いたドアの外には、移動用無線機を積み込んだ巨大な箱型貨物自動車と、一向に届かない連絡に備えて待機中のオートバイの警官隊の姿が見えた。「本当に——安心だなんて言えるの?」彼女はもう一度メモを見た。「主人はきっとあのトラックの中にいるのよ——やつらに捕まって」

「必ずしもそうと決まったわけじゃありませんよ」キャドーヴァーは横を向き、何か指令を出した。

なおもきびきびとしている、何時間も前と何ら変わることなく――それがいったい何時間前のことだったのかさえ、ジュディスにはわからなくなっていた。キャドーヴァーのオフィスの壁を覆っていたイギリス南部の地図は、すでに彼の頭の中にしっかりと埋め込まれているらしい。幹線道路の番号や走行距離や分岐点を、この狭い部屋に次々と現れてはすぐに出ていく部下たちに向かって、大声で吐き出していく。片田舎の一帯をくまなく捜索しているらしい話を聞いていると、きっと彼なら成功してくれるとジュディスは確信した。彼に狙われた獲物は、絶対に逃げきることはできまい。逃げ延びるには、キャドーヴァーの手はあまりにもがっしりと相手を摑み、あまりにも強大な軍勢を率いている。彼が安心だと言ったのは、あるいはそういう意味だったのだろうか。ジュディスは試すように訊いてみた。「ジョンのこと、安心していいのよね？」

「もう安心していいですよ――実は、失礼ながら、とっくに喉を掻っ切られているかもしれないと思っていたのですがね」キャドーヴァーは懸命に陽気で呑気そうな笑い声をたてようとした。

「でも、ギャングに捕まっていたら――」

「それなら、やつらは十中八九、自分たちの遊びの時間が終わったことはわかっているはずです。す、べ、てのお遊びが終わったのだと。それがわかっていれば、馬鹿な真似はしませんよ。あいつらも、頭のいかれた殺人鬼というわけじゃありませんからね」

「でも、あいつらは人を殺し――」ジュディスはそこで口をつぐんだ。「結局、夜明けを待つしかないってことなの？」

キャドーヴァーがうなずいた。「そうなりそうですね。ただ、今は電話に望みをかけているのです」

「電話――誰かから連絡が入るはずなの？」

「そういうわけじゃありません。わたしが指摘したいのは、この追跡劇に参加している人間のほとんどが、下っ端ばかりだということです。たしかにギャングの一つ、ステップトーの一団については、あのトラックにボスが乗っている可能性があります。が、ハンバーにはジトコフの子分しか乗っていないようですし、オートバイの男はおそらくチェリーの命令を受けただけでしょう。トラックの男たちは追跡の手を逃れたこの隙を狙って、きっとステップトーに連絡を取るはずです。われわれがステップトーを捕えたかどうかを確認するためにね。そしてほかの連中は、何か困った状況が起きれば、それぞれのボスに指示を仰ぐために電話をかけるでしょう」

「チェリーとジトコフのこと？　あの二人は一緒に出ていったのよ」

「そうです。ですから、電話をかけた先でどちらかの居場所が摑めたら、もう片方も捕まえられるというわけです――二人が今もまだ〝泥棒同士のごとき仲〟（〝秘密を共有するほど近い関係〟の意）ならね」キャドーヴァーはそのしゃれが、まるで極上のジョークであるように話すほどの余裕を見せた。「悪党というものは、われわれがちょっと電話会社の手を借りるだけでどれほどのことができるのか、まるでわかっていないのですよ」キャドーヴァーがドアまで行き、早口でひとしきり指示を連射してから、また戻ってきた。「ですが、どのみち朝まで待たなければならないかもしれません……おお――コーヒーだ」

湯気ののぼるほうろうのマグカップを持った地元署の巡査が部屋に入ってきた。ジュディスはありがたく受け取った。ひょっとすると、メアリー・アロウがロンドン警視庁でこれに似たコーヒーを賞賛したのは、彼女の本心だったのかもしれない。その熱く甘い液体は、まるで効き目の強い薬のように血流を速めてくれた。彼女は腕時計を見た。午前四時だ。すべてが始まってから、まだ十二時間ちょっとなのね――謎の男、ヒルデバート・ブラウンコフのギャラリーへの奇妙な訪問から。そう、今やブラウンコフは謎の男になった。どれほどもっともらしい解釈をつけたとしても、今頃彼はとっくに舞台袖に引っ込んでいたはずで、カーテンコールに再登場する可能性すらなかった。あるいは、今頃は気持ちよくベッドに入っているはずだった、グレース・ブルックスやレディ・クランカロンと一緒に――いや、二人のように。ところが、その彼は今、ベビー・オースチンで走り回っている……。

ジュディスは不安な気持ちのまま、うとうとと居眠りをした。かつてシェリーの義理の父（英国詩人シェリーの妻で小説家のメアリーの実父、思想家のウィリアム・ゴドウィン）はこう言った――もしも偉大な哲学者フェネロンの自宅が火事になったら、燃えさかる邸の中からあなたが救い出すべきは、美しいメイドではなく、あるいは――ゴドウィンが追加したように――あなたの母親でさえなく、フェネロンであると（ゴドウィン著『政治的正義』の例え話より）。でも、もしもジョンと「水槽」の両方が、炎を上げるトラックの中に取り残されていたとしたら？　それならジョンを助け出すわ。では、中にいるのがモーじいさんだったら？　それに、フェルメールの絵は一枚だけでなく、全作品だったとしたら？　それからエル・グレコの全作品と、レンブラントの全作品も。

ジュディスははっと身を起こし、また腕時計を見た。四時一分。この調子だと、いつまで待っても五時はやって来そうにないわ。きっとその前に世界の終わりを迎えてしまうだろう。昔の人はその終末を〝大いなる燃焼〟と呼んだのよね……ジュディスの脳裡に再び、燃え上がるトラックがはっきりと浮かんだ。炎がパチパチと弾ける音に目を開けると、それは無線機の雑音だった。どこかで車のエンジンをかける音がして、次にオートバイとさらに多くの車も続いてエンジンをスタートさせた。誰かが素早く次々と指示を飛ばし、さらに遠くでもエンジンの音がして、辺りはすっかり喧騒に包まれた。光の具合も変わっていた。ジュディスはもう一度腕時計を見た。六時十分前だ。キャドーヴァーが彼女の前に立っていた。彼女はなんとなく――いや、もちろん幻覚にすぎないのだろうが――キャドーヴァーにひょいと抱え上げられ、車の中に放り込まれたような気がした。

いやや、まちがいない、ここは車の中で、しかも車は動いている。だが、さっきとはエンジンの拍動がちがう。まるでひと晩中《じゅう》途方に暮れて藪の中をうろついていた獰猛な肉食獣が、ようやく意気揚々と獲物を仕留めに向かうようだ。

*

「スカムナム・コートの公爵宛てに伝言を送っておきました」隣の座席のキャドーヴァーの姿が、今はジュディスにはっきりと見えている。「絵のことで、さぞ気を揉んでおられるでしょうからね、お気の毒に」

果たしてそうかしら、とジュディスは内心で思った。が、声に出したのは別のことだ。「やっぱり誰かが電話をかけたのね――それで急に動きだしたんでしょう?」

「そうです――二時間前に、われわれの予想していた地域にかなり近い公衆電話から。もちろん、確実とは言えません。短い会話を、どう解釈するかによりますから。ですが、きっとあのオートバイの男――チェリーの手下――が応援を呼ぼうと、アックスブリッジ近辺のとある建物に電話をかけたのだと思います。チェリーとジトコフがそろって向かったのはそこで、今頃は二人もこちらへ急行しているかもしれません。アックスブリッジの建物は、今調べています……ここは広々として美しい田舎ですね」

ジュディスは、灰色に染まる夜明けの景色を見回した。この新しい旅は、ずいぶん前に始まっていたようだ。ここがイギリスのどの辺りなのか、もう見当さえつかなかった。車が走っている何もない野原のような広い土地は、ところどころで霧の残る谷間へと下る。そして茶色い野原の上では薄い霧の帯が、まるで舞踏会で最後まで残って踊っているカップルたちのように、一つまた一つと渦を巻きながら消えていく。生け垣と排水路が立派だわ、と彼女は見当ちがいの感想を心に浮かべた。よく手入れされた土地だ。黒くびっしりと生えたいばらの垣根が、すぐ鼻先をかすめていく。というのも、車はかなり前から幹線道路を外れて、今はせいぜい小道としか呼べないようなところを走っているからだ。それでも相変わらず猛スピードで疾走を続けている。後ろを振り向くと、後からついて来ていた四、五台ほどの機能的な警察車両の列を、ずいぶんと引き離しているのが見えた。この事件は信じられないほどの大事《おおごと》になってしまった――おかしなものね、これだけの大騒ぎを引き起こしたのが、もう三百年近く前に亡くなった、地味なオランダ人画家だなんて。

キャドーヴァーが無線に向かって話している。明るい朝日の中では、その作業も先ほどまでのような謎めいた感じがまるでない。車が角を曲がると、彼は決着がついたと言わんばかりに、座席に深くもたれた。「見つけましたよ」彼は言った。

「本当にわかったの?」

「ええ。初めに入った報告は、地元住民の男性からでしたので確信が持てませんでした。ですが、部下の一人を先に見に行かせたところ、まちがいないそうです。黒っぽい家具運搬用の小型トラック、緑色のハンバー、別の大型車」彼は運転手の肩越しに、まっすぐ前方を指さした。「あそこに丘が見えるでしょう?」

「ええ」かなり目立つ丘だった――そこから先の地形が一変することを知らせる前触れのように、真っ先に現れた丘陵地帯らしい大きな隆起だ。「あの上にいるの？」丘の上にはまだ霧が垂れ込めている。だが見ているうちに、ゆっくりと幕が上がるように霧が引いていった。

キャドーヴァーは片膝の上に地図を広げていた。「丘の上の、向かって左側を見てください。ほら、あそこ——ちょうど霧が晴れかけている辺りです。山肌がえぐれているのが見えますか？」

「石切り場みたいね」

「まさしく。使われなくなった古い石切り場です。トラックはあそこに逃げ込んだのです。そして、追っていたやつらもそれを嗅ぎつけた」

ジュディスの鼓動が速くなった。「じゃ、追っ手はあそこを攻め落とそうとしているの？」

「そのようですね。こんな田舎のど真ん中だと言うのに。頭がおかしいとしか思えませんよ」キャドーヴァーは嫌悪感をあらわにした。「警察がすぐ後ろに迫っているとは考えもしない。それほど切羽詰まっているのでしょう」

「争うつもりかしら？」

「ギャング同士でということですか、レディ・アプルビイ？　でしたら、たった今も互いに攻撃し合っていても驚きません」

「警察とも撃ち合いになる？」

「そ、そちらは、そう長くは続かないでしょうね」キャドーヴァーの声にはぞっとするものがあった。「普通であれば、コソ泥や強盗にいちいち腹を立てることなどないのですがね。さすがにこれほどの暴挙には——」彼は途中で言葉を切った。「聞こえましたか？」

ジュディスは、自分が震えていることに気づいた。「今の音、石切り場の工員が岩を爆破しているとか――そういうわけじゃないわよね?」

キャドーヴァーは、その取るに足りない質問には答えようともしなかった。機械に向かって話している。それから身を乗り出して運転手に何か伝えた。すぐにブレーキがかかり、車が止まる。キャドーヴァーがドアを開けた。「降りていただけますか?」彼は言った。

ジュディスが車から飛び降りた。「わたしたち、どう――」

キャドーヴァーが器用にまたドアを閉めた。開けた窓越しに彼女に話しかける。「申し訳ありません、レディ・アプルビイ――わたしは先に行きます。あなたは後からついてきてください。最後尾の車にあなたを乗せるよう指示しておきましたから」

「まさか、そんな――」

「あなたを危険にさらす責任は負えないのですよ、奥さん……出してくれ」

そう言い残して、キャドーヴァーを乗せた車は勢いよく走りだした。舞い上がった砂煙の中に、ジュディスは一人で残された。

*

あっという間の出来事に、ジュディスはしばし困惑していた。すると怒りがこみ上げてきた――しかも怒りの矛先は宇宙全体に向けられていたのだから、かなりの憤慨ぶりだ。キャドーヴァーを責めるのは不公平というものだろう。そもそも彼女をこの追跡に連れてくる義務はなかったのだから。たとえば何台ものトラックに乗った何人もの犯罪者たちに、何人もの夫を監禁されようとも、彼女が口ンドン警視庁からはるばる車列を組んで追いかけてくる権利など微塵もない。キャドーヴァーには、彼女を連れてくることは、最初から気が進まなかったにちがいない。彼が忠実に守る職務上の信念にとって、彼女はアメリカの戦争映画で戦闘機の爆弾架に乗り込んだ金髪美女ほど異質な――いや、異所的と呼ぶべきか――存在だったはずだ……キャドーヴァーの車はもうずいぶんと遠ざかり、大きな円を描くように、丘の上に向かって緩やかにのぼっていく。背後から別の車が近づいてくる音がかすかに聞こえる。その後ろには、さらに数台が続いているはずだ。そしてその最後尾の、一番砂埃にまみれた一台が、彼女を乗せるよう指示を受けている。きっと移動食堂の車両にちがいないわ、ホットドッグなどという気持ちの悪い物体と、あふれ出る毒のようなコーヒーを車内の隙間という隙間に詰め込んで。ジュディスのプライドがこれを拒絶した。軍隊の随行者扱いなんて、絶対にいいや――警官隊の〝ヴィヴァンディエール（かつてフランス軍に従軍し、簡易食堂を開いていた女たち）〟になるなんて……彼女は目の前にある小さな標識に気づき、小石を拾って投げつけてやろうかと思った。だが標識には「公共歩道」と書いてあり、丘の上を指しているのがわかった。

　即座に彼女は標識の指す方向に向かって柵を乗り越えた。着地した瞬間、二台めの車が通り過ぎていった。目の前の小道は、二枚の畑の周辺を迂回し、芝土の上にまっすぐ丘の頂上まで伸びている。見たところ、石切り場のすぐそばを通っているようだ。ジュディスは駆けだした。キャドーヴァーより先に目的地に着くことはとてもできないだろう。だが、もしも息さえ上がらなければ――ありがたいことに体力には自信があった――〝死に立ち会う（〝結末を見届ける〟の意）〟ことはできそうだ。

〝死に立ち会う〟……走りながら顔をしかめる。〈ダヴィンチ・ギャラリー〉を訪れたせいで取り憑かれることになったこのおかしな悪夢の中では、決して死の影から逃れることはできないのね。そして同じ悪夢にジョンまでもが取り憑かれてしまった……彼女はスピードを上げた。少し先を小さな子リスが走っている。その前方から、鋭い発砲音が続けざまに聞こえてきた。彼女が石切り場の爆破作業音ではないかと馬鹿みたいに尋ねたときと同じ音だ。

畑を走り抜けると、足元の勾配が急になってきた。何かがとんでもなくまちがっている。ちっとも前へ進まないし、足元がふらつく。興奮しすぎているのよ、と自分自身に腹を立てた。あの金髪美女が爆弾架でヒステリーを起こしているのだと。だが、原因は履いている靴だと気づいた。マーヴィン・ツイストのご機嫌を取りに出かけるのに選んだ靴は、クロスカントリーの長距離走には不向きだった。靴を脱ぎ捨てるとすっきりした。スピードも出るようになった。フェンス越しに牛が見つめている。問題は靴だけじゃなかったわ。この服もまったくもってふさわしくない。牛だって笑うに決まっている。

だが、どうにか走りきった。小道の左手から、石切り場の縁近くまで近づけそうだ。右方向には丘の頂上があり、そのさらに向こうには、霧でまだよく見えない谷が広がっている。キャドーヴァーは初めからこの小道を登れと勧めてくれてもかまわなかったのだと、彼女はすぐに気づいた。今起きていることも、これから起こるどんなことも、この高台からは何もかもが実によく見えた。だが、石切り場は彼女の足元のはるか下にあり、まるで映画館の観客と映像の中の暴力世界とを隔てる透明なスクリーンのように、戦闘の場へ近づけないよう遮断されている。ここからでは一介の傍観者でいるしかないのだ。

彼女のすぐ下には、引っ越し用トラックが停まっていた。まるで昆虫が主人公の悲劇のラストシーンで、何者かに追い詰められた黒い虫のようだ。どこに行けばよいのかわからないまま、ここへたどり着いたのだろう。トラックの後ろには壁があった——垂直に切り立った巨大な石切り場の岩壁で、ジュディスはその真上に立っていた。トラックの両端には大きな石がゴロゴロと転がり、そのあいだにしゃがむ三人の黒い人影が見える。時おりその一人が腕を動かすと、小さな火が噴き出し、煙が漂い、背後に控える天然石の窪んだ壁に跳ね返った鋭い銃声がこだまする。

石切り場は半円形をしていた。一方から入ってきた広い砂利道が、トラックの停まっている位置まで弧を描き、さらにカーブを続けながら出ていく。その出入口のそれぞれを、車がふさいでいる。ジュディスの左側には緑色のハンバー。右側には、ボンネットが視界から隠れて見えない大きな黒いセダン。そしてその二台の車体の後ろから、同じように火が噴き、同じように銃声が響く——初めは鋭く、それからくぐもった反響を繰り返しながら。まちがいない。彼女は今、銃撃戦を目撃しているのだ。

すると突然、チェリーの姿が見えた。露出した岩の陰に駐まった黒い車のそばで、もう一人の男と立っている。二人は撃つのをやめて、何か口論しているようだ。ジュディスが見つけたのとほぼ同時に、チェリーと一緒にいたその男が身を翻して走りだした——まっすぐ緑のハンバーに向かって。ジュディスは、それがジトコフにちがいないと思った。声は聞いたものの、一度も姿を見たことのないジトコフだと。男は走り続けた。自分の手下たちに何か叫んでいる。おそらく援護射撃でも頼んでいるのだろう。半分まで走ったところで、チェリーが拳銃をさっと取り出し、男の背中を撃った。ジトコフが両手を放り上げ、悲鳴を上げている様子がジュディスの目に届いた。だが彼女の耳にその悲鳴が届く前に、彼はうつむけにばたりと倒れて動かなくなった。

怒り、恐怖、驚きの声が上がる。銃口の炎が向きを変えて噴き出す。今度は二台の乗用車同士で戦いの火蓋が切られたのだ。だが双方ともトラックへの攻撃もやめていない。まるで人類の暴力による無意味な歴史を象徴しているような絵面だ。キャドーヴァーはいったいどうしているのだろう。ちょうどジュディスがその疑問を頭に浮かべた瞬間、甲高い笛の音が鳴り響き、少し離れたところからこちらに向かってくる半円状の壁のような警察車隊が姿を現した。ジュディスは何かに注意を引かれ、再びトラックを見下ろした。トラックを守っていた男の一人が、積んであった石の上に背中から倒れていた。血まみれの顔が彼女をじっと無表情に見上げている。だが、注意を引かれたのはそのことではなかった。飛び交う火花の中から、彼女は別の、もっと恐ろしいものを見つけたのだ。家具運搬トラックの下に怒り狂うような赤い光があり、見る見る大きくなって、舌先で車体をちろりちろりと舐めるように炎を上げている。ジュディスは恐怖の悲鳴を上げた。あの名前もわからない警察署で、目の前にある現実の光景と同じような恐ろしい空想が、頭に浮かんだことを思いだした。炎は車を包み、広がり、高くのぼっていく。トラックの荷台の両開きの扉が、乱暴に揺すられているのが見えた。自分でも何を言っているのかわからないまま何かを叫ぶ。夫の名だ、夫のために助けを呼んでいるのだ。彼女は石切り場の断崖の端に両手と両膝をついた。どうにかして下へ降りる方法があるはずだ……。

誰かが肩に手を置くのを感じた。優しい声で何かひと言言っている。その言葉は聞き取れないものの、きっぱりと制止してくれているのがわかった。ジュディスは眼下に広がる恐怖から目が離せないまま、どこからか降って湧いたように現れた年配の男を隣に感じていた。「拳銃か」男は不満そうに言った。「役に立たないくせに危険だ」

「ジョンが……わたしの夫が——トラックの中にいるんです……後ろの扉が——」

年配の男が石切り場の端で腹這いになった。ジュディスは彼がライフル銃を持っていることに気づいた。「上の門がかかっているようだ」と彼は言った。「難しいな」そのまま二秒か三秒、いや、おそらくは五秒、石になったようにまったく動かなかった。そして、引き金を引いた。その銃声が、下から聞こえる鋭い金属音に混じって聞こえた。トラックの両扉が勢いよく開くと、男が飛び出してきて、まだトラックを守っている二人の片方に飛びかかった。男たちは砂埃を上げながら何度も転がり――やがて警察官に取り囲まれた。そしてトラックはたいまつのように燃え上がった……。

ジュディスは息を呑んだのかすすり泣いたのか、一つ息を吸い込んで振り向いた。年老いたライフルの射手はすでに立ち上がり、穏やかな顔をして時代遅れのニッカーボッカー（ひざ下で裾をしぼったズボン）のスーツの砂埃を払っている。「実に信頼できる武器だよ、こいつは」彼はさりげない口調で言った。「かつてビスリーの戦闘で大いに役立ってくれたものだ……おはよう、ジュディス」

「あなたでしたか！」ジュディスは目を丸くしてホートン公爵を見つめた。「いったいどうやって公爵がここまでいらしたんですか？」

公爵は驚いたような顔をした。「これはまた、おかしなことを尋ねるものだね。きみの今立っているここが、ホートン・ヒルだとわかってなかったのかね？　向こうを見てごらん……素晴らしい眺めだろう、自画自賛だがね」

ジュディスは振り向いた。下方に広がる浅い谷間にかかっていた霧が晴れている。スカムナム・デューシスの集落から立ちのぼる青灰色の煙の向こう、広い公園と長く連なる整形式庭園の向こう、いくつもの観賞用の池の向こう、そして整然と並んだテラスの上に、まだ低い十月の太陽の光を浴びて、まるで卓越した玩具職人の作った真新しいおもちゃのように、静かで、どこまでも荘厳なスカムナム・コートが建っていた。

第十四章

「コーヒーのお代わりはどうだね？」ホートン公爵はご機嫌で、朝食用の食堂の中をあれこれ気を配りながら歩いていた。なんでも、公爵夫人もとても興奮していて、九時までには降りてくると言う。これはかなり異例なことだ。それまでは来客をもてなす栄誉は、公爵ご自身で引き受けるつもりらしい。おそらくスカムナムでは、自分たちのためにまともな朝食を用意するのは並大抵のことではなかったはずだ、とジュディスは思った。国の政策により、誰もがその名を知るジャージー牛の牛乳で作ったバターも、ほんの少し知名度で負けるが公爵ご自慢のラージ・ブラック豚のベーコンも、このスカムナム・コートの領主の食卓にのぼることはなかったからだ（食料不足のため、第二次世界大戦後も牛乳やベーコンなど一部の食料品は配給制度が続いていた）。朝食に出されたこのバターは配給された〝国産バター〟であり、このベーコンも〝国産ベーコン〟だ。ジュディスはできることなら政府に抗議したいと思った。だが、公爵は現実をしっかりと受け入れていて、彼女が口出しするのは失礼に当たる気がした。そしてそれは執事のバゴットも同意見らしい。彼もまたこの晴れやかな祝いの朝食の場に立ち会い、悔しさと面目なさといった表情を浮かべたまま、ここでしか味わえない素晴らしいベーコンの薄切り料理のお代わりをジュディスに勧めていた。

「少なくとも、このマーマレードはうちのオレンジで作ったものだ」公爵はそう思い出して、顔を輝かせた。「男たるもの、マーマレードには必ず自分の領地で採れたオレンジを使うべきだな。そうしないやつの気が知れない」公爵は、天井まで高さのある窓辺へぶらぶらと歩いていき、外を見ていた。「ホートンの集会のようだな、え？」重厚な警察車両が、屋敷の大きな中庭にずらりと駐まっている様子にたいそう興味があるらしく、公爵は五分おきに窓へとぶらぶら歩いていた。「あの連中の一人が、例の何とかいう名の無線機の使い方を見せてくれると言っていた。なかなかいい名前の――何だって？　もちろんアメリカ製に決まっている。ネーミングのセンスはいいからな、アメリカ人は。養豚はまったく駄目だがね」

ジュディスは律儀に耳を傾けていたが、視線は長いテーブルの向こうへとさまよっていた。そこではジョンとキャドーヴァーが、これまでの情報交換に没頭している。二人はまるで嬉しそうに一つのパズルに取り組む幼い少年のように見えた。どうか彼らのためにパズルがうまく解けますように、とジュディスは自然と願っているのだった。と同時に、彼女自身はその結果にまったく興味が湧かなかった。これじゃ、まだ小さな息子の初めてのラグビーの試合の成り行きを見守ってきた母親の心境ね、と彼女は自分自身に認めた。建前上は勝敗にも興味を示さなければならないのだろうが、実のところ、すでに心の中は大いなる安堵と幸福感でいっぱいで、それ以上を望む余裕は残っていないのだ。ジュディスの視線は、またしても窓辺へ歩いていく公爵の姿を追った。中庭にレッカー車が、真っ黒に焼け焦げたトラックの残骸を引いてきた……。

公爵が窓に背を向け、暖炉へと歩いていった。その温かな炎を顔に受け、マントルピースを見つめる。公爵がその上にジョージ・スタッブスの絵を立てかけておいたのを、ジュディスは見つけた。ゴールドフィッシュとシルバーフィッシュの二頭が引く馬車の中に、公爵の曾祖父が座っている。お気に入りの馬丁のモーガンは、シルバーフィッシュの頭を押さえながら、主人の最強のライバルだったリッチモンド公爵にも引けをとらないその立派な馬車を、流行の最先端の画家に描いてもらっているという抑えきれない満足感を、まったく顔に出さずに立っている……公爵はそうやってスタッブスの絵を実に嬉しそうに眺めていた。それでもなお、ジュディスはその姿を見たとたん、自分自身の幸福に後ろめたさを感じずにはいられなかった。公爵は振り向き、ジュディスをちらっと見て、彼女の胸の内をすぐに理解した。部屋を横切って近寄ると、まるで小さな子どもにするように彼女の頭をぽんぽんと優しく叩いた。「ジュディス」彼は言った。「あの絵が燃えてなくなってしまったのは、もちろん本当に残念だよ。だが、キャンバスに描かれた奇妙な魚をどれだけ集めても、一人の人間の命のほうがはるかに大切だ」彼はゆっくりとテーブルの向こうへ回り、彼女にハチミツの瓶を持ってきた。「よく考えてみれば、この事件にはすでに〝奇妙な魚《オッド・フィッシュ》〟は充分いたんだったな」彼はくっくっと笑った。「わたし一人じゃ何が何だかさっぱりわからないから、そろそろご主人に説明してもらおうじゃないか。あの男、キャドーヴァーは、ご主人の右腕なのかね？」

「そうです」

「初めに『水槽』の話をしたとき、彼に魚類学者なのかと訊かれたよ。なかなか賢い男じゃないか、え？　うまいジョークだ。さて、二人に話を聞きに行こう」

＊

今度はアプルビイが窓辺へ行って外を見ていた。ジュディスの目には、夫はまだ何かが気になっているように見えたが――それを除けば、一夜の大冒険の影響はどこにも残っていないようだ。「真相を説明しろとおっしゃるのですか？」彼は公爵に応えた。「そうですね、もうお話しできると思います。早速始めましょうか？」

公爵はまたスタッブスを穏やかな目で眺めた後で、アプルビイにうなずいて見せた。「ああ、きみ、是非始めてくれ。きみが納得できる程度に朝食に満足したのであればね」

「素晴らしい朝食でしたよ、ごちそうさまでした」

そう言うと、アプルビイは椅子に深くもたれて話を始めた。

＊

「このようなパズルを解くときに最も速く効果的に正解に向かうのは、わたしに言わせてもらえれば、必ずしも意識的な頭脳ではありません。何かを発見するには、ほかの何を置いても、直感がどれだけ働くかが鍵を握っている。警察の者なら誰もがよく知っています。それはつまり、無意識の頭脳が先に働いているということです。そしてそれが、当然ながら、時おりわれわれにヒントをくれるのです。リンキャドーヴァーの無意識の頭脳も前に一度、あなたがご存じのとおり、ヒントを出しましたね。リンバートの死についてキャドーヴァーが、それは表面的な見方であり、ひと皮むけばまったくちがうものがあると言ったときです。あのときには、彼は公爵から水槽がなくなったと聞いていました――彼の無意識のどこかずっと奥では、〝水槽〟というのが偽装の必要な有名な絵画であり、単なる魚類学者の飼育タンクのことではないと、すでに瞬時に理解していたにちがいないのです」

ジュディスはだるそうに伸びをした。徐々に心地のいい眠気に襲われていた。「そんな馬鹿な話、わたしは全然信じられないわ」

彼女の夫が微笑む。「今の事例はこじつけかもしれないが、一般論としては実に理にかなった意見なんだよ。一つ言えることがあります。妙に漠然としたことや何気ないことを、つい口にしたり、ふと頭に思い浮かべたりしたときには、そのことについてじっくり考えてみるといいですよ。昨日の夕食後、当時はギャビン・リンバートが生前最後に描いた絵だと思われていた作品について、わたしはそんな思いつきを述べました。覚えておいでですか？　わたしはあの作品にまったく関心がなく、どうせ何の価値もないから、どんなタイトルをつけても同じだと言ったのです。そして、代わりの案を二つ挙げてもみました。その一つが「新衛星都市の設計図」でした。実を言うと、これは一般に超心理学と呼ばれる学問の興味深い具体例なのです。なぜなら、おわかりですか、まさにあの絵はそのタイトルのままだからです。わたしはあの暗いトラックの荷台で、そうひらめきました。ある種の幻覚のように、あの絵がもう一度鮮明に頭の中に見えたのです――そして一瞬にして、それが数週間前にちらりと見ただけの、ある重要機密とぴたりと一致することに気づきました。リンバートの最高傑作《シェ・ドゥブル》と思われていたものは、実はある見取図を詳細に拡大したものにほかならない。ウォーターバス研究所の見取図をね」

「ウォーターバス！」驚きのあまり、ジュディスはいきなり立ち上がった。「ああ、なんて馬鹿だったのかしら、わたしったら！　たしかにウォーターバスは新しい小規模都市の名前だわ。でももちろん、誰も知っているとおり、別の意味を持つ言葉でもある」

アプルビイが妻に鋭い視線を向ける。「どういうことだい？」

「ジトコフとチェリーが〝ウォーターバス〟という言葉を口にするのを、わたしはこの耳で聞いていたのよ。それなのに、レディ・クランカロンが浴室《バス》についてたわ言を言ってたせいで、そしてわたし自身の精神状態が少しばかりまいっていたせいで、すっかり勘ちがいしてしまったの。それ以来、お風呂《バス》のお湯《ウォーター》がからんだおかしな考えが頭から離れなくなってしまった。これも無意識の頭脳の仕業なのね、きっと」

「明らかにそうだろうね。では、そのウォーターバスから話を始めましょう。ウォーターバス研究所の詳しい見取図は、それ自体が情報の宝庫であり、今この瞬間もわが国の最高機密に分類されています。その研究所で緊迫する事案があったとキャドーヴァーから報告を受けたのは、つい昨日のことです――数人の少年が入り込んで、内部の写真を何枚か撮ったというものでした。でも、クラッブという名だときみが教えてくれたあの男は、それ以上に詳しい情報を持っていたんだよ。十月二十二日の月曜日の夜、クラッブは〈トーマス・カーライル〉で、ウォーターバスの完全な見取図を渡すために、仲間のスパイを待っていました――それが誰であろう、あのジトコフだったのです。しかし、クラッブはライバル組織に尾行されていました。チェリーの一団と言っていいでしょう。そして、ジトコフは現れなかった。

クラッブはきっと、ジトコフのアトリエを訪ねてはいけない決まりになっていたはずです。しばらくは店で待ち続け、偶然かつての学友だったリンバートに会い、彼がガス・ストリートのジトコフのアトリエの真上に住んでいることを聞きました。店からすぐ近くにある建物です。チェリーと仲間たちが店にやって来ると、クラッブは自分が切羽詰まった状況にあると察し、危険を冒してでもジトコフを訪ねることに決め、アトリエに向かいます。だがジトコフは、わたしが想像するに、自ら危険を招き入れるタイプではなかったと見え、部屋の中にこもっていました。クラッブには追っ手が迫っている。窮地に陥ったクラッブは、真っ先に頭に浮かんだとおりに行動します。つまり、二階へ駆け上がって、リンバートの部屋にかくまってもらおうとしたのです。リンバートのアトリエのドアは開いており、誰もいなかった――実はリンバートはこのとき、もう一つ上のミス・アロウの部屋にいたことがわかっています――そこでクラッブはリンバートの部屋に入り、ドアに鍵をかけた。これでチェリーから逃れられることを願ったのでしょう。が、そううまくはいかないことにどの時点で気づいたのかは、わたしたちにもわかりません。なぜなら、ここに奇妙な要素が加わるからです。警察が雪崩を打って〈トーマス・カーライル〉に強制捜査に入り、その結果としてガス・ストリートでのクラッブ追跡劇は、言ってみれば一斉に停止状態に入ったのです。ジトコフは卑怯にも、自分の部屋にこもっている。クラッブは、誰もいない見知らぬアトリエに立てこもっている。チェリーと仲間たちは武装して身を潜めている――欲しいものを手に入れるためには、どんな手段もいとわない覚悟で。

　そしてここから先のクラッブには、わたしも敬服しているのです――彼のような男にしては、実に立派だと。この袋小路から生きて出られそうにないと悟った彼は、だからと言って相手の思うとおりにさせるつもりはない。彼はおそらく危機的状況に直面したとき、ある種の強い政治的情熱に突き動かされるタイプのスパイだったのでしょう――ジトコフやチェリーのような、純粋に金で動くタイプとはちがって。もしもチェリーが踏み込んできたら、自分が殺されることも、アトリエをひっくり返してでも彼の持っている見取図を徹底的に探し尽くされることもわかっていました。そうですね、ひょっとすると彼は読書家だったのかもしれない。ポーの「盗まれた手紙」（エドガー・アラン・ポーの短編推理小説。部屋に巧妙に隠された手紙探しにデュパンが挑む）を思い出したのかもしれない。彼がかつて絵を描いていたのはまちがいありません。リンバートとも、絵を介して親しくなったのでしょう。彼の目が大きな白いキャンバスを捉え、天才的なアイディアを思いつく。リンバートの抽象画に似せて、そこに盗んだ見取図を書き写し、そのまま堂々と部屋の真ん中に残しておくのです。十中八九、探索者どもは目もくれないはずです。

そこで、才能豊かなこの男はその作業に専念します。不運なことに、才能豊かであると同時に、彼は冷酷でもありました。不意に窓から現れたリンバートを、クラッブはいきなり至近距離から撃ち殺したのです。クラッブも命がかかっていますからね。いくら古い学友でも信用はできない。

これでクラッブにも、逃げきれる可能性が見えてきました。なにせ、新たに非常階段という思いがけない逃げ道が開けたのですから。とは言え、逃げきれる可能性は非常に低く、彼はやはり計画を続行する決心をします。そこで窓の鎧戸を閉めて閂をかけたうえで、見取図を完成させました。もちろん、仲間がこのことを知らなければ、何の意味もありません。が、アトリエには電話機がありました。ジトコフも部屋に電話を引いています。クラッブは電話をかけて、彼に事情を説明しました。まだ怯えて自分の部屋に隠れていたジトコフでしたが、これで機会を見てウォーターバスの情報を回収しに行けるようになったわけです。その後、クラッブはそれを絵に仕上げます。その絵は、わたし自身も初めて見たときから気づいていたのですが、実に多くの複雑な図形で構成されていました。ウォーターバスは複雑な構造をしていますからね。が、彼は全体にわたって素早いタッチで、まるで気分の高揚した画家が自由で大胆な技法を駆使し、できるだけ速く筆を走らせたかのように描いたのです。クラッブは元の見取図を燃やし、最後にいくらか偽装のために筆を加えておこうとキャンバスに向き直った。メアリー・アロウが窓の外から〝秘密の覗き《プライベート・ビュー》ごっこ〟を始めたのは、まさにこの時点です。彼女はイーゼルの前にいるのが恋人ではないと気づきます。彼女が悲鳴を上げると、クラッブは筆を投げ捨て、警戒して振り向く。この頃にはすでに警察は強制捜査から引き上げた後で、チェリーはボクサーの部屋で合鍵を借りています。クラッブはドアから注意をそらしたちょうどその瞬間に、敵に襲われたのです。彼らはクラッブを殺し、アトリエ中を探し回ったものの何も見つけられず、やがてクラッブの死体を抱えて部屋を出ていきました。リンバートの死体は気にもかけず、クラッブが使ったピストルも死体の脇に置いたまま。そこでようやく、ジトコフが勇気を振り絞ってやって来ます――おそらくは、その後にもそうしたように、和平交渉と何かの取り引きを持ちかけるつもりで。男たちはジトコフを殴り、彼のアトリエへ放り込みました。わたしの推理では、その後彼らはメアリー・アロウも殴ったのでしょう。これが十月二十二日の夜にガス・ストリートで起きた出来事のすべてです」

＊

アプルビイはパイプに葉を詰めるために話を中断した。「たいへん入り組んだ話です」彼は言った。「何とかうまく説明できていればいいのですが」

「ゴールドフィッシュとシルバーフィッシュ」との再会を果たしたホートン公爵は、優しい表情でうなずいた。「きみの説明能力は一級だよ。素晴らしい上院議員になれるだろう」

「さて、翌朝の状況をお話ししましょう。リンバートのアトリエのドアは、当然ながら、チェリーと仲間が出ていった際にオートロックがかかっていました。再び動けるようになったジトコフにとって最善の策は、単にリンバートの部屋のドアを破って絵を盗み出すことだったはずです。が、そこまでの勇気はなく、より自然な形で部屋から持ち出す機会がじきにくると考えたのでしょう。そこで警察に通報し、リンバートの死体が発見され、いよいよわれわれが初めて関与した時点を迎えるわけです。

奇妙な状況でした。関わりのある人物を順に考えてみましょう。リンバートとクラッブは死んでいる。チェリーは、煙に巻かれたように計画が頓挫したこと以外、何があったかまるきりわからない。見取り図はおそらくクラッブが破棄し、誰の手にも渡っていないものと考えていたでしょう。だがその確証はないので、まだしつこく嗅ぎ回っている。一方のジトコフは、お目当てのものが自分のすぐ頭上のアトリエに、キャンバスいっぱいにあらわになっていることを知っている。そしてメアリー・アロウは、記憶をなくして行方をくらましたものの、あのキャンバスの絵を描いたのはリンバートになりすました偽者だと知っている。ところが、この中の誰ひとりとして、本当に奇妙なある事実については まだ知りません。つまり、そのキャンバスが最初に使われたのは三百年前、デルフトのヤン・フェルメールの手によるものだということです。それを知っていたのは、例のギャング――われわれがモー・ステップトーじいさんとして知っている男が率いる一団――だけであり、彼らこそが最初に、あの屋敷からフェルメールとスタッブスを盗み出したのです。ところがステップトーと彼の一団は逆に、あのキャンバスにギャビン・リンバートの抽象画以外の、あるいはそれ以上のものが描かれていることなど、まるで知りようがありません。言い換えるなら、あのキャンバスは、二つの犯罪組織にとってまったく異なる意味を持っており、どちらのギャングも絵にもう一つの意味があるとは思ってもいないのです。その結果、かなりの混乱が生じることは避けられませんでした。

そこへブラウンコフが登場して、リンバートの遺言執行人の許可を得て彼のすべての作品を持ち出し、〈ダヴィンチ・ギャラリー〉で遺作展を開きました。ジトコフは動揺します。所属している犯罪組織の上層部から、にわかには信じ難いジトコフの説明を疑う声が出始めていたことでしょう。そして、どうやら遺作展が公開される前に、彼はあの絵を写真に収めようとしたふしがあります。その写真をボスたちに見せれば、ウォーターバスの見取図がまちがいなくギャラリーにあり、すぐにその絵を買い取るよう説得できると考えたのです。ステップトーの部下たちがその様子に気づきましたが、あれこれ訊いて回っているのが警察の人間だと思い込み、何と言ってもわたしが〈ダヴィンチ・ギャラリー〉に現れたために、そう確信してしまいました。そこで、彼らは思いきった勝負に出ます。その場から絵を盗み出したのです。よく考えると、〈ダヴィンチ・ギャラリー〉から絵が盗まれたと最初にジトコフに伝えたのは、実はわたしでした。当然ながら彼は驚き、狼狽していました。やはりチェリーに先を越されたかと疑ったにちがいありません。そして自分に問うたはずです。〝だが、もしそうでなかったら？　わざわざリンバートの作品を盗む人間などいない。ほかに納得のいく理由があるんじゃないか〟と。ひょっとするとステップトーがリンバートを訪ねて口論になったとき、ジトコフはそばにいて絵の一件について知ったのかもしれません。少なくとも、昨日の夜までには真相にたどり着いていたはずです。そして緑色のハンバーに乗ったジトコフの仲間がモーじいさんのがらくた店を襲おうと準備しているところへ、モーじいさんの部下が店に現れて、トラックでフェルメールを運び去ってしまった――わたしも乗せたまま。が一方で、ジトコフはチェリーを警戒していました。彼と和解を図ろうと決心します。〈トーマス・カーライル〉でチェリーと会う約束をしたものの、ジトコフは姿を見せませんでした。最終的には、ジュディスが盗み聞きしたように、チェリーと会話を交わしました。そしてこれがほぼ話の終着点です」

＊

アプルビイは立ち上がり、部屋の中を歩き回っていた。ときどき窓から外を見たくなる癖を公爵からうつされたかのようだ。しばらくのあいだ、何かを考えて口をつぐんでいた。やがて、独演会を再開した。

「あるいは、そこは最後の追跡の始発点だったと言うべきでしょうか。あのトラックは、フォーリーの近くで飛行機を持っている共犯者の元へ向かっていました。トラックに乗った男たちは戸惑っていました。彼らが実行しているのはあくまでも緊急時の作戦で、ステップトーの店の中で見知らぬ闖入者――わたしのことです――との戦いを制して、やっとのことで逃げ出したばかりだからです。自分たちは今どういった立場に置かれているのだろうかと考えた彼らが、尾行に気づくのは時間の問題でした。トラックの後ろを、すでにご存じのように、ハンバーに乗ったジトコフの仲間と、オートバイに乗ったチェリーのスパイが追ってきます。トラックの男たちは真っ先に、警察が追ってきたのだと思ったでしょう。が、やがてそれを否定します。警察なら、いつまでも尾行を続けたりはしない。すぐにトラックを道路脇へ停めるはずですから。男たちには追っ手の正体がわからない。それでパニックを起こし、結果的にあの逃げ場のない石切り場へとトラックを迷い込ませてしまいました。そのあいだに、チェリーのスパイはボスに連絡し、停戦の合意に達していたチェリーとジトコフは、そろって〝死に立ち会う〟ために、急いで現場に駆けつけました。そして実際に、多くの〝死〟に立ち会ったわけです」

「もっと多かったかもしれないのよ」ジュディスは暖炉のそばにいる公爵の横に立ち、炎を見つめて眉をひそめた。「でも、ジョン、少し話を飛ばしていない？　ヒルデバート・ブラウンコフと彼のベビー・オースチンはどうなったの？」

「それに関しては、彼の口から直接聞くといい」窓辺に立ったままのアプルビイがガラスを軽く叩いた。「ほら、ご本人の登場だ。公爵に何かを持ってきたようですよ」

「わ、わたしに何かを持ってきたって？」ホートン公爵がさっと振り向いた。「まさか、それは――」

アプルビイがクックッと笑った。その笑い声がどれほどの安堵をもたらすかを知っているのはジュディスだけだった。「そのとおりです。ギャビン・リンバートの最高傑作《シェ・ドゥブル》ですよ、スカムナム・コートの画廊に飾るための。ご立派な絵画ディーラーにとって、これ以上の望みがあるでしょうか？」

彼らは一斉に窓辺に集まった。アプルビイの言うとおり、ミスター・ヒルデバート・ブラウンコフだかブラウンだかが、古い〝オースチン・セブン〟に乗って警察車両の長い列の横を悠然と走っている。後部座席には、大きな包みが積んであった。

＊

その三十分後。彼らはスカムナム・コートの画廊で、壁の空きスペースの前に立っていた。そばにある大きなベラスケスの絵の下の、見事なスペイン製チェストにもたせかけてあるのは、ミスター・ブラウンコフの豊かな創造力で「天地創造の第五日と第六日」なる洗礼名を授けられ、いくつもの意味を秘めた一枚の絵だ。ホートン公爵がじっくりと絵を眺める。「これを飾ろう」彼は言った。

「飾るんですか！」キャドーヴァーは憤慨した。「失礼ながら、公爵はおわかり――」

「五分間だけ飾ろう。わたしはね、長いスカムナムの歴史に何か新しいものを加えられないかと、常に探し求めているのだよ。フランス・ハルス（オランダの画家。前出「微笑む騎士」の作者）の「魚屋の奥さん」とホッベマ（オランダの風景画家）の「湿地の泉」とのあいだに我が国の最高機密を飾った事実は、突出して歴史的な瞬間となるだろう。バゴット、脚立を持ってきてくれ」

キャドーヴァーは不信の目を上司に向け、ここは折れるべきだと理解した。「それがお望みとあらば」と彼は丁重に言った。「どうかわたしにやらせてください、公爵。当然のことながら、後ほど警備をつけて絵を運び出し、公爵がいつもクリーニングを依頼される業者で修復作業中は、警察の監視下に置かせていただきます」

「もちろん、そうしてくれ」公爵はアプルビイのほうを向いた。「あのブラウンについては、よくわからないのだがね」

「昨夜、彼はきっと独自にステップトーについて調べたのでしょう。なにしろ、忘れてはいけません、彼は非常に積極的な男なのです」

「そうだった、非常に積極的なやつだよ。忌々しいリンバートの遺作を一切合切、まるごとわたしに売りつけようとしたのだからね。口汚くて失礼、ジュディス」

「そして彼は、ダイムラーの新車が一台残らず出払っていたため、古い小型のオースチンを引っぱり出したのです。例の車列がすっかり整ったとき、彼もその後ろに加わりました。わたしはトラックの荷台の隙間から外を覗くことができましたから、しばらく走るうちに彼に気づいたのです。絵はもう発見できて――荷物の中から探し出すのに三十分かかりましたが――ある特殊な準備も済ませてありました。ハンバーもオートバイも、どことなく疑わしいと感じていました。ですから、機会さえあれば、思いきってブラウンを信じてみようと決心を固めていました。チャンスを作ってくれたのは、軍用車両の大きな集団でした。しばらく車列が崩れたと思ったら、トラックのすぐ後ろ、わたしの眼下にオースチンがのろのろと走っていたのです。そこで幸運を祈りつつ、絵を荷台から外へ放り出しました」

「絵を放り出したって？　だが、たしか――」

「状況は、絵がこの画廊から盗み出されたときとよく似ていました。トラックの扉には、ちょうど絵が通るほどの細長い隙間が空いていたのです」アプルビイは間を置いた。「そうそう、絵をくるんだ包装紙にメッセージを書いておいたのですよ」彼はしゃがんだ。「これです。ブラウンが朝食を済ませたら、まちがいなくこの点について、おずおずとあなたに申し出てくることでしょう。申し訳ないのですが、あなたから支払っていただくことになってしまいました。ですが、最後の決め手はこれだと思ったものですから」彼は丈夫な紙きれを掲げた。そこにはこう書いてあった。

取り扱い注意

この小包の中身は

高価な絵画である。

窃盗団に盗まれ、警察官が取り戻したが、

追跡中に放棄せざるを得なくなった。

絵の所有者は

スカムナム・コートの
ホートン公爵　ガーター騎士《KG》である。
この絵画を届けてくれた者には、公爵より
深い謝意を表明する
とともに、褒賞金として
五百ポンドが支払われる。

訳者あとがき

イネスファンにはおなじみ、ロンドン警視庁のジョン・アプルビイが、長編小説としては約十年ぶりに邦訳されて戻ってきた。今回はシリーズ十三作めの長編、『盗まれたフェルメール』（原題『A Private View』）である。著者マイケル・イネスが五十年にわたって書き続けたアプルビイ・シリーズで、第一作の一九三六年の『学長の死』（邦訳一九五九年、東京創元社）では独身の警部だったが、一九四五年の『アプルビイズ・エンド』（邦訳二〇〇五年、論創社）で出会ったジュディスと結婚し、今作では警視監となっている。出世して第一線に出ることが少なくなったと部下に皮肉を言われる一方、妻となった彫刻家のジュディスとの信頼に基づいた微笑ましい夫婦関係がよく伝わる一作でもある。

今回新たに登場するのが、ヒルデバート・ブラウン（本名ブラウンコフ）だ。絵画ギャラリーの経営者であり、実に商魂たくましい男である。日本語訳では伝わりにくいが、外国生まれのため、饒舌である反面、まちがいだらけのつたない英語を使う。ときには図々しく商品を売り込み、ときには見え透いたおべんちゃらを言い、金儲けの匂いには鼻が利き、損をすれば激しく落胆する。実に憎めないこの男は、この後にもアプルビイ作品二本に登場する。いずれ邦訳されることがあれば、再会が楽しみなキャラクターのひとりだ。

またアプルビイ・シリーズには初登場となるキャドーヴァー警部補も、非常に印象深い人物だ。本作では主人公以上に、実際に捜査の指揮を執って活躍する、アプルビイの頼もしい右腕だ。彼はアプルビイ・シリーズ以外の二作品に主人公として登場しており、こちらももし邦訳されることがあれば、再会を楽しみにしたい。

反対に、本作で懐かしいキャラクターの再登場を喜ばれたファンもいらっしゃると思う。第二作『ハムレット復讐せよ』(原作一九三七年。邦訳一九九七年、国書刊行会)で舞台となった田舎の旧館スカムナム・コートの領主、ホートン公爵だ。館で『ハムレット』を上演中に、舞台上の出演者が殺されたことに端を発する事件は、英文学者でもあるマイケル・イネスの本領発揮、知識と蘊蓄《うんちく》が存分に詰め込まれた作品だ。だが、驚くことに、再登場するのはホートン公爵夫妻と荘厳なスカムナムの屋敷だけではない。本作より十五年前に書かれていた『ハムレット復讐せよ』にはスカムナム・コートについて、次のような描写がある。

「東の大翼廊は画廊となっていて、有名なホートン蔵ティチアーノ、先代公爵がニューヨークで大金を投じたというフェルメールの「水槽」、さらに雷雲を描いたレンブラントの風景画がある」

また

「夏の夕べなどに、ここで大小の舞踏会が催されると、ずらり並んだ高窓が、一斉に闇に向かって開け放たれる。すると…中略…地元の農夫の若者は…中略…さながらフェルメールの絵のような遠い別世界――テラスで魔法のように光輝く人影が、彼等だけに許された水槽の中を泳ぎまわる――にひたすら目をこらす」

とある。今回の事件の鍵を握るフェルメールの「水槽」がすでに登場しており、現実離れしたガラスの向こうの幻想のような異世界感、時代とともに取り巻く環境が変わろうとも失いたくないものの象徴としての絵の存在感が、この短い引用からも伝わってくる。

とかく〝難解〟のひと言で敬遠されがちなイネス作品ではあるが、娯楽要素もふんだんに盛り込まれており、単独でも楽しめる一方で、シリーズを通して壮大な一つの物語として読む楽しみも提供されている（のちにアプルビイ二世までが活躍する）。残念ながらまだ翻訳されていない作品も多く、なかなか順番どおりというわけにはいかないが、すでに出ている作品を読みつつ、次はいつごろどの作品が翻訳されて世に出るか、心待ちにするシリーズである。

今回のキャラクターたちに、どこかでまた会える日を、どうぞお楽しみに。

天地創造《クリエーション》のうちに開示される秘密

真田啓介（探偵小説研究家）

1　イネス、自らを語る

マイケル・イネスの作家歴の初期に、ハワード・ヘイクラフト（『娯楽としての殺人』）や江戸川乱歩（『海外探偵小説作家と作品』）による作者紹介のネタ本として用いられたのが、ヘイクラフトとスタンリー・クニッツ共編の『二十世紀著述家事典』（*Twentieth Century Authors*）である。同書は、ヘイクラフトが編者の一人であることから探偵作家の収録が多く、また作家自身のコメントが多数掲載されているので、乱歩も座右の書として愛用していたようだ。

イネスの項（本名の「ジョン・イネス・マッキントッシュ・スチュアート」で立項されている）にも作家の自己紹介文が掲載されており、これをもとに解説記事が書かれたわけである。すでに創元推理文庫版『アプルビイの事件簿』の戸川安宣氏による解説の中で紹介済だが、同書は現在新刊書店では入手できないようなので、以下に拙訳をお目にかけよう。

「私は、エディンバラのほんの少し外側、ほとんど『ウェイヴァリー』の作者の百年記念碑の影の中で生まれた。私が通ったエディンバラ・アカデミーはスコットが創立者の一人で、ロバート・ルイス・スティーヴンスンも少しの間そこの生徒だった。校長は私に、いつか君も『誘拐されて』や『宝島』を書くのかもしれないな、と言った。いくぶんとがめるような口調であったのを覚えているが、彼は伝奇小説の類いはあまり好きではなかったのだと思う。私はそれらをむさぼり読み、間違いなく心を染められた。だが、子供のころ読んだ本で一番感動したのは、クリスチャン・デ・ウェットの『三年間の戦争』、スウィンバーンの『カリドンのアタランタ』、そしてバーナード・ショーの戯曲と序文だった。今では、ホーマーとダンテとシェイクスピアが世界でもっとも満足できる作家であると承知しているが、それでも少年時代の愛読書ほどの電撃的な感動を与えられることはない。

オックスフォードでの私の指導教官は、偉大なエリザベス朝研究者だった。私は英語で首席を取り、骨休めに一年間ウィーンに外遊した。その後運良くフランシス・マイネルと出会い、彼のためにフロリオ訳モンテーニュのナンサッチ版を編集すると、それが今度はリーズ大学の講師の職をもたらした。私を任命した教授たちからは、申し分のない下宿を二軒推薦された。一方にはすでに若い女性の下宿人がいて、他方にはいなかった。私は自然な選択をして、一年後、その女性と結婚した。妻は医師で、小さな息子が三人いるが、時間をこしらえては乳幼児福祉の仕事に従事している。

リーズには五年いたが、ナンサッチ版の本を売りつくして家賃の支払いのことを案じていた時、アデレイド大学の英語教授に招聘された。最初のミステリ小説を書いたのは、赴任の途上である。年に九カ月、朝六時から八時まで執筆するが、南オーストラリアの気候はこの種の著作に適している。それで、同じような小説をたくさん書いた。いくつかの作品は、探偵小説とファンタジーの境界線上にあると言ってみたい。いくらか「文学的」な趣きもあるが、その価値はメロドラマのそれであって、小説本来のものではない。時々、陽のあたる浜辺に寝ころんで、いつか他のものを書くことはないのだろうかと考えている。」

以上がその全文である。冒頭の「『ウェイヴァリー』の作者」とは、十九世紀初期のスコットランドの文豪ウォルター・スコットのこと。歴史小説『ウェイヴァリー』（一八一四）が好評を博したのでその後次々と歴史物を発表し、それらは「ウェイヴァリー小説群」と呼ばれた。

『二十世紀著述家事典』の初版は一九四二年に刊行されているから、右は第八作 *The Daffodil Affair* を書いた頃までの小伝ということになる。分量的には片々たる小文にすぎないが、それだけに著者イネスが重要と感じていたことが凝縮されているとも見られよう。筆者が思うに、ここにはイネス作品を理解するためのキーワードが少なくとも二つ書き込まれている。「スティーヴンスン」と「ファンタジー」がそれだ。節を改めて、これらに注釈を加えておこう。

2　スティーヴンスンの影のもとに

エディンバラ・アカデミーの校長が、少年時のイネスにスティーヴンスンの再来を予見した（期待を込めて、というわけではなかったようだが）エピソードはまことに興味深い。実際、マイケル・イネスの小説にはスティーヴンスンの影響が色濃く感じられるからである。

ノン・シリーズの冒険スリラーはもとより、アプルビイ物にもしばしば冒険的要素が加味されているが、そこには『誘拐されて』や『宝島』をむさぼり読んで心を染められた作者の嗜好があからさまに反映されているだろう（この分野ではスティーヴンスンと並んで、やはり同郷の作家であるジョン・バカン――『三十九階段』、『緑のマント』等の作者――の影響も大きいようだ）。イネスは自作の中でもスリラー系統の作品を重視していたフシがあり、自伝的エッセイ *Myself and Michael Innes* においては、本格ミステリよりも *The Secret Vanguard*、*The Journeying Boy*、『海から来た男』等について多くを語っている。*The Journeying Boy* は江戸川乱歩が「イギリス風お伽噺」という言葉でその味を称揚したので、わが国でも『旅する子』というタイトルだけは有名だが、作者の自己評価ではこれがマイケル・イネスの最上作ということになる。

Myself and Michael Innes にはまた、『ある詩人への挽歌』とスティーヴンスンの伝奇小説の代表作『バラントレーの若殿』とのつながりを認めるくだりがある。背景や人物の設定にもプロットにも似たところはないが、二人の人物の間の確執が物語の核をなし、スコットランドを中心に海を越えて舞台が移り変わる筋立てが共通している。『ある詩人への挽歌』を包んでいる伝奇的雰囲気がどこに由来するものであるかが了解されよう。

本書に先立ってこの叢書から出た『ソニア・ウェイワードの帰還』は、犯罪ファルスの傑作として好評を得ているが、この系統の作品もスティーヴンスンに源流を訪ねることができそうだ。義理の息子ロイド・オズボーンとの共著で『箱ちがい』という作品がある。こんな話――

組合加入者のうち、最後に生き残った一人が莫大な金額を受け取るしくみのトンチン年金。今や生存者はマスターマンとジョゼフのフィンズベリー老兄弟のみとなり、彼らの親族は、どちらが先に亡くなるのか気が気でない。そんな折、ジョゼフと甥たちは大規模な鉄道事故にあい、別人の死体を伯父と誤認した甥たちは、死亡を隠すために死体を樽詰めにしてロンドンの自宅に送った。ところが、イタズラ者が輸送中の荷物の荷札を付け替えてしまい、樽は赤の他人のもとへ運ばれる。かくして、不意に出現した死体の扱いをめぐっててんやわんやの大騒動が始まるという、爆笑ものの「喜劇的探偵小説」である。

トラブルを背負わされた人々の困惑と、トンチンカンな対処法が何ともおかしいのだが、『ソニア・ウェイワードの帰還』の主人公の言動に感じられるおかしさも、まさにそれだろう。スティーヴンスンが大好きで、(その諸作から明らかなように) ユーモア感覚にもすぐれたイネスが、スティーヴンスンが遺した唯一のユーモア小説『箱ちがい』を愛読していたのは間違いないと思われるが、それには別の証拠もある。

「マイケル・イネス」という筆名と、「ジョン・アプルビイ」というレギュラー探偵の名前が、この小説に起源を持っていると考えられるのだ (イネスの筆名については、本名のミドル・ネーム「イネス・マッキントッシュ」をアレンジしたものという説 (森英俊『世界ミステリ作家事典 [本格派篇]』、他) があるが、筆者はここで新説を提示してみたい)。

『箱ちがい』の登場人物に、マスターマンの息子のマイケル・フィンズベリーという男がいる。凄腕の弁護士で、最後に混乱を収拾する重要な役をつとめる人物である。彼がある必要から偽名を使う場面があるのだが、その時用いられる名前が「アプルビイ」なのだ。つまり、「マイケル・アプルビイ」。これにイネスの本名の前半分「ジョン・イネス」をかけ合わせると、

「Michael Appleby」×「John Innes」→「Michael Innes」+「John Appleby」

という具合に、おなじみの名前が二つ出来上がる。これが偶然だとしたら、——ここにイネスの意思が働いていないのだとしたら、まさに「小説より奇なり」というべきではなかろうか。

ブルース・モンゴメリーの筆名「エドマンド・クリスピン」と紙上探偵の名「ジャーヴァス・フェン」は、イネス『ハムレット復讐せよ』の登場人物の一人「ジャーヴァス・クリスピン」に基づいているというのが定説だが、イネス自身が先行して同様のことをしていたわけだ。というより、私淑するファルス派の先輩作家の遊び心に気づいていたモンゴメリーが、そのひそみに倣ったのではなかったろうか。

3　ファンタジーの奥にいます神

「探偵小説とファンタジーの境界線上にある」作品というのは、邦訳のあるものでいえば『ストップ・プレス』、『アララテのアプルビイ』、『アプルビイズ・エンド』といった、ある意味最もイネスらしさの横溢した諸作をさしているものと思われる。

『ストップ・プレス』の場合、小説中のヒーローが本の中から抜け出してきたかのような出来事が頻発し、しまいには作家の頭の中にしかないはずのプロットとそっくりの事件が起きる。いかにもファンタスティックな展開だが、それがすなわちファンタジーなのではあるまい。それら不可思議な現象は（探偵小説でもある以上）まやかしであり見せかけであって、何らかの意図を有する人物の企みによるものであることは明らかだからだ。やはり人為的な演出にすぎないディクスン・カーの「オカルティズム」がファンタジーとは呼ばれないのと同じことだ。それでは、『ストップ・プレス』のどこがファンタジーなのであろうか。

イネスの言うファンタジーを理解するために恰好の参考書と思われるのが、E・M・フォースターの『小説の諸相』である。この本は、『ハワーズ・エンド』や『インドへの道』の作者が一九二七年にケンブリッジ大学で行った連続講義の記録で、小説の主要な要素七つ――ストーリー、登場人物、プロット、幻想（ファンタジー）、予言、パターン及びリズムを分析しながら「小説とは何か」という問題を考察している。ここで同書を参照するのは、これが二十世紀の小説論の古典であるばかりでなく、議論の材料として取り上げられている作例に、ロレンス・スターンの『トリストラム・シャンディ』やら、マックス・ビアボームの『ズリイカ・ドブソン』やら、イネス好みの（はずの）小説が目につくからだ。

フォースターによれば――幻想的小説の技法には、「日常生活のなかに神や幽霊や天使や猿や怪物や小人や魔法使いなどを登場させる」、その逆に、「ふつうの人間を無人島や未来や過去や地球の内部や四次元の世界などへ送りこむ」、など種々のものがある。そこでは「日常的な現実がいろいろなかたちに歪められ、世界がいたずらっぽくあるいは深刻そうに揺さぶられ、意外なあるいはあまり見たくもないようなものに照明が当てられ」たりするが、必ずしも超自然そのものが描かれる必要はない。ファンタジーの要素を持つ最大の小説である『トリストラム・シャンディ』では、超自然的なことは何も起きない。しかし、そこで起きる無数の出来事は、超自然からそれほど隔たってはいない。この長大な小説においては、「登場人物が何かをすればするほど何もかもがだめになり、言うことがなければないほど彼らは多弁になり、……そしてさまざまな出来事は、品行方正なふつうの小説のように筋の発展には寄与せず、みんな勝手にくつろいで小説の進行を邪魔するという困った傾向に」ある。全体がすっぽりと魔法にかかったような感じの小説であり、その背後には明らかに「混乱」という名の神が隠れている。

『ストップ・プレス』にも結局のところ超自然は不在だが、これは全体がすっぽりとファルスの気分に包まれたような感じの小説であり、その背後には明らかに「冗談」という名の神が隠れている。この神は、個々のプラクティカル・ジョークのからくりが暴露された後にも消え失せたりはしない。終始一貫、物語の奥に鎮座ましまして、この特異な世界を統べておられる。この神の存在こそ、『ストップ・プレス』がファンタジーでもあるゆえんなのだ。

イネスの作品世界においては「冗談」の神が威勢を張っているようだが、その親類縁者と思われる神々――「諧謔」とか「ドタバタ」とか「荒唐無稽」とか――も出没する。たとえば『ソニア・ウェイワードの帰還』には、「思慮深き無分別」という神がおわすようだ。

ちなみに、「思慮深き無分別に勝るものなし」（Nothing like a judicious levity）というのは、『箱ちがい』のマイケル・フィンズベリー（またの名をアプルビイ）氏のモットーだった。

4　既訳長篇ガイド

二〇〇〇年代後半に邦訳刊行が六冊続き、このまま軌道に乗るかと思われたイネス紹介だが、〇八年の『霧と雪』を最後に途絶えてしまっていた。十年近いブランクの間に多少読者層の交代もあったかと思うので、この機会に『ソニア・ウェイワードの帰還』を除く既訳長篇をまとめて紹介しておこう。『学長の死』から『アリントン邸の怪事件』までの九作はアプルビイ物、最後の『海から来た男』のみノン・シリーズのスリラーである。

『学長の死』（一九三六）

被害者は、オックスフォード大学のセントアントニー学寮長。額を撃ち抜かれたその死体は、頭をガウンで包まれ、周囲には標本の人骨がばらまかれているという謎めいた状況で発見された。諸事情から、容疑者は門の鍵を所持している大学の評議員の教授など特定の範囲——ほぼ七人——に限定された（米題は *Seven Suspects*）。八年前に卒業した母校にヤードから派遣された若きアプルビイは、地元警察と協力して捜査を進めるが、一癖も二癖もある関係者たちの証言から浮かんでくるのは、錯雑をきわめた事件の様相だった。……

実際、時間と場所と人物の関係は錯綜しており、一読しただけでは十分理解できないほどの複雑さである。アプルビイも純粋な推理だけでは真相を把握しきれず、目撃証言に大幅に頼らざるを得ない。プロットの中心となるアイディア——その喜劇的パターン——は大変ユニークで魅力的なものだが、いかんせん細部があまりにゴタゴタしすぎている（翻訳の問題もあるかもしれない）。容疑者の範囲をさらにしぼり（四人が適当）、余計な枝葉を刈り込んで整理すれば、狙いどおりのウィットと皮肉のきいた物語になったのではないかと惜しまれる。

『ハムレット復讐せよ』（一九三七）

英国有数の大貴族ホートン公爵の居館スカムナム・コートで『ハムレット』の素人芝居を上演中、

その筋書に合わせるかのように、垂幕の陰でポローニアス役の大法官が射殺された。事件の前には何度か、関係者に謎めいたメッセージが届けられていた。大法官が所持していた国家機密文書が狙われたのだとすれば、重大な結果を招来しかねない。首相直々の命により現場に急行したアプルビイは、多くの容疑者を前に捜査を開始するが、やがて第二の死体が発見される。……

登場人物の多さには（容疑者だけで二十七人）少々たじろぐが、各人物が手際よく書き分けられているので、特に混乱なく読み進むことができる。物語は、舞台、筋書、テーマ等さまざまな面で『ハムレット』と深く関わっており、英文学愛好家にはこたえられない美味をたたえた作品だろう。小説的興趣のほか、ミステリとしての骨格や細部の技巧もよく練られており、じっくり味わうに足る完成度を示している。『学長の死』でアプルビイと知り合った英文学者兼探偵作家のジャイルズ・ゴットが再登場して、なかなかの名探偵ぶりを見せてくれるのも楽しい。一つ残念なのは、犯人の口から犯行の真の動機を聞けなかったことだ。

『ある詩人への挽歌』（一九三八）

クリスマス・イヴの深夜、雪に閉ざされたスコットランドの古城の高塔から、城主ラナルド・ガスリーが墜落して死んだ。学者で詩人のラナルドは、近在の村では変人として有名で、その吝嗇ぶりは狂気じみていた。被後見人の美少女クリスティンは、古くからガスリー家と敵対してきたリンゼイ家の若者ニールに求婚されていたが、ラナルドは強硬に反対していた。彼の墜死の直後、塔を立ち去るニール・リンゼイの姿が目撃されていた。……

目撃者は、雪道に迷い助けを求めて城に滞在していたノエル・ギルビー――『ハムレット復讐せよ』

の主要登場人物の一人だった青年である。アプルビイは、駆け落ち途中のニールとクリスティンを保護して城に連れ帰る役回りで登場する。事件の顚末は、ウィルキー・コリンズ『月長石』の話法にならって、ギルビーとアプルビイを含む五人の人物の手記や手紙のリレーの形で語られる。後半、話者が交代するごとに事件の「真相」が改められてゆくが、いわゆる多重解決とも違って、欠けていたパズルのピースがはめ込まれるごとに絵柄が全体像に近づいていくような趣きだ。冬のスコットランドの荒涼たる風景の中、ネズミが走り回る中世の城を出入りする個性豊かな登場人物たち。真犯人のねじくれた悪意とたくらみに満ちた犯罪。繰り返し引用されるウィリアム・ダンバーの詩「詩人たちへの挽歌」。物語的情趣あふれる重厚な伝奇探偵小説の逸品である。

『ストップ・プレス』（一九三九）

冒険ミステリの人気シリーズ〈スパイダー〉が誕生して二十年、作者エリオットの屋敷ラスト・ホールでは関係者を集めて記念パーティが催されていた。周辺ではしばらく前から〈スパイダー〉に関連づけた悪ふざけが頻発していたが、パーティが始まるやジョーカーの動きはさらに活発になり、作者の頭の中にしかない筈の未刊行作品のアイディアまでもが取り入れられていた。〈透視力〉を備えているかのごときジョーカーの正体は何者か。そしてその目的は？　事件はさらにエスカレートし、アプルビイは「殺人の準備は整った」と宣言する。……

ファルス派と呼ばれるイネスの持ち味全開のユニークな——という以上に、他に類例のない破天荒な作品である。邦訳五百二十頁に及ぶ長大な小説だが、大方の読者は、右往左往する登場人物たちと同様、五百頁を過ぎても作中で起こっていることの意味を把握できないだろう。脈絡のない無秩序な物語と見えたもの（ストーリー）の中から、アプルビイの絵解きによって一貫した筋書（プロット）が浮上するのは、ようやく最後の十数頁においてなのだ。しかもその真相の、絶句するほかない味わいときたら……。物語の核にあるのは少年の空想めいたものであり、それが全体を壮大な冗談小説のように見せている。読者を選ぶ作品であることは間違いない。

『霧と雪』（一九四〇）

かつて修道院であったベルライヴ屋敷は、今では工場や幹線道路に取り囲まれ、当主バジル・ローパーは地所を手放す算段をしていた。クリスマスに集まった親族たちは芸術家気質の変り者揃いだが、バジルの意向に反対の者もいた。ディナーに招かれていたアプルビイが玄関口に立った時、ホールにメイドの悲鳴が響きわたった。バジルの書斎で、甥のウィルフレッドが胸を撃たれているのが発見されたのだ。致命傷には至らなかったが、至近距離から発砲したはずの犯人はなぜ的を外したのだろうか？　……

物語はバジルの従兄弟である小説家の一人称によって語られ、そこにある企みが仕掛けられているほか、終盤、一堂に会した者たちの間で互いの告発合戦が始まるという多重解決的な趣向も用意されており、濃厚な本格ミステリの味わいを楽しめる。事件の真相はきわめて物理的であると同時に、きわめて文学的なものである。アプルビイが有能な捜査官というにとどまらない一面――強引で行儀の悪いところもある人物像を示してくれるのも興味深い。訳書にはつきものの登場人物表がないが、家系図を書きながら読み進めることをお勧めしたい。

『アララテのアプルビイ』（一九四一）

舞台は、第二次世界大戦下の南太平洋。オーストラリアにＣＩＤの補助機関を立ち上げる手伝いに派遣されたアプルビイが航海中、乗客の一人が鯨と見間違えた敵潜水艦の魚雷攻撃を受けてあえなく船は沈没。サン・デッキの喫茶室にいた彼ら六人は、ひっくり返ったデッキに乗ってどんぶらこと漂流を始め、とある島――ノアの方舟が上陸したアララテ山になぞらえられる――にたどり着く。無人島らしく見えたその島でサバイバル生活を始めた矢先、一行のうちの黒人の人類学者が何者かに殺害された。……

冒頭の謎は何やらクローズド・サークル物を思わせ、南海の孤島で〈雪の山荘〉テーマというのもイネスらしい、などと分かったつもりになるが、それはとんだ早合点。オフビートの見本のような小説で、この先のストーリーはまるで予想外の展開を見せ、大方の読者はアゼンとした面持ちで頁を繰ることになるだろう。そのとき口元に笑みを浮かべているか、渋面をこしらえているかは読者しだいだが、最後まで読み終えてみれば、ハチャメチャに見えてそれなりに首尾一貫した物語ではあるのだ（冒頭の設定にも必然性がある）。冒険小説とミステリと冗談小説のカクテルのような作品で、読者にとってはイネス受容の試金石の一つ。

『証拠は語る』（一九四三）

地方大学の中庭で、隕石に押しつぶされた教授の死体が発見された。石は傍らに立つ塔の上階の窓から落下したものと見られた。なぜまた凶器に隕石のようなものが使われたのか？　地元警察の警部補とともに事件を担当することになったアプルビイは、かつての恩師を含めた奇人変人ぞろいの大学関係者たちから話を聴きながら捜査を進めていく。一見関連性のないさまざまな手がかりからアプルビイが探り当てた真相とは？……

隕石が登場する意味を含め、真相をなすプロットはなかなか面白いが、その前に繰り広げられる偽の解決（多重解決的な趣きもある）や、捜査の過程で関係者たちが語る奇説怪説もそれぞれに楽しめる。例によって文学的引喩も豊富で、ディケンズの『ピクウィック・クラブ』のあるエピソードが事件の核心的部分のヒントになっていたり、マックス・ビアボームの『ズリイカ・ドブソン』が脇筋の一つに関連していたりという具合だ。『アララテ』事件で異常な経験をしてきたせいか、アプルビイは初期作と比べ性格が軟化してきたようで、捜査もけっこう行き当たりばったり、冗談交じりに行っている気配。生真面目なホブハウス警部補から「まったく、いい加減にしてくださいよ！」とたしなめられているくらいなのだ。一応本格ミステリではあるが、謎解きにばかり注意を向けず、物語のまにまにその場面場面を楽しんでいけばよい作品だろう。

『アプルビイズ・エンド』（一九四五）

地方警察の要請で汽車旅行中のアプルビイは、車中で知り合った百科事典編纂家エヴァラード・レイヴンから自邸ドリーム荘への招待を受けた。レイヴン家の一行とともに降り立った駅の名は「アプルビイズ・エンド」。アプルビイは彫刻家のジュディスと一緒に迎えの馬車に乗せられるが、馬車は途中で川にはまって漂流を始める。何とか岸に上がり、雪の道を屋敷に向かった二人は、御者をしていた召使のヘイホーの首まで雪に埋まった死体を発見することになった。――この事件の前から、周辺では奇妙な事件が多発していた。自分の墓石を送りつけられたり、牛や豚や犬が大理石の像に変えられていたり。一連の事件はみな、エヴァラードたちの父親で流行作家だったラナルフ・レイヴンの小説を再現したものであるかのような外観を呈していた。……

この奇妙な事件の渦中にあって、アプルビイはこんな感想を抱く——「もちろん、何もかもが支離滅裂だ。それでもなお、審美的観点から眺めれば、このでたらめきわまりない事件もそれなりに面白みがあった」。筆者の感想もまったくこのとおりである。ユーモアとファンタジー、奇想と冗談でつむがれた典型的イネス小説で、『ストップ・プレス』や『アララテのアプルビイ』の系譜にあるが、それらよりもまとまりがよい。妻となるジュディスとのなれそめを描いている点で、アプルビイ年代記においても重要な作品。

『アリントン邸の怪事件』（一九六八）

シリーズの中期以降で唯一訳されている本書は、『アプルビイズ・エンド』から二十三年後の作。この間にアプルビイは警視総監の地位にまでのぼりつめていたが、本書では既に引退しており、妻ジュディスが相続したドリーム荘で悠々自適の暮らしをしている。近在の豪邸アリントン・パークに招かれ、当主オーウェンに前夜まで行われていた催しのための夜間照明設備を案内されていたアプルビイは、感電死した男の死体を発見する。さらに翌日には、庭園内の広壮な池に車ごと突っ込んでいた当主の甥の死体も見つかった。偶然に続いた事故だろうか、あるいは事件性があるのか。隠された財宝の伝説もあるアリントン・パークにひそむ秘密とは？……

二件の死が続いた後でさらにもう一人の死体が現れるが、もちろんそれらは単なる事故であるはずはなく、ある人物の邪悪な意図がもたらした結果なのである。大がかりで特殊な舞台装置、それを十分に活用した犯行方法（トリック）、それらをデザインした犯人像の三つがうまくマッチしている。終盤近くまでは地味で穏やかな展開の物語だが、犯人とアプルビイが対決するラストで一気に盛り上がりを見せ、見事に本格ミステリとして収束する。

『海から来た男』（一九五五）

ケンブリッジを卒業したばかりのリチャード・クランストンがスコットランドの浜辺で人妻と逢引していると、海から泳いできた男がある。その後をモーターボートの一団が追ってきたが、リチャードは機転を利かせて男を急場から救ってやった。男は数年前ソ連に亡命していた有名な原子物理学者ジョン・デイで、核兵器の開発中に放射能で死病を得たので、残してきた妻子に会うため逃亡してきたのだという。追手が次々と迫る中、リチャードは砂で目が見えなくなってしまったデイを助けてロンドンに向かう。……

いわゆる巻き込まれ型のスパイ・スリラーだが、この作者のことだから並みのスパイ小説とはひと味ちがう。戦車まで出現する中盤の展開は意表をつき、冗談とシリアスのあわいを駆け抜けるような印象がある。かといって荒唐無稽なところはなく、登場人物たちは常に理詰めでものを考えている。どちらを向いても裏切りばかりの物語で、「私の紳士としての名誉にかけて誓う」などという立派な言葉も、彼がもともと紳士でなければ意味をなさないのだ。よくできたエンタテインメントとして楽しめばよい小説だが、信頼と背信、節度と暴走といったテーマは重く、あと味には少々苦みも混じる。『ハムレット復讐せよ』の舞台スカムナム・コートとその主ホートン公爵への言及もあり、作品世界はアプルビイ物と地続きであることを証拠立てている。

5　本書について

本書は、アプルビイ物の長篇第十三作 *A Private View*（1952）の翻訳である。

原題は、物語の発端をなす〈ダヴィンチ〉画廊での内覧会――若くして亡くなった画家ギャビン・リンバートの遺作の追悼展示会のことだが、彼の恋人メアリー・アロウによるアトリエの「秘密の覗き見」の意味もかけられている。アメリカでは *One Man Show* の別題で出版されたが、これもリンバートの個展を指しているとともに、アプルビイの単独捜査の意味をも含んでいる。

Twentieth Century Crime and Mystery Writers（3rd ed.）でイネスの項を担当したミシェル・スラングは、その作風を次の四つのタイプに分けて説明している。

①「追跡と逃走」がテーマのもの――*The Secret Vanguard*、*Operation Pax*、*From London Far*、*The Journeying Boy*、『海から来た男』など
②美術の世界を風刺的に扱ったもの――本書、*A Family Affair* など
③大学を舞台としたもの――『証拠は語る』など
④純粋なファルス――『アプルビイズ・エンド』、『ストップ・プレス』など

イネスの〈美術ミステリ〉には、既訳の短篇「ヘリテージ卿の肖像画」や「四季（魔法の絵）」などを含めてよかろうが、このタイプの長篇としては本書が初紹介ということになる。もっとも、アプ

ルビイの美術好きは、アートが主題とはなっていない作品からもうかがうことができた。『ハムレット復讐せよ』では、国家機密にも関わる重大事件として首相から直々に命を受け、極度の緊張のうちに捜査にあたっていたはずのアプルビイが、ホートン公爵邸のある部屋に飾られていたゴーギャンの絵に心を奪われるさまが次のように描かれている。

そういったアプルビイは、なおも戸口から立ち去ろうとせず、むこうの壁をじっと見つめていた。ほんの束の間ではあるが、この刑事人生の一大事に名画を鑑賞しているのだ。ゴットはいささか呆気にとられたが、それがため妙に気持ちが軽くなるのを感じた。

『ストップ・プレス』においても、エル・グレコの大作を前にして感動をかみしめる彼の姿が見られたし、中篇「死者の靴」では、ルーベンスの風景画についての専門的知識を披露している。短篇「アプルビイ警部最初の事件」で回想されるのは、美術館通いをしていた十四歳のアプルビイ少年の初手柄。イネス自身、少年時にはスコットランドのナショナル・ギャラリーをよく訪れていたというから、紙上探偵の美術愛好は作者の趣味の反映であったようだ。

アプルビイ夫妻も出席していた内覧会からの絵画の盗難で幕を開け、売れない画家やモデル、個性的な画商や美術評論家が登場し、フェルメール作（という設定）の絵が重要な役割を演じる本書が美術物に分類されるのには十分な理由があるわけだが、本書はまた「追跡と逃走」の物語でもある。問題の絵を持って逃げのびようとする一味をアプルビイが追い、それを別の犯罪者集団が追いかけ、その後をさらに警察が組織をあげて追跡するという大捕物が繰り広げられるのだ。その味わいは、本格ミステリというよりは、『海から来た男』などの冒険スリラーに通じるものがある。

本書におけるアプルビイは、警察官として既に二十年以上の勤務経験があるというから、年齢は四十代半ばというところだろう。警視監（アシスタント・コミッショナー）に昇進し、久しく現場を離れている。敵のアジトに単身乗り込んでワンマンショーを演じるような向こう見ずな行動をとったのは、自分の目と鼻の先から絵画を盗み出した不敵な犯行にいたくプライドを傷つけられたことが直接の原因だが、毎日の単調なデスクワークに飽きあきしていたせいもあったろう。そこにはまた、しばしば危険を伴うことが警察官の自尊心を支えているという自覚があった。

画廊での一件の後、夕方ヤードに戻ったアプルビイは、キャドーヴァー警部補からその日あったことの報告を受けるが、その内容は、
○ウォーターバス研究所の警備スタッフからの、外国訛りのある少年たちが忍び込んで写真を撮っていたという訴え
○ホートン公爵が来て「誰かに水槽と金魚と銀魚を盗まれた」と警視監に伝言
○レディ・クランカロンから、最近のわが国の演劇が不道徳で世俗的であるとの苦情
そして、
○どこかのギャラリーで――錚々たる招待客の目の前で――絵画が盗まれた一件
という雑多なもので、それらの間に関係のありようはずはなかった。しかし、そこに不思議な脈絡をつけてみせるのが小説の奇なるところ。各エピソードはやがて所を得て全体として一つのプロットを形づくる。捕物のカーチェイスの後には、その謎解きが控えているのだ。

意外な真相を見通していたかのように、アプルビイは事件の早い段階でキャドーヴァーが無意識の

うちに核心をつくセリフを発していたことを指摘する――「表面的な見方をひと皮むけば、まったくちがうものが隠れているのかもしれない」。

ちがうものとは何か。それはどのように隠されているのか。注意力と想像力を全開にして、覆い隠された宝と露出する秘密にまつわる物語をお楽しみいただきたい。

※引用テキスト――フォースター『小説の諸相』(中野康司訳、みすず書房)/スティーヴンスン&オズボーン『箱ちがい』(千葉康樹訳、国書刊行会)/イネス『アプルビイズ・エンド』(鬼頭玲子訳、論創社)/同『ハムレット復讐せよ』(滝口達也訳、国書刊行会)

マイケル・イネス長篇リスト

(アプルビイ物)

1 Death at the President's Lodging〔米題 Seven Suspects〕(1936)
『学長の死』(木々高太郎訳、東京創元社)

2 Hamlet, Revenge! (1937)
『ハムレット復讐せよ』(成田成寿訳、ハヤカワ・ミステリ)
『ハムレット復讐せよ』(滝口達也訳、国書刊行会)

3　Lament for a Maker（1938）
『ある詩人への挽歌』（桐藤ゆき子訳、現代教養文庫）

4　Stop Press〔米題 The Spider Strikes〕（1939）
『ストップ・プレス』（富塚由美訳、国書刊行会）

5　There Came Both Mist and Snow〔米題 A Comedy of Terrors〕（1940）
『霧と雪』（白須清美訳、原書房）

6　The Secret Vanguard（1940）

7　Appleby on Ararat（1941）
『アララテのアプルビイ』（今本渉訳、河出書房新社）

8　The Daffodil Affair（1942）

9　The Weight of the Evidence（1943）
『証拠は語る』（今井直子訳、長崎出版）

10　Appleby's End（1945）
『アプルビイズ・エンド』（鬼頭玲子訳、論創社）

11　A Night of Errors（1947）

12　Operation Pax〔米題 The Paper Thunderbolt〕（1951）

13　A Private View〔米題 One Man Show／米改題 Murder Is an Art〕（1952）
『盗まれたフェルメール』（福森典子訳、論創社）

14　Appleby Plays Chicken〔米題 Death on a Quiet Day〕（1957）

15 The Long Farewell（1958）
16 Hare Sitting Up（1959）
17 Silence Observed（1961）
18 A Connoisseur's Case〔米題 The Crabtree Affair〕（1962）
19 The Bloody Wood（1966）
20 Appleby at Allington〔米題 Death by Water〕（1968）
『アリントン邸の怪事件』（井伊順彦訳、長崎出版）
21 A Family Affair〔米題 Picture of Guilt〕（1969）
22 Death at the Chase（1970）
23 An Awkward Lie（1971）
24 The Open House（1972）
25 Appleby's Answer（1973）
26 Appleby's Other Story（1974）
27 The Gay Phoenix（1976）
28 The Ampersand Papers（1978）
29 Sheiks and Adders（1982）
30 Appleby and Honeybath（1983）
31 Carson's Conspiracy（1984）
32 Appleby and the Ospreys（1986）

（その他）

33 From London Far〔米題 The Unsuspected Chasm〕（1946）

34 What Happened at Hazelwood（1946）

35 The Journeying Boy〔米題 The Case of the Journeying Boy〕（1949）

36 Christmas at Candleshoe〔改題 Candleshoe〕（1953）

37 The Man from the Sea〔米改題 Death by Moonlight〕（1955）
『海から来た男』（吉田健一訳、筑摩書房）

38 Old Hall, New Hall〔米題 A Question of Queens〕（1956）

39 The New Sonia Wayward〔米題 The Case of Sonia Wayward〕（1960）
『ソニア・ウェイワードの帰還』（福森典子訳、論創社）

40 Money from Holme（1964）

41 A Change of Heir（1966）

42 The Mysterious Commission（1974）

43 Honeybath's Haven（1977）

44 Going It Alone（1980）

45 Lord Mullion's Secret（1981）

〔著者〕
マイケル・イネス
本名ジョン・イネス・マッキントッシュ・スチュワート。スコットランド、エディンバラ生まれ。オックスフォード大学卒。「学長の死」で作家としてデビュー。1954年刊行の短編集“Appleby Talking”が〈クイーンの定員〉に選出される。ミステリー以外にも本名で普通小説を書き、〈オックスフォード5部作〉などの作品がある。

〔訳者〕
福森典子（ふくもり・のりこ）
大阪生まれ。通算10年の海外生活を経て、国際基督大学卒業。訳書に『真紅の輪』、『厚かましいアリバイ』、『消えたボランド氏』（論創社）など。

盗まれたフェルメール
——論創海外ミステリ　205

2018年2月20日　初版第1刷印刷
2018年2月28日　初版第1刷発行

著　者　マイケル・イネス
訳　者　福森典子
装　丁　奥定泰之
発行人　森下紀夫
発行所　論　創　社
〒101-0051　東京都千代田区神田神保町2-23　北井ビル
電話　03-3264-5254　振替口座　00160-1-155266

印刷・製本　中央精版印刷
組版　フレックスアート

ISBN978-4-8460-1698-2
落丁・乱丁本はお取り替えいたします